Ich bin...
wer bin ich?!

Für Irma.
Ohne sie wäre ich nichts.
Ich bin ihr so dankbar

Meine große Liebe.

liefs
JWS

Ich bin...
wer bin ich?!

Jan Willem Schiff

Bibliografische Information der Deutschen Nationalbiblio-
thek.
Die Deutsche Nationalbibliothek verzeichnet diese Publi-
kationen der Deutschen Nationalbibliografie, detaillierte bibliografische Daten sind im Internet über http//www.dnb.de
abrufbar.

© 2018 Jan Willem Schiff
Coverentwurf und -Foto: Irma Hemesath
Herstellung und Verlag:
BoD – Books on Demand, Norderstedt

ISBN 978-3-7481-4895-1

Kapitel 1

Rik fährt mit seinem Auto über die Autobahn als das Telefon über die Freisprechanlage klingelt. Auf dem Bildschirm, mitten im Armaturenbrett, sieht er eine Abbildung von einer schönen hübschen Frau und die Unterschrift:

„Anika ruft an."

Rik schaut um sich hin aber hat keine Ahnung wo er ist, er hat sogar keine Ahnung wer sie ist.

Er drückt automatisch die richtige Taste um das Telefon zu beantworten.

Rik sagt etwas unsicher:

„Hallo?"

Dann hört er:

„Rik, wo steckst du, ich warte schon auf dich. Ist es so voll auf der Straße?"

Rik antwortet:

„Ehrlich gesagt, ich habe keine Ahnung wo ich bin."

„Ja, schöner Witz, der kenne ich schon. Bist du in der Nähe?"

„Wirklich, ich habe keine blasse Ahnung. Ich weiß nicht mal wer du, oder Sie, sind. Ich weiß nicht mal wer ich bin.

Wer... bin ich?"

An der anderen Seite der Leitung hört er ganz erstaunt:

„Was...? Was meinst du? Wieso kennst du mich nicht? Ich bin Anika!"

„Hallo Anika, wer bist du? Wo muss ich eigentlich hinfahren? Ich fahre auf einer Autobahn, aber ich habe keine Ahnung wo ich hinfahren muss."

Rik fährt automatisch die erste Ausfahrt von der Autobahn ab und parkt das Auto entlang der Straße. Das scheint ihm sicherer, bevor es zu einem Unfall kommt.

Was ihm jetzt passiert, ist ziemlich heftig, er weiß nicht mehr wer er ist, wo er ist oder was er tun muss.

Übers Telefon hört er Anika:

„Rik sag schnell wo bist du jetzt oder wo fährst du? Kannst du mir schildern wie die Umgebung aussieht?"

„Ich habe die Autobahn verlassen und geparkt entlang der Straße, das schien mir sicherer. So, nun kann ich mal richtig auf dem Bildschirm schauen. Bist du die Frau, auf dem Bildschirm?"

„Ja ich bin Anika."

„Wow, du bist eine sehr schöne Frau."

„Ich bin deine Frau, wir sind verheiratet und ich warte hier auf dich, du hast mich ziemlich aufgeregt angerufen und du wolltest mich unbedingt schnell abholen."

„So..., Ich bin mit dir verheiratet? Du siehst wirklich hübsch und süß aus."

„Danke, das ist lieb von dir."

„Außerdem, es ist ein schönes Auto, riecht noch ganz neu. Schön, dass du so im Armaturenbrett dargestellt wirst."

„Ja, das Auto ist gerade neu. Wir müssen jetzt feststellen wo du genau bist, so dass ich dir zu mir leiten kann.

Dann müssen wir aussuchen was mit dir los ist, denn dies ist nicht normal."

„Das ist in Ordnung. Ich weiß nicht wer ich bin, wo ich bin, in welcher Stad oder in welchem Land. Es scheint mir das es Spanische Aufschriften auf den Schildern gibt. Sind wir in Spanien oder so? Ich sehe hinter mir die Autobahn, die ich soeben verlassen habe. Rechts von mir sehe ich alle Art von Wasserrutschen, ein Wasserpark oder so? Vorne geht die Straße der Hügel runter Richtung eine Bahnbrücke."

„OK, dann weiß ich jetzt wo du bist, du bist schon ganz in der Nähe. Aber... kannst du fahren weißt du wie das geht?"

„Ja, das geht, das habe ich nicht vergessen."

„Du musst die Straße folgen, unter der Bahnbrücke hindurch und die Straße folgen, die macht eine Kurve ganz nach links.

Dann gibt es einen Kreisverkehr und dort musst du die erste Ausfahrt nehmen. Kannst du das jetzt fahren?"

„Ich glaube schon. So ich fahre wieder, geradeaus zur Brücke.

Schöne Stimme hast du, hört sich süß an."

„Dank dir, aber wir müssen jetzt schnellstens aussuchen was dir fehlt. Hast du deinen Kopf gestoßen oder so etwas?"

„So das war die Brücke, jetzt der Kreiselverkehr. Ich fühle keine Schmerzen am Kopf. Wie muss ich weiter?"

Du musst einige hunderte Meter weiterfahren, dann siehst du links, an der Wand eines Apartmenthauses, ganz groß eine Jesus Gemälde. Du fährst ein Stück weiter, immer rechts halten und am Ende rechts abbiegen."

„Mache ich. Ja ich sehe das Gemälde und halte immer rechts.

Jetzt muss ich rechts abbiegen."

„Sofort beim ersten Kreisel, erste Ausfahrt und die Straße hochfahren, rechts halten und nach 300 Meter siehst du mich an der linken Seite der Straße stehe ich."

„Wie erkenne ich dich? Was für Kleider trägst du?"

„Ich sehe dich schon kommen. Parke hier neben mir auf dem Behindertenparkplatz."

„Oh, oh. Bin ich behindert? Das hatte ich noch nicht bemerkt. Was ist mit mir los?"

„Nein, nein, du bist nicht körperlich behindert, aber ich fürchte geistlich schon ein wenig. Du bist nicht dich selber und das gefällt mir nicht. Ich will dich zuerst sehen und feststellen was mit dir los ist."

„Zum Glück, das war einen Schrecken, aber es stimmt schon. geistig bin ich ziemlich behindert. Ah, ich sehe dich stehen."

Rik parkt das Auto neben Anika, steigt aus und läuft auf ihr zu.

„Soo…, du bist noch hübscher wie auf dem Foto. Du nennst mich dauernd Rik, ist meine Name, Rik?"

„Danke dir. Du bist in jedem Fall noch immer lieb und voller Komplimenten. Ja, deiner Namen ist Rik. Komm, wir gehen zuerst ins Büro hinein, dann kannst du etwas trinken. Ich will zuerst einen Arzt fragen was mit dir los sein kann. Ich sehe nichts ab normales an dir. Keine Verletzungen am Kopf, gar nichts. Komisch."

Anika läuft zusammen mit Rik das Büro hinein.

Jeder begrüßt Rik als kennen sie ihn schon lange, aber Rik erkennt niemanden! Er hat keine blasse Ahnung wo er ist, wer oder was allen sind.

Anika sagt zu Rik:

„Das ist Steve, der Betriebsleiter und sie ist Agnes meinen Kollegen."

Steve reagiert ganz erstaunt:

„Wieso stellst du Rik an uns vor? Machst du Witzen?"

„Nein Steve, es ist kein Witz. Ich hatte Rik angerufen aber er wusste nicht wo er war, wer er ist, er weiß nichts. Ich musste ihn übers Telefon hierherführen. Er kann alles, macht alles, aber er hat keine Ahnung wer oder wo er ist. Er hat einen totalen Gedächtnisschwund. Agnes kannst du schnell einen Arzt anrufen? Ich will zuerst wissen was mit ihm los sein kann bevor ich nach Hause fahre. Vielleicht muss er ins Krankenhaus."

Steve geht auf Rik zu und fängt an mit ihm zu reden.

„Rik komm mit, setzt dich, willst etwas trinken? Kaffee, Wasser oder Tee? Ich bin Steve, kennst du mich?"

„Kaffee bitte, mit einem Glas Wasser. Wenn ich an Tee denke wird es mir übel, mag ich kein Tee, Anika?"

„Ja, eigentlich schon, dass ist sehr seltsam."

„Es tut mir leid Steve, ich habe keine Ahnung wer du bist. Alles ist neu für mich. Ich erkannte an den Verkehrsschildern das ich in Spanien bin.

Das ich mit dieser sehr hübschen Frau glücklich verheiratet bin, weiß ich schon wieder."

„Wieso schon wieder, bekommst du dein Gedächtnis zurück?"

„Nein, aber das hat sie mir erzählt."

„Oh, ich dachte schon. Über das ‚glücklich' würde ich mich noch nicht so sicher sein."

„Was meinst du damit Steve?"

„Oh, nichts"

Dann wendet Steve sich zu Anika und sagt:

„Du Anika, meine Liebe, was willst du jetzt machen?"

Sie will schnellstens zu einem Arzt und fragt nochmals ob Agnes, Erik anrufen will.

Dann kommt Steve zwischen beide und sagt schnell:

„Nein, nein, nicht Erik. Ich frage meinen guten Freund Martin. Er ist im Moment bei mir zu Besuch und er ist Arzt. Er kann Rik untersuchen."

„Ja, aber Erik kennt uns gut."

Davon will ich nichts hören, das hält man unter Freunden. Weißt du was Rik angestellt hat?"

Steve ruft schnell Martin an und fragt ihm sofort ins Büro zu kommen.

„Martin, Rik ist hier und leidet an einem Gedächtnisschwund, kannst du schnell kommen und ihn untersuchen??"

An der anderen Seite des Telefons kommt es zu einer panischen Reaktion, was die andere nicht hören:

„Was??? Wer sitzt bei dir? Rik lebt? Der müsste tot sein!

OK, ich verstehe dein Problem, ich komme gleich, wir müssen ihn aus dem normalen medizinischen Verfahren raushalten."

Martin kommt schnell ins Büro und untersucht Rik. Er kann nichts finden oder feststellen, der Blutdruck ist etwas erhöht, aber das ist vernachlässigbar. Er hat keine blauen Flecken und keine Kopfschmerzen. Anika fragt Martin ob eine Blutuntersuchung vielleicht sinnvoll wäre. Über diese Bemerkung ist er nicht begeistert und reagiert kaum auf ihre Frage. Anika glaubt, dass ein Gehirnscan bestimmt sinnvoll sein wird.

Es kann doch sein, dass man an der Außenseite des Kopfes nichts sieht, aber dass es trotzdem eine Schwellung im Gehirn gibt.

Anika will das Rik in einem Krankenhaus untersucht wird. Martin weiß nicht so genau was er Anika antworten soll.

Anika sagt: „Eine Blutuntersuchung und ein Scan ist doch das Wenigste was wir tun müssen. Ich bringe Rik jetzt zum Krankenhaus."

Martin geht zu Steve um es mit ihm zu besprechen bevor er Anika eine Antwort gibt.

Steve fällt gleich zu ihm aus:

„Wieso lebt Rik noch? Er hatte jetzt doch mausetot sein müssen. Hast du ihm nichts gegeben?"

„Ja ich habe sogar viel gegeben. Er hatte innerhalb zehn Minuten, nachdem er bei mir weggefahren ist, hinter dem Lenkrad sterben müssen und dadurch das Auto verunglücken lassen. Ich verstehe es ganz und gar nicht. Er darf in keinem Fall in einem Krankenhaus untersucht werden.

Wie machen wir das?"

„Du gehst mit Rik und Anika zum Krankenhaus, das hier nebenan liegt und nimmst ihm Blut ab und du nimmst das Blut mit. Du ‚versuchst' einen Termin zu machen für einen Scan, was dir natürlich nicht gelingt. Anika wird zufrieden sein und wir können uns überlegen was wir tun müssen."

Steve geht zu Anika und sagt zu ihr:

„Liebe Anika, mein Schatz, du gehst zusammen mit Rik und Martin zum Krankenhaus, Martin wird bei Rik Blut abnehmen und einen Termin vereinbaren für einen Scan.

Geht das in Ordnung?"

„Das ist super Steve, hast du keine Probleme damit das ich mitgehe?"

„Na klar, lieber Schatz, du weißt doch du darfst immer alles von mir."

Rik schaut ein wenig erstaunt zu, wenn er Steve anhört, der dauernd solche lieben Bemerkungen macht zu Anika und immer wieder ihr Arm festgreift.

Dann gehen sie zum Krankenhaus.

„Martin wieso gehen wir zu diesem Krankenhaus und nicht zum Krankenhaus von Erik?"

„Sie kennen mich hier, das ist bequemer, wartest du hier mit Rik, dann schaue ich ob Blut abgenommen werden kann."

Martin geht auf der Suche und Anika setzt sich mit Rik im Wartezimmer. Sie ist gar nicht zufrieden über die Einmischung von Martin. Wieso tut Steve plötzlich so freundlich und lieb zu ihr? Als hätte sie was miteinander!

Nach lange warten kommt Martin endlich zurück.

„So, das ist geregelt. Im Moment ist kein Sanitäter verfügbar für eine Blutabnahme, aber ich darf es selber machen, das geht auch noch schneller. Kommt mit, ich weiß wo ich das machen darf. Für einen Scan bekommen wir morgen einen Aufruf."

Anika will Martin noch etwas fragen, aber er ist schon wieder weg und ruft sie schnell mitzukommen. Martin findet Anika ärgerlich, sie will sich zu viel einmischen. Sie gehen in einem kleinen Untersuchungszimmer und Martin lässt Rik platznehmen auf einem Untersuchungsbett. Er läuft suchend durch das Zimmer. Endlich hat er alles zusammengefunden und nimmt Rik eine Blutprobe ab. Wenn er endlich fertig ist schickt er Anika und Rik weg.

„Geht ihr schnell nach Hause, ich werde das Blut zum Labor bringen."

Rik uns Anika laufen zurück zum Auto. Wenn Rik einsteigen will, ist Anika nicht einverstanden.

„Ich fahre, das ist besser im Moment, komm setzt dich neben mir."

„Kannst du Autofahren? Zum Glück, du kennst dich bestimmt besser aus. Ich weiß wirklich nicht wohin ich fahren muss oder *wo* wir wohnen.

Anika fährt zum Dorf und das Apartmenthaus wo sie leben. Rik schaut während der Fahrt erstaunt um sich hin.

Beim Apartmenthaus fährt Anika direkt in die Garage hinein.

„So, das sieht gut aus. Es ist wie ein Parkhaus, aber dann mit abgeschlossenen Parkplätzen."

„Es ist das Parkhaus von den Apartments hier oben."

Anika fährt zu ihrer Box und öffnet die Tür mit ihrer Fernbedienung und fährt das Auto hinein.

„Das sieht gut aus, es passen leicht zwei Autos hinein."

Anika nickt nur mit ihrem Kopf und nimmt Rik mit zum Aufzug. Mit dem Aufzug kommen sie auf die obere Etage wo ihre Wohnung sich befindet. Anika öffnet die Haustür und lässt Rik in ihre Wohnung hineingehen

„So, dies ist unsere Wohnung. Kommt hinein, dann zeige ich dir alles, dann fühlst du dich nicht so verloren in deiner eigenen Wohnung."

"Wow, das ist schön. Ich sehe eine Treppe, hat die Wohnung zwei Stockwerke?"

„Oben sind die Schlafzimmer."

Sie laufen ins Wohnzimmer hinein und Rik staunt über die Aussicht. Diese, schöne und breite Sicht auf das Mittelmeer, macht ihn atemlos. Es ist ein schönes, sonniges und klares Wetter und das macht die Aussicht noch optimaler. Er geht auf die Terrasse und sieht da ein Jacuzzi.

„Gehört das auch dabei? Das muss schon sehr schön sein, abends in dem Jacuzzi, mit einem Glas Champagner in der Hand, genießend von der Aussicht."

Anika stimmt damit ein und meint das er recht hat. Rik läuft zum Terrasse-Rand und schaut nach unten. Dort sieht er zwei Schwimmbäder.

„Gehören die auch dazu? Es ist eine sehr schöne Anlage, wohnen wir hier schon lange?"

„Ja, das ist der Garten mit Schwimmbäder, die gehören dazu. Wir leben hier so ungefähr seit zwei Jahre. Komm ich zeige dir den Rest der Wohnung."

Anika zeigt auf der gleichen Etage, die Küche, ein Badezimmer und ein kleines Schlafzimmer. Danach gehen sie die Treppe hoch und dort gibt es zwei Schlafzimmer mit zwei Badezimmer. Sie zeigt das Schlafzimmer, sehr groß mit noch einem Sitz vor dem Fenster das auf das Meer schaut, mit sogar eine noch schönere Sicht wie aus dem Wohnzimmer.

Das Zimmer hat ein eigenes Badezimmer, er geht hinein und sieht oberhalb des Waschbeckens einen großen Spiegel. Er schaut im Spiegel und sieht einen unbekannten Mann neben Anika stehen.

Der *Unbekannter* ist er selbst.

Er starrt im Spiegel und sagt:

„Bin ich das? Das ist komisch, dich selber zu sehen und dass du dich selber nicht erkennst.

Daran muss ich mich gewöhnen.

Ein Bad, eine Dusch, eine Toilette, zwei Waschbecken. Sind das meine Sachen? Mein Rasierzeug. Ich werde Morgen feststellen wie es funktioniert."

Anika zeigt ihm die Schränke, wo alle Kleider und so liegen.

„Sind das meine Kleider? Schön."

Rik sieht an der Wand viele Fotos hängen und schaut die sich gut an.

„Wer ist das auf diesen Fotos?"

„Das sind unsere Kinder. Felicia und Vincent."

„Wir haben zwei Kinder? Schön, später musst du alles über sie erzählen. Ich fürchte das du mir viel erzählen musst um ein wenig mitreden zu können. Ich weiß wirklich nichts mehr. Es ist zum verrückt werden. Wenn einer an der Haustür klingelt weiß ich nicht mal ob es ein Bekannter oder Fremder ist."

„Ja, ich werde dir heute Abend viel erzählen. Es scheint mir sehr schwierig zu sein und komisch anzufühlen, wenn man plötzlich nichts mehr weiß und sich selber nicht mal erkennt."

Rik schaut um sich hin.

„Es ist alles sehr schön. Wo muss ich schlafen? Muss ich im kleinen Schlafzimmer unten schlafen?"

Anika reagiert etwas irritiert:

„Hier natürlich, was denkst du. Es hat sich nichts geändert zwischen uns beiden. Du hast dein Gedächtnis verloren, das bedeutet nicht das wir ab jetzt alles separat tun müssen. Du kommst normal, wie immer, bei mir ins Bett, verstanden?"

„Ja, fein, nur weiß ich nicht was ‚normal' ist."

„Sorry, da hast du recht. Ich werde dir genau erzählen was ‚normal' ist."

„Küssen wir uns?"

„Ja, wir küssen uns oft und sogar sehr gerne."

„Das hatte ich schon gehofft, denn ich habe ein enormes Bedürfnis dich zu küssen."

Anika geht auf ihm zu und küsst ihn. Rik reagiert wie immer, wie gewohnt, darüber ist Anika sehr froh.

Dann verlassen sie das Zimmer und Rik sieht noch eine Tür.

„Was ist hier?"

„Oh ja, entschuldige, ganz vergessen.

Das ist das Schlafzimmer von Felicia. Sie wohnt hier, wenn sie hier in der Gegend sein muss. Das Zimmer hat ein eigenes Badezimmer, so sie hat alle Freiheit."

„Felicia ist unsere Tochter und Vincent unser Sohn.

Wo schläft er, wenn er hier ist?"

„Er schläft im kleinen Schlafzimmer unten. Er hat sein eigenes Apartment wo er arbeitet. Felicia arbeitet in einer Filiale von der Firma wo ich auch arbeite. Sie muss öfters hier sein und deshalb hat sie das größere Zimmer bekommen."

Rik geht nochmal zurück auf ihr Zimmer und schaut sich die Fotos nochmals gut an.

„Das sind zwei hübsche Kinder, zum Glück ähneln sie dir. Du hast schon Schuld an ihr gutes Aussehen."

„Komm Rik, du hast auch daran gearbeitet, nicht so bescheiden."

Rik hat viele Fragen an Anika über Sachen die eigentlich selbstverständlich sind.

„Sind wir eigentlich glücklich verheiratet?"

Anika schaut ihn verliebt an und sagt zu ihm:

„Ja, Rik, wir sind sehr glücklich verheiratet."

„Das freut mich. Darf ich dich umarmen und festhalten?

Ich habe einen unheimlichen Bedarf dich zu umarmen, ich fühle mich so hilflos und leer. Ich weiß überhaupt nichts mehr, auch nichts über uns und das finde ich so schlimm. Ich werde dich bestimmt sehr blöde Fragen stellen über Sachen die für dich ganz normal sind."

„Natürlich darfst du mich umarmen, gerne sogar. Ich finde es nur gut das du alles fragst. Ich weiß nicht wie es ist, so ganz leer zu sein. Ich will dich sehr gerne helfen alle weißen Flecken wieder einzufühlen."

„Ich fühle mich so schüchtern so seltsam."

„Wie du weißt sind wir verheiratet, so komm schnell her und umarme mich und halte mich ganz gut fest, zusammen schaffen wir es schon."

„Bist du dich sicher?"

So stehen sie einige Zeit da, etwas verloren, in ihrem eigenen Gedanken. Sie möchten am liebsten weinen.

Wie müssen sie jetzt weitermachen? Eigentlich wie immer. Sie wollen feststellen was Rik alles vergessen hat.

Das Fremde ist das er nichts weiß über ihr Leben, aber alles was er gelernt hat, kann er. Er kann Autofahren, kochen, schwimmen, Fahrrad fahren, alles. Es ist wie ein komplettes funktionierendes Haus, nur das Inventar fehlt.

Wie ein Computer ohne Software.

Am Abend will Anika die Kinder erzählen was passiert ist. Zuerst ruft sie Felicia an, die sehr erschrocken reagiert und sofort kommen will. Anika verbietet das, sie will das Rik zuerst etwas zu Ruhe kommt. Vielleicht ist es morgen schon wieder besser. Sie reden noch was über was genau passiert ist. Anika erzählt Felicia auch über das fremde Verhalten von Steve und Martin.

„Sei vorsichtig Mama, du musst die Untersuchungen machen lassen und gut aufpassen. Sonst müssen wir eine andere Lösung finden um die Untersuchungen durch zu führen."

Anika ist ganz ihrer Meinung und sie vereinbaren um am nächsten Tag wieder Kontakt aufzunehmen.

Vincent reagiert auch sehr erschrocken und will sofort rüberkommen und will behilflich sein. Anika sagt ihm das Gleiche wie zu Felicia. Vincent will auf dem Laufenden gehalten werden und wenn notwendig kommt er sofort.

Anika und Rik gehen schließlich doch ins Bett und versuchen etwas zu Ruhe zu kommen. Von schlafen kommt nicht viel. Rik will so viel hören von Anika. Sie liegen die ganze Nacht im Bett und reden, reden und reden…

Anika erzählt alles über ihr Leben. Schließlich schlafen sie von totaler Erschöpfung ein.

Der Kopf von Rik dreht und dreht. Er hat so viel gehört, er kann es sich alles nicht merken. Er erkennt überhaupt nichts von was Anika ihm alles erzählt. Das verzweifelt ihn total.

Als Anika am nächsten Tag aufwacht, liegt Rik ganz nah an ihr gedrückt. Er suchte Trost und ist ganz fest gegen ihr gekrochen.

Anika freut sich über diese Reaktion.

Kapitel 2

Felicia arbeitet in der gleichen Firma wie Anika. Sie arbeitet in einer Zweigniederlassung im Südwesten. Felicia ist froh, dass es an der Küste liegt. Es ist in einem freundlichen kleinen Dorf mit einem gewaltigen Strand. Nach ihrer Arbeit geht sie oft einen Spaziergang machen über den Strand. Genießen vom Strand, Meer und Wind. Nach dem Spaziergang geht sie öfter in eine Strandbar, die zur Anlage gehört wo sie wohnt. Dort trinkt sie einen schönen Mojito und genießt den Sonnenuntergang.

Vor einigen Wochen hat sie dort einen netten Mann getroffen. Er kommt auch öfter in diese Strandbar. Carlos ist ein Medizinstudent aus Madrid und ist im letzten Jahr. Er hat seine Studie fast abgeschlossen. Seine Eltern besitzen hier eine Ferienwohnung, direkt am Strand. Er kommt oft hierher, vor allem wenn er lernen muss für ein Examen. Das Meer, das Strand, keine Freunde, die ihn belästigen, hier kann er ungestört studieren. Carlos hat Felicia schon öfter vorbeilaufen sehen, sie ist ihm sofort aufgefallen. Sie hat das gewisse Etwas was ihm anzieht. Was es ist weiß er nicht, aber etwas in ihrer Haltung und ihre Weise wie sie läuft, ziehen ihm an.
Er sieht sie so oft vorbeilaufen, dass sie keinen Urlauber sein kann, sie muss hier leben. Deshalb wollte er sie schon lange ansprechen, aber er traute sich nicht. Letztendlich ist er sie nachgelaufen und hat gesehen das sie in die Strandbar ging um etwas zu Trinken. Er schüttelte seine Schüchternheit von sich ab und setzte sich neben ihr an der Bar. Felicia hat etwas verwundert geschaut als sie bemerkte das jemanden sich neben ihr an der Bar hinsetzte. Sie schaute ihn gut an und er-

kannte ihn. Felicia hat ihn schon öfter gesehen, auf einer Terrasse einer Wohnung am Strand.

Carlos sagt etwas unbeholfen und deshalb etwas schroff: „Hallo, ich bin Carlos, darf ich dir etwas anbieten?"

Felicia hat seine Unbeholfenheit nicht mal bemerkt.

Felicia antwortet:

„Hai, ich bin Felicia, freut mich bekannt zu mache. Etwas zum Trinken? Das ist schön, ein Mojito bitte. Du wohnst doch etwas weiter am Strand in den Dünen?"

Carlos ist ganz erleichtert von Felicias Reaktion und kann wieder normal atmen und denken.

„Ja, das stimmt. Hast du mich dann gesehen?"

„Ja, du sitzt oft auf der Terrasse und studierst oder so."

„Das stimmt ich lerne hier für mein Examen, es ist hier ideal um ruhig zu studieren."

Sie kommen zu einem Gespräch und erzählen einander viel über sich, die Arbeit und das Studium. Carlos merkt, dass sie gut spanisch redet, aber sie hat einen Akzent.

„Du bist keine Spanierin, glaube ich zu hören?"

„Ist es so deutlich zu hören?"

„Nein, nein, gerade nicht, ich zweifelte welchen Akzent du hast, aus welcher Region von Spanien, aber ich konnte es nicht feststellen. Mit deinen schönen dunklen Haaren könntest du spanisch sein. Deine Weise von bewegen und tun sind nicht spanisch, deshalb frage ich es."

Felicia erklärt ihm wo sie her kommt und wie sie hier gelandet ist. Carlos erzählt Felicia, dass er im letzten Jahr seiner Studie ist. Er studiert tropische und asiatische Heilkunde.

Carlos und Felicia treffen sich oft dieser Sommer.

Ihr Treffpunkt ist immer diese Strandbar. Sie genießen es, es bricht den Alltag. Sie haben schon entdeckt das sie beide viel gereist haben und schon viel von der Welt gesehen haben.

Es ist komisch, dass man die ganze Welt abgereist hat und jemand begegnet, der man sehr mag, zuhause in einem kleinen unbekannten Feriendorf.

Es klappt sehr gut zwischen die beiden.

Im Moment als Anika Felicia anruft ist sie gerade mit Carlos in der Strandbar und sie trinken gemütlich einen Mojito.

Felicia beantwortet den Anruf und hört sofort an der Stimme ihrer Mutter das etwas nicht stimmt. Sie sitzt sofort gerade auf und hört sehr aufmerksam zu nach was sie zu sagen hat.

Carlos sieht das Felicia ganz bleich wird und fragt sich was los sein kann, so kennt er sie noch nicht.

Dann stellt Felicia ihrer Mutter viele Fragen. Felicia fragt ob sie schon ins Krankenhaus gewesen ist und was die Ärzte sagen. Carlos erkennt die Wörter ‚Krankenhaus, und ‚Ärzten'.

Er wird neugierig und wartet ruhig ab bis das Gespräch beendet wird.

„Was erzählst du Mama, du bist nicht in einem Krankenhaus gewesen? Wer hat Papa dann untersucht? Martin? Wer ist Martin? Ein Bekannter, der zufällig zu Besuch ist? Was sagt Erik dazu? Was? Darf Erik Papa nicht Untersuchen? Das ist komisch, das darf nicht wahr sein. Papa muss im Krankenhaus untersucht werden und zwar schnellstens."

Anika erklärt das Martin eine Blutprobe abgenommen hat und es persönlich zum Lab gebracht hat. Martin hat auch den Termin für einen Scan gemacht und wir müssen jetzt abwarten bis wir aufgerufen werden.

„Hast du zusammen mit Martin diesen Termin gemacht?"

„Nein, ich dürfte nicht dabei sein und das stört mich sehr. Ich darf nirgendwo dabei sein. Weißt du was auch so komisch ist? Steve tut plötzlich sehr lieb zu mir, er tut als ob ich seine Geliebte bin. Verstehst du das? Normal ist er nie freundlich zu mir."

Felicia ist total entgeistert. Sie will gleich ins Auto steigen und zu ihren Eltern fahren.

„Nein, warte noch ein wenig ab. Wir schauen zuerst was morgen passiert."

„Na gut, in Ordnung, aber halt mich auf dem Laufenden, ich will alles hören. Wenn es morgen kein Befund vom Blut gibt müssen wir andere Wegen suchen."

Ihre Mutter gibt ihr das Verspechen und sie legen auf.

Carlos will wissen was los ist. Felicia erzählt ihm alles was ihre Mutter ihr erzählt hat. Das ihr Vater während des Autofahrens einen akuten Gedächtnisschwung erlitten hat.

„Er weiß nichts mehr. Er weiß schon was er tun muss, aber kennt nichts oder niemanden. Er erinnert sich nichts mehr. Im Auto beantwortet er das Telefon aber erkannte meine Mutter nicht mal."

Carlos fragt:

„Wer ist sein Arzt? Ich hörte den Name Erik, der kenne ich von meinem Praktikum in Málaga, er ist ein guter Arzt."

„Das ist das Komische, ein befreundeter Arzt vom Manager meiner Mama, hat ihn zu einem Krankenhaus gebracht und untersucht. Er persönlich hat ihm Blut abgenommen, welches er dann zum Lab gebracht hat. Danach hat er hat einen Termin für einen Scan beantragt und jetzt müssen meine Eltern warten auf einem Anruf über den Befund und den Termin."

„So ein Blödsinn, es ist ein Notfall, dann wird sofort ein Scan gemacht, nur eine Blutprobe? Das ist zu wenig. Es muss ein breites Spektrum untersucht werden, dann brauchst du bestimmt fünf Röhrchen Blut. Wann kommt der Befund?"

„Ich wollte schon sofort ins Auto steigen und hinfahren, aber meine Mutter will zuerst abwarten wie es sich morgen entwickelt. Sie hofft, dass es morgen schon bessergehen wird."

„Jetzt ist es zu spät. Willst du mich morgenfrüh sofort anrufen über die Befunden? Wenn morgen am Vormittag noch keine Befunden da sind, gehen wir am Nachmittag nach Málaga, wir bringen deinen Vater ins Krankenhaus wo ich gearbeitet habe und ich nehme persönlich die Blutproben ab.

Ich habe ein komisches Gefühl über diese Sache. Indem jemanden so plötzlich einen Gedächtnisschwund hat, das ist nicht normal, das muss gründlich untersucht werden.

Hast du morgen Zeit, Felicia?"

„Das ist sehr freundlich von dir. Ich habe morgen ab zwölf Uhr frei. Ich rufe dich sofort an, wenn ich etwas gehört habe."

Carlos gibt ihr seine Handynummer. Sie reden noch lange über das Geschehen. Carlos fragt Felicia ob es ihr nicht stört das er sich einmischt, aber sie ist heil froh das jemand die Sache ernst nimmt. Carlos erzählt ihr das er in Madrid viele Untersuchungsmöglichkeiten zur Verfügung hat. Er kann viele Tests durchführen.

Schließlich verabschieden sie sich und versprechen am nächsten Morgen Kontakt aufzunehmen.

Anika geht am nächsten Morgen ins Büro. Rik glaubt schon, dass er alleine zuhause bleiben kann. Er will alle Fotobücher durchsehen und hofft das etwas von seinem Gedächtnis zurückkehren wird.

Anika geht direkt auf Steve zu und fragt ob er schon den Befund bekommen hat. Er hat noch nichts gehört, aber er glaubt, dass Martin ihm sofort anrufen wird sobald er die Befunden bekommen hat.

Im Laufe des Vormittags hat Anika immer noch nichts gehört und fragt Steve nochmals ob er schon etwas weiß.

„Ach Anika, mein lieber Schatz, komm her und setz dich, du siehst ganz verloren aus. Jetzt siehst du mal wieder das dieser Rik nicht gut für dich ist. Hat er sein Gedächtnis immer noch nicht zurück?"

„Nein, und das beängstigt mich."

„Das braucht überhaupt nicht Schatz, ich bin doch da um dich aufzufangen. Vielleicht ist dieses Moment das Richtige um Rik fallen zu lassen. Dich von ihm zu befreien. Es geht schon lange nicht gut zwischen euch beide. Das habe ich schon längst bemerkt."

Anika reagiert eigentlich kaum auf diesen Bemerkungen, sie ist viel zu viel abgelenkt um es zu sich durchdringen zu lassen.

Anika will nur das Rik sachgerecht untersucht wird.

Steve ruft schließlich Martin an, weil er verrückt wird von dem Jammern von Anika. Nach seinem Gespräch mit Martin geht Steve wieder nach Anika und erzählt ihr das Martin in diesem Moment auf dem Weg ist zum Lab um die Befunden abzuholen.

„Er kommt gleich hierher um es dir zu erzählen, aber er hat schon gesehen, dass es nichts Außergewöhnliches gibt."

Inzwischen hat Felicia, Anika schon angerufen und nachgefragt ob es Neuigkeiten gibt. Leider musste Anika verneinen. Felicia fragt nach dem Namen des Krankenhauses und schreibt sie auf in ihrem Notizblock.

Carlos hat keine Ruhe, es stört ihm maßlos was passiert ist mit dem Vater von Felicia. Er geht zu Felicia in ihr Büro um nachzufragen ob sie schon was vernommen hat.

„Nein noch nichts. Ich habe soeben mit meiner Mutter telefoniert, sie wird verrückt davon das nichts gemacht wird. Sie will das Papa schnellstens und gründlich untersucht wird."

„Ich verstehe es, das will ich auch. Ist dies das Krankenhaus wo das Blut abgenommen worden ist?" fragt Carlos und zeigt auf ihr Notizblock.

„Das ist ein Soziales Krankenhaus, da macht man keine Untersuchungen für dritten. Warte kurz, ich werde das Krankenhaus anrufen um es nachzufragen."

Carlos ruft an und ist lange in Gespräch. Er erklärt wer er ist und um was es sich handelt. Schließlich bekommt er der verantwortliche Arzt am Telefon. Er spricht lange mit ihm und Felicia zieht an seinen Gesichtsausdrücken das etwas fremdes los sein muss. Er verbricht die Leitung und schaut Felicia sorglich an.

Dann erzählt er was er gehört hat:

„Es ist kein Patient mit einem Gedächtnisschwund bekannt, es gibt auch keine Anfrage für einen Scan und es gibt keine Anfrage für eine Blutuntersuchung.

Es hat schon einen Arzt gegeben, der ein Untersuchungszimmer benützen wollte für eine kleine Untersuchung, aber darüber ist weiter nichts bekannt. Es ist ein Soziales Krankenhaus und es ist immer sehr hektisch.

Leider, aber es stimmt etwas nicht. Wir haben keine Zeit zu verlieren, wir müssen schnellstens zu deinem Vater und ihm Blut abnehmen, bevor die Werten verloren gehen.

Ich schlage vor um jetzt sofort zu deinem Vater zu gehen, ihm abzuholen und zum Krankenhaus von Málaga zu bringen. Ich kann dort das Blut abnehmen und wir werden dann auch einen Gehirnscan machen lassen.

Komm, wir steigen sofort ins Auto und fahren los. Unterwegs können wir alles besprechen und im Krankenhaus anrufen und unseren Besuch anmelden.

Weißt du wo deinen Vater jetzt ist? Zuhause oder bei deiner Mutter im Büro?

Felicia schickt gleich einen Bericht an ihrer Mutter und fragt wo Papa ist. Anika antwortet das er alleine zuhause ist. Felicia berichtet das sie mit Carlos unterwegs ist und Papa abholen wird um ins Krankenhaus von Málaga zu gehen für ausführliche Untersuchungen. Felicia schreibt ihrer Mutter das im Krankenhaus wo sie gestern waren, nichts bekannt ist von einer Blutuntersuchung oder einen Scan.

Sie warnt ihre Mutter nichts an Steve oder Martin zu erzählen. Sie muss sich ganz unschuldig verhalten. Felicia hat ein schlechtes Gefühl über die ganze Sache und will nicht das jemanden etwas über ihre Untersuchungen erfährt.

„Mama, erzähl niemanden etwas, halt dich still, Heute Abend treffen wir uns."

Anika ist froh das endlich Aktion unternommen wird und vergisst zu fragen wer dieser ‚Carlos' eigentlich ist.

Niemanden im Büro hat diesen Berichtaustausch bemerkt. Gerade als sie fertig sind, kommt Martin ins Büro und geht zu Steve. Steve fragt kurze Zeit später ob Anika zu ihm kommen will.

„Anika, Schatz, Martin hat gerade die Befunden bekommen. Es ist nichts abweichendes fest zu stellen. Was Martin aber alarmierend findet ist das es so aussieht als ob Rik Drogen nimmt.

Das kann der Grund sein für seinen plötzlichen ‚Black out'.

weißt du irgendetwas von seinem Drogenkonsum?"

„Was sagst du? Das kann nicht wahr sein, wieso würde er Drogen nehmen? Er hat sein ganzes Leben noch keine Drogen genommen oder sogar mal ausprobiert. Was ist das für einen Blödsinn."

„Die Werten weisen es so aus und es erklärt auch das komische Verhalten von Rik in letzter Zeit."

„Was redet ihr da, darf ich die Blutwerte sehen? Ich werde die auswerten lassen von Erik."

Martin antwortet schnell:

„Nein das geht nicht, ich habe die schnell vernichtet, ich will nicht das die in falschen Händen geraten. Ich habe den Termin für den Scan auch abgesagt, bevor das eine falsche Diagnose gestellt wird oder Geschichten rundgesprochen werden. Es tut mir leid. Wo ist Rik jetzt?"

Anika sitzt ganz desolat dabei und sagt matt:

„Rik ist zuhause und schläft. Er ist so müde, dass er im Moment nur schlafen will."

„Siehst du, auch das ist ein Zeichen von Drogenkonsum."

Anika reagiert nicht mal, sie versteht es nicht und lässt es dabei. Sie sagt nichts mehr. Das Rik zuhause nur schlafen will erfand sie an Ort und Stelle, so dass sie ihr in Ruhe lassen. Etwas stimmt hier nicht und das muss sie rausfinden.

Steve fragt ob sie eine Tasse Kaffee will:

„Anika, Schatz, willst du noch einen Kaffee? Du und ich werden zusammen zum Mittagessen gehen. Dann kannst du alles ein wenig verarbeiten und auf anderen Gedanken kommen. Heute Nachmittag werden wir zusammen das Projekt fertigstellen woran du im Moment arbeitest. Zusammen werden wir es schnell fertig haben.

Ich weiß es ist ein großer Schrecken für dich, aber wir lassen es dabei und vergessen es, unser Geheimnis. In Ordnung?"

„Ja, in Ordnung, das machen wir, das ist gut, ich danke dir." stammelt Anika und sie staunt nur.

„Es ist sehr freundlich von dir das du mich so auffängst."

Schnell schickt sie einen Bericht an Felicia, das Steve sie zum Mittagessen ausnimmt und das der Weg frei ist um mit Rik zum Krankenhaus zu gehen.

Während Anika und Steve ein romantisches Mittagessen ‚genießen' treffen Felicia und Carlos bei Rik ein.

Rik staunt darüber das es klingelt, aber er weiß nicht wer an der Tür sein wird. Deshalb öffnet er die Tür nicht, das hat er mit Anika so verabredet.

Felicia hat natürlich einen Wohnungsschlüssel und geht in die Wohnung hinein. Sie sieht Rik auf der Terrasse sitzen.

Felicia geht auf Rik zu und begrüßt ihn:

„Hallo Papa, ich weiß nicht ob du mich erkennst. Ich bin Felicia, deine Tochter."

„Ja, ich erkenne dich von den Fotos die im Schlafzimmer hängen. Hallo, freut mich mit dir bekanntzumachen.

Oh, oh, was muss das komisch anhören für dich. Du kennst mich schon dein ganzes Leben und dann sage ich, es freut mich bekanntzumachen. Das tut mir leid, aber ich weiß wirklich nichts."

„Das macht nichts, das holen wir noch ein. Das ist Carlos, mein Freund."

„Hallo Carlos, von dir habe ich kein Foto gesehen."

Felicia reagiert etwas schüchtern:

„Das stimmt, wir sind erst seit kurzem befreundet. Mama weiß es noch nicht mal."

Felicia erklärt Rik wer Carlos ist und dass er ihn untersuchen will. Sie erzählt das Martin nichts gefunden hat und das nichts los ist mit Rik. Carlos glaubt es nicht. Man hat nicht schlagartig einen Gedächtnisschwund ohne, dass es einen Grund gibt.

Carlos hat schon Kontakt gehabt mit dem Krankenhaus in Málaga und hat die Genehmigung bekommen um seine Untersuchungen durzuführen.

Sie fahren schnell ins Krankenhaus. Felicia hat ihr Auto in der Garage abgestellt so das niemanden sehen kann das Rik die Wohnung verlässt.

Im Krankenhaus will Carlos als erstes Blut von Rik abnehmen. Es hat ihm schon viel zu lange gedauert. Er nimmt viele Blutmunster ab. Man weiß nie wozu das noch gut sein wird. Danach geht er mit Rik zum Scan. Es wird ein MRI Scan von seinem Hirn gemacht. Während Rik im Scan ist, untersucht Carlos ein erstes Blutmuster im Lab.

Es gibt schon schnell ein erster Befund. Im Krankenhaus haben sie die modernste Ausrüstung und damit kann schnellstens eine erste Blutanalyse gemacht werden.

Alles sieht gut aus. Es gibt nur eine kleine Abweichung in einen bestimmten Wert die Carlos nicht versteht. Es ist minimal, aber es ist da. Er will das Blut in Madrid, in der Universität weiter untersuchen, dort hat er noch viel mehr Möglichkeiten.

Carlos studiert den MRI Scan. Es ist nichts festzustellen. Alles ist normal. Rik hat nicht seinen Kopf gestoßen oder einen Schlag auf seinem Kopf bekommen und es gibt keine Hirnblutung oder so etwas.

Carlos sieht auch keine Einstichstellen am Körper.

Es ist nichts zu finden was einen Gedächtnisschwund erklärt. Carlos macht mit Rik viele Tests, aber alles ist in Ordnung.

Er hat keine Ahnung was die Ursache sein könnte.

Die Lösung muss doch im Blut zu finden sein.

Carlos schickt die restlichen Blutmuster, mit einem medizinischen Kurier zu seiner Abteilung in der Universität in Madrid. Er muss sich hierin vertiefen. Das wird leider einige Zeit nehmen, da er keine Ahnung hat in welcher Richtung er suchen muss.

Die gute Nachricht ist das Rik keinen Unfall hatte oder eine Krankheit zugezogen hat. Die Untersuchungen haben ausgewiesen das er völlig gesund ist. Die Untersuchungen haben den ganzen Nachmittag gedauert und es ist schon Abend als sie wieder zu Hause sind.

Anika hatte ein umfangreiches und romantisches Mittagessen. Es gefällt ihr überhaupt nicht. Sie versteht die Welt nicht mehr. Steve handelt als ob sie ein verliebtes Paar sind. Er hatte doch nur Auge für Agnes?

Wenn sie endlich zurückkommen im Büro, gibt es dort eine eifersüchtige Agnes. Als sie zusammen in der Küche stehen fragt Agnes:

„Was ist hier los? Was hat das zu bedeuten? Seid ihr beide zusammen?"

Anika antwortet ganz verzweifelt:

„Ich habe keine blasse Ahnung was los ist. Ich verstehe es ganz und gar nicht. Steve tut als ob wir ein verliebtes Paar sind und gibt dauernd ab auf Rik. Ich dachte zuerst, dass es aus Mitleid war, aber jetzt geht er mir wirklich zu weit."

Agnes schaut ihr lange an und schließlich glaubt sie was Anika erzählt. Sie kann es auch nicht fassen. Was ist passiert das Steve seine Haltung so geändert hat?

Am Nachmittag beenden Anika und Steve, das Projekt.

Steve macht dauernd Bewegungen so dass er Anika berühren kann. Agnes wird total verrückt als sie das sieht. Sie verspricht sich selber das sie raussuchen wird was los ist, sie will wissen was passiert ist.

Als Steve und Anika endlich das Projekt fertig haben hat das Büro schon zu. Anika erschreckt das es schon so spät ist.

In dem Moment bekommt sie einen Bericht von Felicia das sie wieder zuhause sind und das Anika nach Hause kommen kann.

„So, ist es schon so spät? Dann gehe ich schnell nach Hause."

„Du kannst auch mit mir mitkommen um noch etwas zu trinken." sagt Steve.

„Nein, nein, ich muss nach Hause, es ist schon viel zu spät. Danke für das Mittagessen, bis morgen."

„Du brauchst mich nicht zu danken, meine Liebe, du weißt ja, für dich tue ich alles. Ich fand es sehr schön, das müssen wir öfter machen."

Anika bekommt einen kalten Schauer und will nur schnellstens nach Hause.

Zuhause sieht Anika das Felicia zusammen ist mit einem unbekannten jungen Mann. Sie geht auf Felicia zu und umarmt sie zur Begrüßung. Felicia stellt sie vor an Carlos.

„Mama, das ist Carlos. Wir sind im letzten Sommer Freunden geworden. Als er über Papa hörte war er sehr besorgt und wollte gleich helfen. Er ist Medizin Student im letzten Studienjahr.

Nachdem er erfuhr welche Untersuchungen dieser ‚Martin' gemacht hatte wurde er erst recht besorgt. Er hat in Málaga sein Praktikum gemacht und hat dort einen Termin vereinbart für eine gründliche Untersuchung. Das haben wir heute Nachmittag gemacht."

Anika erzählt ihnen was Martin rausgefunden hat an Hand seiner Blutuntersuchung.

„Martin behauptet das Rik Drogen nimmt und deshalb einen Black-out hatte. Er hat eine falsche Dosis eingenommen. Ich finde es einen großen Blödsinn und habe Ihm erzählt das er verrückt ist. Sie beharrte in dieser Meinung und sie trauen sich nicht noch weitere Untersuchungen zu machen. Sie haben Angst das es bekannt wird und das Rik verhaftet wird. Ich habe weiter nicht reagiert, ich verstehe so wie so nicht mehr was im Büro los ist."

Carlos hört das Rik drogensüchtig sein muss und ist verwirrt.

„Was behauptet er? Rik nimmt Drogen? Das ist Blödsinn, Rik ist völlig gesund, er hat gar keine Anzeigen oder Werten die auf Drogen oder Medikamenten hinzeigen. Ich habe schon eine Abweichung gefunden, aber die werde ich in Madrid untersuchen. Ich erkenne es irgendwo, aber kann nicht feststellen was es ist. Deshalb habe ich die Blutproben nach Madrid geschickt. Niemanden hier weiß das ich Rik untersucht habe, deshalb kann es nicht zufällig bei Steve oder Martin kommen. Ihr Mann ist topfit. Der MRI Scan hat auch keine Abweichungen ausgewiesen. Sie brauchen sich keine Sorgen zu machen, wir müssen nur rausfinden was passiert ist und das will ich in Madrid rausfinden."

Anika ist erleichtert das mit Rik nichts los ist, nur der Gedächtnisschwund beängstigt ihr.

Wird er sein Gedächtnis wieder zurückbekommen?

Kapitel 3

Am nächsten Morgen wartet Agnes vor dem Büro bereits auf Steve. Sie will von ihm hören was nun los ist.

„Steve was machst du im Moment? Du wolltest gestern Abend zu mir kommen und bei mir schlafen. Du bist nicht gekommen und hast dich nicht mal abgemeldet. Ich habe den ganzen Abend auf dich gewartet."

„Was denkst du Agnes, es gibt nichts zwischen uns. Ich musste Anika auffangen. Anika hat es schwierig von wegen die ganze Situation mit Rik. Du hast es vielleicht noch nicht bemerkt, aber ich habe schon längere Zeit ein Verhältnis mit Anika. Aber wenn du es jetzt doch zu rede bringst, es ist vorbei mit uns. Ich mache weiter mit Anika. Sie hat endlich einen Grund um mit Rik Schluss zu machen und mit mir weiter zu gehen. Ich habe die letzte Nacht auch schon mit Anika verbracht. Ich werde im kurzem bei ihr einziehen."

„Was? Was sagst du? Ich habe gestern noch mit Anika gesprochen aber sie will nichts mit dir zu tun haben.

Sie ist sprachlos wie du im Moment mit ihr umgehst. Sie mag es nicht. Ich glaube dir nicht."

„Ja Agnes, das hatten wir so verabredet. Du siehst es, Anika kann dich sogar überzeugen. Letzte Nacht haben wir beschlossen um zusammen weiter zu leben, wir sind total verliebt. Anika ist eine großartige Frau und dann meine ich eine richtige Frau. Du verstehst schon was ich meine. Das fehlt dir nun einmal."

Agnes versteht die Welt nicht mehr und geht zu ihr Arbeitszimmer und starrt entgeistert vor sich hin als Anika im Büro eintrefft. Die richtige Befunden von gestern und es zusammen aufwachen mit Rik haben ihr wieder eine ganz andere Ausstrahlung gegeben.

Diese Änderung sieht Agnes auch und zieht daraus ihre ‚falsche' Schlussfolgerung.

Steve begrüßt Anika äußerst liebevoll mit Küssen auf beiden Wangen.

Agnes hört was Steve sagt:

„Ich habe Agnes informiert, sie weiß jetzt alles."

Anika denkt nur:

‚Was sagt er nun wieder, was bedeutet das?'

Anika hat sich vorgenommen auf nichts zu reagieren und mitzuspielen bis mehr bekannt ist über Rik.

Steve will Anika sprechen in seinem Arbeitszimmer. Steve spricht über *die* Chance, die Anika jetzt hat, um sich von Rik zu trennen. Rik weiß doch nichts mehr und wir können ihm alles glauben lassen was wir ihm erzählen. Wir können Rik erzählen, dass die Ehe geplatzt ist und dass du ein Verhältnis hast mit mir. So bald Rik weg ist kann ich bei dir einziehen. Zusammen haben wir ein gutes Einkommen wovon wir gut leben können.

„Es macht wirklich keinen Spaß um nochmals von vorne anzufangen mit Rik. Du musst jetzt wirklich die Möglichkeit angreifen und dich von Rik trennen. Ich helfe dir. Denke mal darüber nach."

In diesem Moment klingelt das Telefon und müssen sie an die Arbeit. Anika hat nicht mal die Möglichkeit zu reagieren. Sie findet es so einen Blödsinn und versteht nicht worüber er redet.

Anika geht zu ihr Arbeitsplatz und schon schnell steht Agnes für ihre Nase. Agnes kocht vor Wut.

„Steve hat heute Morgen unsere Beziehung aufgelöst. Er hat Schluss gemacht mit mir. Er erzählte das ihr beide schon lange eine Beziehung habt und dass es endlich eine Möglichkeit gibt dich von Rik zu trennen. Ihr werdet dann zusammen sein. Steve hat letzte Nacht schon mit dir verbracht."

„Was??? Das glaubst du doch nicht. Steve war letzte Nacht nicht bei mir! Ich lag zusammen mit Rik in unserem Bett und wir haben die ganze Nacht geredet über die neu entstandene Situation."

„Das ist nicht dein Ernst. Wieso erzählt Steve dann so etwas?"

„Gerade eben hat Steve mir vorgeschlagen mich von Rik zu trennen so dass wir zusammenziehen können. Ich verstehe nicht was mit ihm los ist, er macht solche komischen Sachen und redet nur Blödsinn. Ich garantiere dich, Agnes, es gibt nichts zwischen mir und Steve. Lassen wir das Spielchen eine Weile mitspielen und schauen wo es hinführt.

Einverstanden?"

Agnes ist etwas beruhigt und einverstanden mit Anika um zu sehen wo es hinführt.

Anika starrt vor sich hin und denkt an alles was im Moment so alles passiert. Ist Steve wirklich so vorkommend oder ist etwas anderes los? Dann läutet das Telefon und Anika muss an der Arbeit.

Als Anika sieht das Steve und Martin das Büro verlassen, nimmt Anika schnell das Telefon und ruft Vincent an. Sie hatte noch keine Möglichkeit ihm zu informieren über die Untersuchungen von seinem Vater.

Vincent beantwortet gleich das Telefon und hört seine Mutter zu. Er ist froh das seinen Vater weiter nichts fehlt aber er traut es alles noch nicht so. Seine Mutter erzählt ihm auch noch über das seltsame Verhalten von Steve. Er wundert sich und hat ein schlechtes Gefühl. Er fragt seine Mutter vorsichtig zu sein, wenn nur etwas Seltsames passiert kommt er sofort zu ihr. Nach Zusage seiner Mutter, dass sie vorsichtig sein wird, beenden sie das Gespräch.

Nach diesem Gespräch lehnt Vincent sich in seinem Stuhl zurück und überdenkt das Ganze. Er hat kein gutes Gefühl, aber er weiß nicht was er tun kann. Er ist so in Gedanken vertieft, dass er nicht mal bemerkt das seinen Chef in sein Arbeitszimmer gekommen ist und zu ihm spricht.

Paul gibt ihm einen kleinen Schubs und fragt:

„Hé, Vincent wo bist du mit deinen Gedanken? Du schaust aus als ob die Welt vergeht."

„Oh, Paul, entschuldige, ich habe nicht gehört, dass du reingekommen bist."

„Das habe ich bemerkt, was ist los?"

„Es ist etwas sehr Fremdes passiert mit meinem Vater und meine Mutter hat mir gerade das Neueste erzählt und das beruhigt mich überhaupt nicht."

Paul fragt ihm was los ist. Vincent erzählt Paul was mit seinem Vater passiert ist und was so alles los ist im Büro seiner Mutter.

„Plötzlich erzählt Steve auch noch, dass er ein Verhältnis hat mit meiner Mutter. Das ist Blödsinn, aber er erzählt es trotzdem an allen und außerdem, dass sie im Kurzem zusammenziehen werden."

Paul ist plötzlich sehr interessiert:

„Wer hast du da genannt? Steve wer?"

„Ich weiß seine Familiennamen nicht, aber warte ich habe ein Foto von ihm."

Vincent nimmt sein Tablet und sucht ein Foto raus. Ein Foto vom Personal vom Büro seiner Mutter und zeigt ihm Steve. Paul schaut hin und nimmt plötzlich das Tablet und schaut nochmals gut auf das Foto und vergrößert Steve so, dass er es richtig gut studieren kann. Paul schaut erstaunt auf dem Foto und wird ganz still und bleich. Vincent schaut ihn verwundert an und fragt was los ist.

„Ich denke, dass ich diesen Steve kenne. Es ist schon eine Weile her. Es war irgendwo im Ferne Osten. Wir arbeiteten in der gleichen Region, plötzlich gab es Probleme und er war sehr schnell verschwunden. Ich muss mich sehr irren, wenn er es nicht ist, es ist schon lange her."

Vincent möchte gerne wissen was damals passiert ist.

„Ich weiß es nicht mehr so ganz genau, aber ich habe alles notiert in meinem Tagebuch. Das mache ich immer, jetzt auch noch. Ich werde zuhause mal nachschauen ob ich was finden kann. Die Tagebücher müssen zuhause irgendwo sein. Wenn es tatsächlich den gleichen Steve ist von damals, dann musst du dich in Acht nehmen. Er ist ein gefährlicher Mann."

Vincent erschreckt von dieser Aussprache und fragt:

„Weist du dich etwas zu erinnern?"

Paul denkt lange nach und sagt schließlich:

„Mal denken, ich glaube es war in Indonesien, es passierte fremde Sachen und es stellte sich heraus das Steve ein Verhältnis hatte mit einem verheirateten Mann! Sein Arbeitsgeber hat ihn schnellsten an der anderen Seite der Welt versetzt."

„Du meinst Steve ist Homo?"

„Ja ganz bestimmt und das konnte damals überhaupt nicht, deshalb wurde er weggeschickt, aber ich werde in meine Tagesbücher nachschauen. Das Steve solches Interesse hat in deiner Mutter bedeutet das deine Eltern etwas besitzen was Steve sehr gerne haben möchte. Wenn ich mich richtig erinnere war ‚Geld' die große Passion von Steve.

Sind deine Eltern reich?"

Vincent staunt über diese Frage von Paul.

„Nein, sie habe ein gutes Leben, aber wirklich reich? Nein, das nicht."

Vincent hofft, dass Paul seine Tagesbücher schnell finden wird, er ist sehr gespannt auf alles was damals geschehen ist.

Vincent ruft noch schnell seine Schwester an und erzählt ihr die letzten Informationen, auch das Steve Homo sein muss. Felicia freut sich über seinen Anruf und staunt über den Bericht das Steve Homo ist.

„Das werde ich rausfinden, das ist interessant."

Vincent arbeitet für eine große internationale Installation unternehmen, dass seinen Hauptsitz in den Niederlanden hat.

Vincent ist Regional Manager, für die Region Süd Spanien.

Paul ist Manager für Spanien und Portugal und ist oft im Büro von Vincent von wegen der zentralen Lage zwischen einigen Großkunden.

Paul war damals für das gleiche Unternehmen, stationiert in Indonesien. Steve war auch dort stationiert und deshalb kennt er Steve. Er hat ihn ab und zu getroffen. Es ist doch sehr zufällig das wieder über Steve hört und dass es wieder unerklärliche Ereignissen geschehen in seinem Umfeld. Das ist sehr alarmierend und er will in seinen Tagesbüchern schauen ob er finden kann was damals so alles passiert ist. Er muss dieses Wochenende doch zu seiner Wohnung in Barcelona und er wird seine Tagebücher suchen.

Am Montag kommt Anika im Büro und sieht Steve in Gespräch mit ihren Kollegen. Sie hört noch gerade das er ein sehr schönes Wochenende mit Anika verbracht hat. Wenn Steve Anika sieht sagt er schnell das allen an die Arbeit müssen. Steve geht auf Anika zu und umarmt ihr innig und gibt ihr einen Kuss. Anika versucht ihn abzuwehren, aber das gelingt ihr nicht richtig.

„Steve kann ich mit dir sprechen? Ich habe ein sehr schönes Wochenende gehabt und…"

Steve reagiert sofort:

„Ich auch lieber Schatz es war großartig, nicht?"

Dieser kleine Teil des Gespräches hat jeder gehört und sie denken das sie zusammen ein schönes Wochenende hatte, genau wie Steve es gerade erzählte.

Anika bestätigt ungewollt was Steven soeben gesagt hat.

Anika geht zusammen mit Steve in seinem Arbeitszimmer. Steve schließt die Tür so das niemanden zuhören kann.

Anika fängt wieder an und sagt:

„Ich hatte ein schönes Wochenende mit Rik und es hat ihm wirklich gutgetan. Nun habe ich nachgedacht und möchte mit Rik einige Tage ausgehen, dann zeige ich ihm viele Orten und Stellen wo wir zusammen gewesen sind. Vielleicht hilft das um sein Gedächtnis zurückzubekommen."

Das passt Steve überhaupt nicht. Anika ist schon lästig und hartnäckig um Rik zu helfen, statt sich von ihm zu trennen.

Er starrt sie lange an und überdenkt was er jetzt noch tun kann um Rik doch noch los zu werden.

Er bekommt plötzlich eine Idee.

„Nein liebe Anika, das geht überhaupt nicht. Für so etwas hast du keine Zeit. Du kannst jetzt nicht weg, wir haben viel zu viel Arbeit. Ich denke es wäre besser, wenn Rik einen Tag aus deiner Nähe weg ist. Dann hat er keinen Druck und vielleicht ist die Entspannung sogar sehr positiv für ihn.

Ich werde ihn morgen auf einem Ausflug mitschicken."

Anika staunt über den Vorschlag von Steve.

„Rik alleine mit einem Ausflug mitschicken? Das geht nicht, dann ist er hoffnungslos verloren, er weiß gar nichts mehr. Nein, das finde ich keine gute Idee."

Steve schaut ihr an und sagt dann:

„Was denkst davon, wenn Martin mitgehen wird. Ich rufe sofort an und melde die beiden für diesen Ausflug nach Marokko an."

„Marokko? Wieso dort hin?"

„Das ist etwas total anderes, das wird ihm guttun."

„Alles ist neu und anders für ihn, er ist im Moment so hilflos."

„Macht nichts. Martin und Rik machen morgen dieser Ausflug. So, und gehe jetzt an die Arbeit, es gibt viel zu tun."

Anika bekommt wirklich viel Arbeit und ist sehr beschäftigt mit aller Art Problemfälle.

Der Tag vergeht im Flug.

Steve dachte, in seiner Aufregung über den Vorschlag von Anika, an seinem Besuch an der Marokkanische Stad Tétouan.

Dieser Besuch war so chaotisch und diese Stadt ist so unübersichtlich, dass es Martin einfach gelingen muss um Rik dort irgendwo zu ‚verlieren'.

Nachdem er Anika überladen hat mit Arbeit, ruft er Martin an. Er erklärt Martin seinen Plan.

„Martin, es klappt nicht auf dieser Weise. Diese lästige Anika versucht alles um Rik sein Gedächtnis zurück bekommen zu lassen. Wir müssen etwas unternehmen.

Es wird Zeit für Plan ‚B'.

„Ja ich bin einverstanden, aber was ist Plan ‚B'?"

„Hör gut zu, ich habe euch beide auf einem Ausflug nach Marokko gebucht. Während dieses Ausflugs kommt ihr in einer großer sehr alten Stad. Das alte Zentrum ist ein richtiges Labyrinth. Nur mit einem Führer kann man dort den Weg finden. Versuche Rik in diesem Labyrinth los zu werden. Er ist im Moment so hilflos, dass es dir einfach gelingen wird. Wenn es so geht wie das letztes Mal beim Zoll, dann habt ihr in Marokko keinen Reisepass mehr dabei. Der bleibt beim Zoll. Ich werde Anika fragen, Rik nichts mitzugeben, keine ID-Karte, keine Kreditkarte, kein Handy, nichts, nur ein wenig Bargeld und seinen Reisepass, der er beim Zoll abgeben muss. Ohne all diese Sachen ist er total anonym.

Das muss doch möglich sein?

Wenn es gelingt um Rik los zu werden, kann ich Anika auffangen und trösten. Dann kann ich ihr bearbeiten und versuchen an ihr Geld ran zu kommen."

Martin findet es einen guten Plan und wird sich schon vorbereiten auf dem Ausflug.

Nach dem Gespräch mit Martin geht Steve zu Anika.

„Anika, meine Liebe, kommst du mit mir zum Mittagessen, du musst etwas essen, lieber Schatz. Komm dann gehen wir eine Kleinigkeit essen."

Steve will Anika dauernd beschäftigen, er will nicht, dass sie kontakt hat mit Rik. Während des Mittagessens erzählt er Anika was Rik auf dem Ausflug mitnehmen darf.

„Gib Rik nur seinen Reisepass mit. Der braucht er beim Zoll. Es wird dort so viel gestohlen und Touristen werden beraubt, dass du ihm weiter nichts mitgeben muss. Keine zusätzliche ID-Karte, keine Kreditkarte oder sonstiges von Wert. Kein Handy, das funktioniert doch nicht in Marokko.

Nur ein wenig Bargeld. Machst du das meine Liebe?"

Anika staunt über den guten Sorgen um Rik. Das ist neu für Steve, meint er es dann doch nicht so schlecht?

Anika verspricht Steve das Rik keine Wertsachen mitnehmen wird.

Am Abend erzählt Anika Rik über die Pläne für den nächsten Tag. Rik ist begeistert. Er würde natürlich am Liebsten zusammen mit Anika fahren, aber er mag diesen Vorschlag von Steve.

Anika macht alles genauso wie Steve es ihr aufgetragen hat.

Am nächsten Morgen, sehr früh, hilft sie Rik bei seinen Vorbereitungen für den Ausflug.

Aber plötzlich hat sie eine Vorahnung oder ein komisches Gefühl und gibt Rik doch seine Kamera mit. Es ist ein flaches kompaktes Model.

„Nimm diese Kamera mit, vielleicht kannst du noch einige schöne Fotos machen. Zeige es Martin nicht. Steve will nicht das du etwas mitnimmst."

Rik schaut sich die Kamera nicht mal an und steckt es in seiner Hosentasche. Rik und Anika umarmen sich ganz fest und küssen sich zum Abschied.

Dann steht Martin schon vor der Tür um Rik abzuholen.

.

Kapitel 4

Es ist noch sehr früh, sogar noch dunkel, als Rik und Martin vom einem Bus abgeholt werden. Der Bus ist voll mit Urlauber, es ist eine große Gruppe.

Martin findet noch zwei Plätzen nebeneinander und er fragt Rik ob er wirklich keine extra Sachen mitgenommen hat.

„Nein nur etwas Bargeld. Anika erzählte mir das es dort viele Taschendiebe gibt und ich deshalb nichts mitnehmen dürfte."

„Sehr gut, auch kein Handy? Perfekt."

Martin behandelt ihn als ob er geistlich zurückgeblieben ist und nichts selbständig machen kann. Er schätzt ihn doch ein Wenig falsch ein. Nachdem der Bus noch einige Male angehalten hat um die letzte Gäste abzuholen, fährt der Bus zum Hafen. Im Hafen müssen sie auf die Fähre nach Ceuta umsteigen.

Es ist eine große Gruppe die nur schwierig zusammen zu halten ist. Es ist wie eine gruppe Frösche, die man dauernd in die gleiche Richtung bekommen muss, dauernd springt einer in die falsche Richtung. Der Reiseführer hat es sehr schwierig.

Jetzt ist es noch ein einfaches und übersichtliches Gelände.

Während der Busfahrt hat Rik geschlafen und deshalb konnte Martin nicht mit ihm sprechen. Steve hatte Martin gefragt Rik während der Busfahrt zu bearbeiten und auf ihm einzureden über das Verhältnis, das Steve mit Anika hat. Er muss viel erzählen über das Verhältnis von Steve mit Anika und darauf hinweisen, dass seine Ehe mit Anika überhaupt nicht so gut ist wie Anika behauptet.

Während der Überfahrt von der Straße von Gibraltar nach Marokko steht Rik am Deck und genießt die Aussicht und das Meer. Er sieht zwei große Gruppen Delphinen, die das Boot eine kurze Zeit begleiten. Ein prächtiger Anblick. Das macht Rik total froh. Dann kommt Martin neben ihm stehen und fragt ihm wie es ihm geht.

„Es ist großartig hier draußen. Ich habe schon viele Delphinen gesehen. Schade das Anika nicht hier sein darf."

„Wieso nicht hier sein *darf*?"

„Nun, das darf nicht von Steve."

„Das stimmt nicht Rik. Steve hat noch so darauf bestanden das Anika mitgehen sollte. Anika wollte es nicht, sie will heute zusammen mit Steve sein. Jetzt haben sie den ganzen Tag für sich. Können sie mal einen Tag ruhig voneinander genießen. Du weißt doch, dass sie schon lange ein Verhältnis haben?"

„Was erzählst du mir jetzt? Das glaube ich nicht. Ich glaube nicht, dass sie ein Verhältnis haben. Wir sind schon lange und sehr glücklich verheiratet."

„Das sagt Anika nur weil du dein Gedächtnis verloren hast. Sie will dich nicht verletzen."

„Das finde ich eine fremde Geschichte, durch meinen Gedächtnisschwund könnte sie mir gerade *jetzt* alles erzählen was sie will und dass wir uns trennen wollen.

Das ist Blödsinn, ich glaube es nicht. Anika ist eine liebe Frau und sie hilft mir wo nur möglich um mein Gedächtnis zurück zu bekommen. Ich habe zuhause nirgendwo anzeigen gesehen das wir Problemen haben."

In diesem Moment legt das Boot in Ceuta an und sie müssen aussteigen.

Rik sagt nichts mehr über dieses Gespräch und Martin traut sich auch nicht im Moment noch etwas zu sagen. Rik war bestimmt irritiert über seine Bemerkungen.

Mit viel Mühe gelingt es dem Reiseführer die Gruppe in den richtigen Bus zu bekommen.

Er stellt, der obligatorische, extra marokkanische Begleiter, vor an der Gruppe. Er wird den Rest des Tages dabei sein und er warnt die Gruppe ab jetzt besser auf ihm zu hören. Er hat keine Lust um den ganzen Tag ‚Kinderbetreuer' zu spielen.

Wenn einer zu spät kommt, hat er Pech gehabt, der Bus fährt immer rechtzeitig ab.

‚Gut' denkt Martin, das passt mir gut.

Als er später Rik ‚verloren' hat achtet der Reiseführer nicht darauf. Das passt schon gut in seinem Plan.

An der Grenze geht es tatsächlich so chaotisch vor, wie Steve vorhergesagt hat. Alle Reisepässe werden in einer Plastik Tasche getan. Diese Tasche wird zugeknöpft und zusammen mit einem Geldbetrag in einer zweiten Plastik Tasche gesteckt. Diese Tasche wird vom marokkanischen Begleiter und dem Reiseführer zusammen am Zoll abgegeben.

Nachdem der Bus, viel hin und her und kreuz und quer über das Gelände geschickt wird, fährt der Bus endlich über die Grenze. Martin ist äußerst zufrieden mit den Entwicklungen. Ein Reiseführer die diese Gruppe nicht ausstehen kann und die Reisepässe sind tatsächlich abgegeben worden.

Rik ist jetzt wirklich anonym.

Nach einer langen Fahrt entlang der Küste trifft der Bus im alten Stadtzentrum von Tétouan ein.

Die Gruppe wird vor dem Aussteigen aus dem Bus, nochmals zugesprochen vom Reiseführer und sie werden wieder gewarnt gut beieinander zu bleiben, da es unmöglich sei ein Auge auf jedem einzelnen zu halten.

Die Gruppe wird ab jetzt von noch zwei zusätzliche Beobachter kontrolliert. Diese zwei werden auch behilflich sein bei Verhandlungen beim Ankauf von Produkten und Souvenirs. Sie werden die Einkäufe tragen und sie achten auf Taschendieben.

Dann geht die Gruppe die Innenstadt hinein. Am Anfang ist alles noch normal, ruhig und übersichtlich. Es werden viele wichtige Orten gezeigt. Offizielle Gebäuden sind mit vielen

Fahnen auf geschmückt und werden streng bewacht von Militär und Polizei. Anscheinend ist der König noch in der Gegend und alles muss schön und sauber sein.

Sie gehen jetzt in das wirklich alte Stadtzentrum hinein, es ist hier sehr alt, mittelalterlich sogar.

Der Reiseführer zeigt den Eingang vom berühmten ‚Hotel Afrika'. Eins zerfallenen Jahrhunderts altes Gebäude. Nicht ein Hotel wo man gerne wohnen will. Dieser Stadtteil wird plötzlich sehr voll.

Jetzt versteht man wieso ein Verfolgungsjagt in so eine Stad nicht möglich ist und das der Hauptdarsteller der verfolgte plötzlich verloren hat.

Es ist chaotisch und unordentlich. Die Straßen sind voll mit Marktstände und dazwischen begeben sich die Einwohner und große Mengen von Touristen. Hier werden alle Produkte auf der Straße verkauft. Die unangenehmste Straße ist wo die Metzger ihre Produkte verkaufen. Hier werden die verkauften Tiere an Ort und Stelle geschlachtet und die Eingeweide entfernt. Die Resten liegen ganz einfach in der Straße neben dem Marktstand. Darüber laufen Katzen und andere Tieren. Über Hygiene gesprochen.

Hier läuft der Reiseführer schnell weiter.

Rik hat keine Ahnung wo er sich befindet. Plötzlich gehen sie in einer Art von Palast hinein, dass voll mit Touristen ist.

Der Reiseführer erklärt das hier das Mittagessen serviert wird. Eine traditioneller marokkanischere Mahlzeit.

Es stehen große Runde Tischen aufgestellt und der Reiseführer betet seine Gruppen an um sich an Tischen nebeneinander hinzusetzen, so dass allen gleichzeitig essen können.

Die Tische werden pro Gruppe bedient. Das geschieht, was sonst, in einem angemessenen chaotischen still.

Das Essen besteht aus einer Gemüsesuppe, als Hauptgericht Couscous mit Huhn und Kekse mit Tee als Nachtisch.

Alle schauen etwas verwundert zum Essen. Es ist einen großen Schal für den ganzen Tisch und es muss verteilt werden über zwölf Personen. Das ergibt schon eine Heiterkeit unter den Tischgenossen. Es wird viel verschüttet und es liegt fast mehr Essen auf dem Tisch als auf den Teller.

Es schmeckt, trotz allem, noch recht gut.

Während des Essens werden viele Fotos gemacht, auch mit der Kamera des Nachbars, so dass jeder ein Andenken hat auf seiner eigenen Kamera.

Martin und Rik werden zusammen fotografiert. Martin muss dann endlich seine Sonnenbrille und seine Kappe abnehmen.

Bei den Keksen wird also Tee serviert.

Aber Rik wehrt sich heftig gegen Tee:

„Nein, das möchte ich nicht, mir wird schon schlecht, wenn ich nur Tee sehe."

Rik fragt Martin:

„Verstehst du das Martin? Jedes Mal, wenn ich Tee sehe wird es mir schlecht und ich werde rebellisch. Habe ich das schon immer gehabt? Verstehst du das, du bist Arzt, du musst das wissen."

Martin betrachtet ihm besorgt,

„Nein, das verstehe ich nicht. Hattest du früher diesen Beschwerden auch schon?"

„Wie kann ich das wissen, ich leide an einem Gedächtnisschwund, ich weiß überhaupt nichts von früher. Anika erzählte mir das ich einen normalen Teetrinker war. Ich hatte keine Abneigung gegen Tee. Es ist seit meinem Gedächtnisschwund, ist das nicht komisch?"

Rik schaut Martin an und erwartet eine Antwort. Martin schüttelt seinen Kopf und sagt nur das er es nicht versteht.

Im Mitten der Saal sitzt ein marokkanisches Musiktrio. Einer der Musiker, spielt gelangweilt, auf einer Geige, er benutzt die Geige wie ein Cello. Nicht an seiner Schulter unter seinem Kinn geklemmt, sondern auf dem Tisch stehend und streichend über die Seiten mit seinem Geigenbogen. Es ist im Saal einen riesen Lärm, so niemanden hört was die Musiker spielen.

Der Reiseführer läuft schon wieder total verzweifelt rund und schüttelt mit seinem Kopf und fängt an mit seinen Armen hoffnungslos um sich her zu winken.

Mit viel Mühe bekommt er die Gruppe wieder auf dem Weg.

Er geht immer weiter in den dunklen Gassen der Altstadt hinein. Er zeigt alte, total verfallene Gebäuden die von Innen umgebaut sind zu sehr moderne luxuriöse Wohnungen.

Sehr kontrastierend.

Dann kommt die Gruppe auf einem Berber-Marktplatz. Hier wird traditionelle Berberkleider verkauft.

Eine Berberfrau nimmt ein Mädchen aus der Gruppe heraus und fängt an sie mit traditioneller Kleider und Lumpen zu kleiden wie eine Berberfrau. Nur ihre Augen bleiben unbedeckt. Man erkennt sie nicht wieder.

Es werden viele Bilder gemacht. Martin fragt dem Reiseführer ob auch einen Mann in dieser traditionelleren Bekleidung angekleidet werden kann. Diese Frage wird mit viel Begeisterung begrüßt. Martin schubst Rik gleich nach vorne und er wird sofort mitgenommen vom Berberverkäufer.

Der Verkäufer erzählt das es etwas mehr Zeit nehmen wird da Rik eine richtige Berberhose anziehen muss. Diese Hose kann nicht über seine normale Hose angezogen werden. Trotzdem will die Gruppe Rik als Berber sehen und ist bereit ein wenig zu warten. Rik wird mitgenommen durch eine kleine Tür und kommt in einem Zimmer wo er seine Hose anziehen muss. Als er wieder nach draußen kommt wir er weiter auf geschmückt mit aller Art von traditionellen Zubehören. Kupfer-Kännchen, Töpfchen, Glöckchen und was alles noch benutz werden kann. Es ist eine riesige Arbeit. Endlich ist es fertig und es wird laut applaudiert.

Es werden viel Fotos von Rik gemacht.

Der Reiseführer will jetzt schnellstens weitergehen, sie laufen hinter dem Zeitplan. Die Gruppe geht schon weg, aber

Rik ist noch im Umkleidezimmer. Es müssen alle Zubehöre wieder von ihm abgenommen werden und das dauert lange.

Martin informiert dem Reiseführer das sie weitergehen können. Rik kommt später hinterher und der zusätzliche Begleiter wird ihm zum Bus bringen. Der Reiseführer ist froh und geht schnell mit der Gruppe weiter laut seinem Programm.

Martin hat auch mit dem Begleiter geredet. Er erzählte ihm das er mit seinem Freund eine Wette abgeschlossen hat. Er denkt das er den Weg aus der Stadt hinaus nicht finden wird, aber sein Freund behauptet das er überall den Weg nach Hause finden kann. Er fragt ob der Begleiter Rik nach einem noch verlassenen Ort führen kann um ihn dort alleine zurückzulassen. Martin gibt ihm hundert Euro um seinen Wunsch zu unterstützen.

Der Begleiter mag diese Wette und erzählt Martin das er einen noch viel verlassenen und versteckten Ort weiß.

„Ich gehe jetzt mit der Gruppe weiter. Du erzählst meinem Freund das du ihn zurückführen wirst und dann bringst du ihn zu diesem abgelegenen Ort und verschwindest. Dann kommst du wieder zu unserer Gruppe und tust als wäre nichts passiert. Einverstanden?"

Er findet es einen idiotischen Plan, aber wenn Touristen ihm hundert Euro geben für so etwas Verrücktes, dann hat er keine Probleme damit.

Martin geht mit der Gruppe weiter und lässt Rik zurück.

Er denkt:

‚Das ist gut gemacht so, da kommt er nie wieder raus.'

Martin sendet schnell einen SMS an Steve:

„Rik zurückgelassen im alten Stadtzentrum, gehe jetzt zum Bus."

Steve antwortet:

„Gut gemacht."

Der Begleiter lässt Rik in alle Ruhe die traditionellen Zubehöre abnehmen und sich umziehen in seine eigene Kleidung.

Rik fragt ihm noch ob sie sich beeilen müssen um die Gruppe wieder einzuholen. Der Mann nickt nur zur Bestätigung.

Schließlich nimmt er Rik mit. Sie verlassen das Zimmer nicht an der Vorderseite, sondern durch die Hintertür. Es sieht hier noch chaotischer, älter und verlassener aus.

Der Begleiter läuft schnell durch die kleinen Gassen. Rik versteht es alles nicht mehr und hat den Weg ganz verloren.

Plötzlich läuft der Begleiter ganz schnell weg in eine kleine Gasse hinein. Rik rennt ihm hinterher, aber er sieht ihn nicht mehr der Begleiter ist weg.

Rik steht jetzt dort ganz alleine in einer Sackgasse und hat wirklich keine Ahnung wo er ist. Es ist alles sehr alt und verlassen.

Die Gebäude stehen kurz vor dem Zusammenbruch. Es ist sehr düster und dunkel. Es ist zum Gruseln.

Was jetzt? Rik ruft nach dem Begleiter, aber er bekommt überhaupt keine Reaktionen auf seinem Rufen.

Was er sieht sind Ruinen und alles ist verlassen. Rik schaut um sich her und fragt sich was er jetzt tun muss.

Er hat nichts dabei, kein Handy, nichts.

‚Ein Kompass würde nun sehr hilfreich sein,‘ denkt er.

Rik steht hoffnungslos da, er steckt seine Hände in seine Hosentaschen und fühlt dann die Kamera. Er nimmt sie aus seiner Tasche raus und schaut danach.

„Eine Kamera, was nütz mir das?"

Anika hat es ihm in letzter Sekunde zugesteckt mit der Bemerkung:

„Vielleicht brauchst du es, man weiß ja nie."

Wieso sollte sie das gesagt haben? Er schaut sie sich nochmals ganz gut an. Es stehen verschiedene Aufschriften auf der Kamera.

Es ist eine ‚Outdoor' Kamera. Höhemessung, Tiefenmessung, Barometer, Unterwasser, na das bringt nicht viel, aber was steht da noch?

Kompass und GPS...!

Das ist interessant. Er schaltet die Kamera ein und sieht schon gleich die Höhemessung, Barometer und… das Kompass. Er dreht eine Runde und sieht wie das Kompass funktioniert. Rik geht im Menü der Kamera und findet die Funktion GPS. Er aktiviert es und sieht auf dem Bildschirm einen roten Punkt. Dieser rotere Punkt ist er selber, außerdem leuchtet jetzt der Straßen-Plan von der Stadt auf.

Es funktioniert! Er bewegt die Kamera und sieht das der rote Punkt auch bewegt. Er studiert die Karte mal richtig gut und versucht heraus zu finden wo der Bus stehen muss. Nach einer kurzen Weile erinnert er sich wie sie zur Stad gefahren sind und wo der Bus stehen muss. Er zoomt die Karte aus und sieht das Meer und die Straße, die sie gefahren sind zum Stadtzentrum. Er sieht wo der Bus stehen muss und markiert diese Stelle mit einer roten Fahne. Rik zoomt jetzt die Karte wieder ein bis er nur noch die Stelle vom Bus und die Stelle wo er ist, im Bildschirm stehen. Alle Straßen, Gassen und Pfade sind jetzt ganz klar verzeichnet.

„Wow, so ein Chaos, wie muss man hier den Weg finden? Ohne GPS geht das wirklich nicht."

Rik findet noch die Funktion mit ‚Route anzeigen'.

Eine gelbe Linie zeigt jetzt die Route an.

Er will den angezeigten Weg laufen, aber er sieht nur als einen Mauer und eine alte verfallene Tür! Er geht auf der angegebenen Stelle zu und sieht dort eine Trennwand oder war es eins eine Tür?

Er drückt dagegen und es öffnet sich überraschend leicht.

So konnte der Begleiter sich so schnell aus dem Staub machen. Er läuft über den Flur und sieht an der anderen Seite wieder eine Tür. Er geht durch diese Tür und sieht das den Weg hier weitergeht. So geht das einige Male. Du musst ganz einfach durch Türen gehen und Innenplätzen überqueren.

Dafür sind wir normalerweise viel zu bescheiden. Wir trauen uns nicht das zu machen. Deshalb finden wir den Weg nicht, aber für die Einwohner ist es ganz normal. Das Trügerische ist also, dass man über Fluren gehen muss, durch Wohnungen, Innenplätzen überqueren um jedes Mal wieder auf die richtige Route zu kommen. Mit dieser Kenntnis findet Rik schnell den Bus. Rik hat schon sein Gedächtnis verloren, aber er ist nicht dumm geworden.

Der Bus steht noch da. Was viel interessanter ist, Rik kommt als erster beim Bus. Der Busfahrer erkennt ihn an seinem Aufkleber und lässt ihn im Bus einsteigen. Er sitzt gerade auf seinem Platz als die Gruppe eintrefft. Der Reiseführer sieht Rik schon im Bus sitzen und ist erleichtert.

„Gut," murmelt er, „der ist doch noch rechtzeitig zurückgekommen, das freut mich, das spart einen Haufen Ärger."

Im Moment das Martin einsteigt sieht er Rik auf seinem Platz sitzen. Er wird ganz blass, kreide bleich und droht in Ohnmacht zu fallen.

Rik fängt ihn schnell auf und setzt ihn auf seinem Platz.

Es dauert eine Weile bevor Martin wieder Einigermasse zu sich kommt.

„Problemen mit der Wärme Martin? Es kommt bestimmt vom Temperaturunterschied, du kommst von draußen aus der Hitze in den kühlen Bus." sagt Rik zu Martin.

Martin denkt:

‚Wie ist das nur möglich. Wie kommt er so schnell hier? Der Plan war doch perfekt, er hatte nichts dabei, spricht die Sprache nicht und der Begleiter hatte ihn in einem verlassenen Ort zurückgelassen!'

Kurze Zeit später sagt Rik zu Martin:

„Hé Martin, du schaust aus als ob du einen Geist gesehen hast. Wo warst du plötzlich? Nachdem ich mich umgekleidet hatte kam ich aus dem Zimmer raus und es war niemanden mehr da. Auch kein Martin! Das ist nicht schön von dir. Dann lässt der Begleiter mich auch noch in einer verlassenen Gasse zurück. Das mag ich überhaupt nicht."

Rik erzählt Martin nichts von seiner GPS Kamera.

„Wie hast du den Weg aus der Stadt gefunden? Ich hatte dem Begleiter noch so gefragt dich zur Gruppe zurück zu bringen, da ich die Gruppe nicht verlassen dürfte um auf dich zu warten. Er wollte das ich mitgehe und er würde dich zurückbringen, es ist ja seine Arbeit um zurück gebliebene Menschen zurück zu bringen.

Plötzlich war der Begleiter wieder da, aber ohne dich. Du bist irgendwo zurückgeblieben um etwas zu kaufen, sagte er.

Wie bist du doch noch hierhergekommen?"

„Ach, al die alten Städte sind auf die gleiche Weise gebaut worden, ein wenig logisches Denken, die Sonnenstand anschauen, wissen wo der Bus so ungefähr stehen wird und das reicht. Ich habe schon mein Gedächtnis verloren aber nicht meine Intelligenz." sagt Rik freundlich.

„Ich dachte das die alten Städte so unheimlich chaotisch sind, dass ein Unbekannter nie den Weg rausfinden kann."

„Es ist nicht so schwierig, Martin, es ist wirklich nicht so schwierig."

Rik sagt weiter nichts, er schaut aus dem Fenster und sieht das es stark bewölkt ist, es ist keine Sonne zu sehen.

„Wer ist hier jetzt der Dumme?' denkt Rik.

Er gleitet nach unten und tut als ob er schläft. Rik fragt sich ob Anika eine Vorahnung hatte, dass sie ihm im letztem Moment diese Kamera mitgegeben hat. Schon eine perfekte Kamera, ich verstehe wieso ich es gekauft habe. Ich muss es mir zuhause mal richtig anschauen um raus zu finden Was es so alles kann.

Martin sitzt da wie betäubt. Er versteht es nicht und realisiert sich nicht was Rik ihm gerade erzählt hat. Sie sitzen schweigsam nebeneinander und der Bus fährt zurück nach Ceuta. An der Grenze geht jetzt alles schnell. Die Reisepässe sind noch in der gleichen Tasche und werden wieder an dem Reiseführer zurückgegeben. Die Grenze wird diesmal in eine gerade Strecke schnell überquert.

Bei der Fähre angekommen muss schnellstens auf die Fähre umgestiegen werden. Sie sind nur gerade rechtzeitig eingetroffen und die Fähre fährt schnell nach Spanien zurück.

Rik setzt sich während der Fahrt auf dem Deck und genießt die Aussicht, die Delphine und vor allem die frische Luft.

‚Wenn jetzt eine Wahl auftauchen würde, wäre alles perfekt‘, denkt Rik.

Leider, es schwimmt keine Wahl vorbei.

Martin ruft ganz ängstlich Steve an. Steve ist sehr gespannt ob Rik tatsächlich in Marokko zurückgeblieben ist.

„Hat es geklappt Martin? Du hast mir einen SMS geschickt das du Rik verloren hattest."

„Nein, es hat nicht geklappt. Rik ist hier an Bord und kommt wieder mit nach Hause."

„Was? Was ist passiert? Du hast mir einen Bericht geschickt das es geklappt hat und Rik zurückgeblieben war."

„Ja, das stimmt, ich hatte ihn zurückgelassen und der Begleiter sogar hundert Euro gegeben um ihn noch weiter vom Weg entfernt, irgendwo in einer verlassenen Gasse, zurückzulassen. Wir haben Rik nicht mehr gesehen und der Begleiter hat mich bestätigt, dass er Rik in einem sehr verlassenen Teil der Stadt zurückgelassen hat. Eine Stelle wo man nie den Weg zurückfinden kann. Als wir dann zum Bus kamen saß Rik schon im Bus!"

„Was??? Wie war das nur möglich? Hatte er doch ein Smartphone dabei?"

„Nein, er hatte nichts dabei, nur zwanzig Euro."

„Wie ist er dann aus die Stadt hinausgekommen?"

„Rik sagte etwas über Sonnenstand und einen gesunden Menschenverstand."

Steve sagt erstaunt:

„Mit Hilfe der Sonne? Was für ein Wetter habt ihr dort?"

„Es ist schwer bewölkt, wir hatten Angst das es Regen geben würde."

„Hé, Martin, hörst du selber was du soeben sagst? Schwer bewölkt und Rik hat anhand des Sonnenstands den Weg gefunden?"

Steve verbricht wütend die Verbindung.

Martin wird ganz blass und realisiert sich das Rik ihm nicht die Wahrheit erzählt hat. Aber wie hat er es geschafft?

Er bekommt angst für Rik.

Die Busfahrt nach Hause verläuft flott und Martin sagt nichts mehr.

Abends erzählt Rik Anika was alles passiert ist. Dass er plötzlich alleine gelassen wurde und dass ein Begleiter ihn sogar in einem noch verlassenen Teil geführt hat und dort zurückgelassen hat.

Vor allem Martin hat ihn im Stich gelassen.

„Martin erzählte mir später, dass er nicht auf mich warten dürfte und vom Begleiter weggeschickt wurde. Ich weiß es nicht, ich finde es alles sehr merkwürdig."

Dann erzählt Rik ganz stolz an Anika wie er, mit Hilfe der Outdoor Kamera, den Weg zurückgefunden hat. Das GPS System und der Kompass sind wirklich ideal. Ich war in kürzester Zeit zurück beim Bus. Noch schneller wie die Gruppe und die hatten bestimmt schon eine halbe Stunde Vorsprung.

„Ich glaube das Martin sehr erschrocken war als er mich sah. Er wurde ganz bleich, vor ‚Freude' denke ich."

Anika fragt an Rik ob er denkt das es Absicht war von Marin.

„Ich bin mir nicht sicher, es ist alles merkwürdig, aber wieso sollte er so etwas machen? Es stimmt schon, dass der zusätzlicher Begleiter die Menschen begleitet zur Toilette oder so. Mann dürfte sich nicht alleine von der Gruppe entfernen. Es kann schon stimmen was Martin sagte, dass er nicht zurückbleiben durfte. Ich bin heilfroh das du heute Morgen mir die Kamera noch schnell gegeben hast."

„Ja, das war eine Ahnung von mir im letzten Moment. Ich weiß nicht wieso, aber ich wollte es dir plötzlich mitgeben, auch wenn du die Kamera nicht kannte. Hast du noch Fotos gemacht?"

„Och, nein, ganz vergessen. Ist das auch noch möglich mit diesem Gerät? Das war einen Witz, nein, entschuldige, ganz vergessen. Martin hat die Kamera nicht gesehen. Martin hat schon viele Fotos gemacht, da bin ich mir sicher."

„Das ist besser so. Sie wissen jetzt nicht wie du aus der Stadt rausgekommen bist. Ich werde Steve fragen ob wir eine Kopie bekommen können von seinen Fotos. Ich werde ihm einen USB-stick geben, dann ist es als ob du wirklich nichts dabeihatte."

Rik erzählt Anika, dass Martin dumm geschwätzt hat über ein Verhältnis von Steve mit ihr.

„Ich verstehe es überhaupt nicht, er erzählt jeder, dass wir ein Verhältnis haben. Heute hat er auch wieder so süß und anhänglich getan. Wir waren wieder auf einem romantischen Mittagessen. Wirklich Rik, glaube mir, es gibt und es gab niemals etwas zwischen Steve und mir. Du bist der Einzige, das warst du und bist du immer noch. Glaubst du mir?"

„Ja klar, glaub ich dir. Ich habe das Gerede von ihm sofort gestoppt."

„Rik, wir müssen sehr gut aufpassen. Ich weiß nicht ob die beide hinter al diese Ereignisse stecken, aber ich finde es alles sehr beängstigend was im Moment alles mit uns passiert. Eigentlich musst du keinen Kontakt mehr haben mit die zwei. Ich denke, dass das besser wäre."

Steve und Martin bekommen einen schweren Streit über den Besuch an Marokko. Sie sind verärgert, dass ihren schönen Plan nicht gelungen ist.

Auch ihr Plan ‚B' ist misslungen.

„Hast du Rik nicht zurückgelassen in einer verlassenen Gasse?"

„Bestimmt, ich habe sogar dem Begleiter noch hundert Euro gegeben um ihn in einer noch verlassenen und unauffindbareren Gasse zurückzulassen. Er hat es mir noch bestätigt."

„Hatte er ein Smartphone dabei?"

„Nein, nein, er hatte überhaupt nichts dabei, genau wie du es Anika gefragt hast. Er hatte sogar keine Kamera dabei. Keine Kreditkarte, kaum Bargeld, nichts gar nichts."

„Wie hat er der den Weg aus der Stadt gefunden?"

„Ich verstehe es überhaupt nicht, dieser Mann überlebt alles, ich würde fast denken an: *Der stillen Kraft*!"

„Komm, komm, Martin, bitte jetzt keine Märchen aus Indonesien. Rik ist ein normaler niederländischer Mann und er war noch nie in Indonesien. Also höre auf mit diesem Blödsinn."

„Trotzdem befremdet es mir. Du weißt genau so gut wie ich, dass es keinen Blödsinn ist, dieser *„Stille Kraft"*. Es existiert!

Bist du dich sicher, dass er so reich ist? Er hat mich nichts darüber erzählt und er handelt auch nicht als ob er so reich wäre."

„Ich glaube das Rik es sich nicht bewusst ist und nichts weiß. Er leidet an Gedächtnisschwund und ich vermute das Anika es ihm noch nicht erzählt hat oder einfach vergessen hat es ihm zu sagen. Das Mädchen hat im Moment so viel an ihrem Kopf. Es ist gut das zu wissen. Umso wichtiger es wird die beiden aus einander zu treiben. Sie muss Rik eintauschen gegen mir."

„Ja, das stimmt, aber wenn du das Geld hast, dann kommst du doch wieder zu mir zurück? Ja doch Steve?"

„Wie bitte? Oh ja, klar, das weißt du doch, nicht so eifersüchtig sein. Ich bin doch gar nicht interessiert in Frauen, das weißt du doch. Wir beiden, das ist unsere Zukunft."

„OK, dann ist es in Ordnung. Ich hatte nur Angst das du nach al dieser Liebe mit Agnes auf anderen Gedanken gekommen bist und wieder mit einer Frau weiterleben willst."

„Nein Martin das ist nur um ein Alibi zu haben, du bist meine große Liebe."

„Das ist gut zu hören, ich wollte es nur mal von dir hören."

Am nächsten Morgen fragt Anika an Steve ob Martin Fotos gemacht hat von dem Ausflug.

„Rik hat vergessen eine Kamera mit zu nehmen. Er hat die Empfehlung von dir etwas zu ernst genommen. Indem Martin Fotos gemacht hat kann ich dann eine Kopie bekommen?"

Steve ist froh das Anika gar nicht über den ‚Vorfall' in Marokko anfängt. Vielleicht hat Rik ihr nichts erzählt.

„Aber natürlich meine Liebe, wenn du mir einen USB-stick gibst kopiere ich die Fotos darauf, kein Problem."

Rik fragt Anika ob der Ausflug Rik geholfen hat.

„Hat Rik sein Gedächtnis zurück? Oder hat es ihm gutgetan?"

„Nein es hatte gar keine Auswirkung auf ihm, leider."

So siehst du mal wieder das du überhaupt nichts hast von diesem Rik. Ich würde wirklich sehr ernsthaft darüber nachdenken. Du hast jetzt die optimale Chance ihn los zu werden. Ich stehe bereit dich dabei zu helfen."

Anika reagiert nicht auf seine Bemerkung, sie findet es nur dummes Gerede. Sie versteht nicht was er damit bewerkstelligen will. Sie sagt nur:

„Danke Steve, sehr freundlich von dir. Ich bin froh das du mich so unterstützt."

„Natürlich liebes, für dich immer."

Einen sehr kalten Schauer läuft über ihren Rücken als sie das alles so anhört.

Brr, denkt sie.

Kapitel 5

Die Ferien sind vorbei und Carlos ist nach Madrid zurückgekehrt. In den letzten Wochen war er sehr beschäftigt mit den Vorbereitungen für seine Prüfungen.

Er hat im vergangenen Sommer Felicia getroffen und viel Zeit mit ihr verbracht. Eines Abends, während eines Mojito im Strandbar, bekam Felicia einen Anruf von ihrer Mutter über einen merkwürdigen Vorfall mit ihrem Vater. Carlos hat sofort seine Hilfe angeboten. Er wird in den nächsten Wochen wenig Zeit haben für etwas anderes als seine Prüfungen.

Im Labor findet er die Blutmuster die ihm aus Málaga zugesandt worden sind. Er hat eigentlich keine Zeit die weiter zu untersuchen und das tut ihm leid. Es gibt aber einige Untersuchungen die längere Zeit brauchen wegen der Art des Tests und er will diese Tests jetzt aufstarrten, so dass die Befunden fertig sein werden nach seinen Prüfungen.

Schnell setzt er diese Tests in Wirkung und macht weiter mit den Vorbereitungen auf seiner Abschlusprüfung.

Er erzählt Felicia, dass, er die Blutmuster bekommen hat und dass er einige zeitraubende Tests auf gestartet hat.

„Das ist großartig, das ist lieb von dir. Ich wünsche dir alles Gute mit deinen Prüfungen. Bitte, informierst du mich über deine Prüfungen? Ich drücke dir die Daumen."

Felicia fühlt sich im Moment so hilflos. Sie kann nichts machen und Carlos ist beschäftigt mit seinen Prüfungen.

Über die Klatsche in ihrer Arbeit hört sie immer mehr fremde Geschichten über ihre Mutter und Steve. Sie wird auf ihrer Arbeit sogar angesprochen über diese Klatsche. Das nervt ihr, da sie weiß das es alles gelogen ist.

Sie ruft ihre Mutter an und fragt was alles los ist.

„Mama, was ist doch alles los? Ich bekomme über dich nur verrückte Geschichten zu hören."

Anika reagiert ganz verzweifelt:

„Ich verstehe es überhaupt nicht. Er macht nur weiter und weiter. Gestern war dein Vater auf einem Ausflug nach Marokko. Ich hatte einige Tage frei gefragt um einige Orten zusammen zu besuchen und damit auszuprobieren ob das eine positive Auswirkung habe könnte auf das Gedächtnis deines Vaters. Das wollte Steve nicht und hat Rik, zusammen mit Martin, auf einem Ausflug nach Ceuta geschickt. In Ceuta ging dein Vater mit oder ohne Hilfe von anderen fast verloren. Dank unserem neuen Outdoor Kamera, das ein GPS Modus hat, hat er den Weg zurückgefunden. Niemanden weiß was genau passiert ist. Es ist alles sehr fremd und mysteriös was geschehen ist.

Zur gleicher Zeit hat Steve mich auf einem romantischen Mittagessen am Strand mitgenommen."

„Was erzählst du da alles? Das darf nicht wahr sein. Papa und Martin zusammen unterwegs und er verschwindet fast und du auf einem romantischen Mittagessen? Es befremdet mich sehr, was steckt dahinter? Die beiden planen etwas, denkst du auch nicht?"

„Man würde es fast denken, aber sind wir nicht zu misstrauisch? Sie haben jedes Mal eine Erklärung für alles und sie sind doch auch sehr vorkommend und hilfreich."

Sie können in dem Moment nicht weiterreden, weil sie beide gestört werden und wieder an die Arbeit müssen.

„Wir halten noch Kontakt," sagen beide gleichzeitig.

Felicia ist sehr besorgt geworden, sie versteht es alles nicht. Es ist bestimmt etwas sehr Ernstes los, aber was?

Paul hat zuhause, in Barcelona, in seinen Unterlagen gesucht nach seinen Tagesbüchern. Er sucht sie von der Zeit, dass er in Indonesien gearbeitet hat. Er vermutet das er Steve kennt aus dieser Periode. Er findet schließlich das richtige Tagesbuch.

Es liegen sogar einige Fotos im Tagesbuch.

Paul nimmt es mit ins Büro von Vincent.

Zusammen studieren sie die Notizen und die Fotos.

Vincent erkennt Steve sofort.

„Ja, das ist Steve, kein Zweifel möglich."

Paul sieht auch das es Steve sein muss. In seinen Notizen liest er das Steve oft zusammen ist mit einem ‚Maarten' aus den Niederlanden.

Er liest laut:

„Steve und Maarten sind oft zusammen, als ob sie ein paar sind. Aber Maarten ist verheiratet und er ist der Arzt vom Ort. Er führt zusammen mit seiner Frau eine Praxis. Es ist plötzlich etwas geschehen, es gibt viel Wirbel um Steve und Maarten. Steve ist schnell versetzt worden in die Karibik. Er hat sich nicht mal verabschiedet. Ich weiß nicht wieso."

Damit enden seine Notizen über Steve.

Paul erinnert sich schon noch das es in dieser Zeit unerklärbare Sterbefällen von wichtigen und reichen Personen gegeben hat. Niemanden konnte es erklären. Es war eine komische Zeit. Kurze Zeit später wurden Maarten und seine Frau ausgewiesen.

„Ich habe keine Ahnung was alles passiert ist, aber nach ihrer Abreise wurde es wieder ruhig.

Hier habe ich noch einige Fotos von damals. Las uns mal schauen was da alles drauf steht.

Hast du ein Foto von Martin?"

„Nein, aber das kann ich gleich an Felicia fragen."

Vincent ruft sofort bei Felicia an und fragt ob sie schon etwas Neues weiß.

„Nein, aber es wird immer fremder. Jetzt höre ich von Mama das Papa in Marokko fast verschwunden ist. Er hat sich selber noch retten können."

„Was erzählst du da? Fast verschwunden in Marokko?

Erzähl mir alles."

Vincent schaltet das Telefon auf lautsprechen und lässt Felicia alles nochmals erzählen.

Paul hört zu und macht ein ganz fragliches Gesicht.

„Es ist als ob die Zeiten sich wiederholen. Felicia hast du ein Foto von Martin? Ich will das Foto von Martin vergleichen mit dem Foto von Maarten damals."

Felicia reagiert ganz erstaunt:

„Martin oder Maarten, es hört sich sehr ähnlich an. Was ist los mit diesem Maarten?"

Paul erzählt Felicia das er vor langer Zeit in Indonesien gelebt hat und dass es dort die Personen Steve und Maarten gab.

Es passierte viele unerklärbare Sachen, wie seltsame Krankheiten, Sterbefälle und es verschwanden einige Leute.

Jetzt wird Felicia sehr neugierig und beendet das Gespräch mit:

„Ich besorge mich ein Foto von Martin und maile es dir schnellstens zu."

Felicia ruft sofort ihre Mutter an und fragt ihr ob sie ein Foto von Martin hat.

„Nein, wieso sollte ich. Er ist erst seit Kurzem hier. Warte mal, ich bekomme Fotos von Steven von diesem Ausflug nach Marokko. Vielleicht gibt es dabei ein Foto von ihm. Sobald ich es bekommen habe schicke ich es dir zu. Wieso brauchst du das?"

Felicia will ihre Mutter nicht beunruhigen und sagt nur:

„Hier im Büro haben sie schon Einiges über ihm gehört und möchte wissen wie er aussieht."

„Ich kann ihm dir schon umschreiben. Er hat einen Vollbart und Schnurbart und hat ziemlich langes Haar. Er sieht schon versorgt aus. Er trägt immer ein Baseballkap und eine Sonnenbrille. Er behauptet, dass er die Sonne nicht erträgt."

Felicia notiert die Umschreibung die Anika gegeben hat. Sie will das schon vorab an Vincent weitergeben. Als Felicia die Umschreibung an Vincent gibt schaut er auf dem Foto von Maarten. Er sieht keine Übereinstimmung. Maarten ist glattrasiert und hat kurze Haare. Er sieht gut versorgt aus.

Paul hört mit und glaubt auch nicht, dass er derselbe Mann sein kann.

Felicia sagt noch:

„Er läuft dauernd mit einer Baseballkappe und Sonnenbrille. Er verträgt die Sonne nicht, gibt er als Grund dafür."

Paul denkt nach und sagt dann:

„Das ist komisch, so etwas macht man eigentlich nur wenn man etwas zu verbergen hat. Maarten lief nie mit einem Hut oder Sonnenbrille, er wollte immer schön braun sein. Das stimmt nicht überein. Wann bekommst du das Foto von deiner Mutter?"

„Heute oder Morgen, ich maile es dir sobald ich es bekommen habe."

„Gut, ich will es schon sehen."

Am nächsten Tag bekommt Anika von Steve ihr USB-stick mit den gefragten Fotos.

„Hier, meine Liebe, das sind die Fotos von Marokko. Ich habe auch noch einige Fotos von mir hochgeladen. Kannst du ein schönes Foto aussuchen das du zuhause hinstellen kannst. Das Foto, das während unseres romantisches Essen gemacht wurde ist auch dabei. Du weißt schon, wo wir zusammen gemütlich auf dem Strand gesessen haben."

Anika wundert sich darüber, dass ein Foto gemacht wurde. Sie ist sich davon überhaupt nicht bewusst.

Sie steckt der USB-stick im Computer und schaut sich die Fotos an. Als erstes steht ein Foto von Steve und Anika.

Sie sitzen gegeneinander wie ein verliebtes Paar, das die Sonnenuntergang genießt. Sie kocht vor Wut als sie das sieht.

Das muss eine Fotomontage sein, so etwas hat gar nicht stattgefunden.

Natürlich sieht Agnes dieses Foto und sie wird wieder wütend.

Agnes schaut Anika mit einem verzerrten Gesicht an und fragt:

„Was ist das? Es spielt nichts zwischen euch beide? Ich sehe es!"

Anika reagiert genau so wütend wie Agnes:

„Ich habe keine Ahnung wo er dieses Foto herhat. Ich war jedenfalls nicht dabei. Es muss eine Fotomontage sein oder so. Ich verstehe es ganz und gar nicht."

Agnes läuft böse aus ihr Arbeitszimmer weg und knallt die Tür mit einem riesigen Schlag zu.

Steve hat es sich angesehen und ist sehr zufrieden mit diesem Ergebnis.

‚Schön', denkt er, ‚wie will sie es jetzt noch leugnen.'

Anika schaut sich die Fotos von Marokko an und sieht nur weinig Fotos von Rik oder Martin. Außerdem trägt Martin immer diese blöde Kappe und Sonnenbrille.

Dann sieht sie die Fotos vom Mittagessen. Diese Fotos zeigen Martin und Rik ganz deutlich. Derjenige, der diese Fotos gemacht hat, hat gute Arbeit geliefert. Er hat sogar die Kamera ein gezoomt auf Martin und auf Rik, jeder separat, wie ein Porträt.

Sie sieht auch noch das Foto wo Rik verkleidet worden ist als einen Berberbauer.

„Das ist also der Moment in dem sie ihn im Stich gelassen haben. Martin hat davon noch ein schönes Foto gemacht", sagt sie leise in sich selber.

Sie will das Foto, worauf Anika und Steve abgebildet sind, löschen. Wenn sie aber ‚Löschen" eingibt wird das verweigert. Das Foto ist geschützt und kann nicht gelöscht werden!

„Was ist das nun wieder, hat Steve das so gemacht? Wieso? Was will er doch?"

Dann kommt Martin ins Büro um Steve abzuholen.

Sie schauen beide nach Anika und es ist deutlich das sie über sie sprechen.

Anika nimmt ihr Smartphone und macht schnell ein Foto von ihnen, gerade im Moment, dass sie nach Agnes schauen. Sie stehen nebeneinander und sind so gut erkennbar.

Martin hat sogar seine Kappe und Sonnenbrille nicht auf. Dieses Foto will sie auch an Felicia senden.

Steve erzählt Martin was er mit dem USB-stick gemacht hat. Er erzählt ganz stolz über das Foto wo Steve und Anika zusammen, ganz verliebt, draufstehen.

„Ich dachte schon, dass Anika sich die Fotos sofort anschauen würde und habe in dem Moment Agnes gefragt eine Akte aus ihr Zimmer zu hohlen. Genau in dem Moment sieht Anika sich das bewusste Foto an. Auch Agnes sieht das Foto und ist ganz außer sich von Wut weggelaufen. Das hatte ich doch schöngemacht, findest du auch nicht?"

Sie genießen so von ihrer schlauer Plan, dass sie nicht bemerken das Anika ein Foto von ihnen gemacht hat.

Aber es kommt noch schlimmer, wenn Anika am Abend die Fotos von Martin versenden will. Anika sucht das Foto von Martin und fügt es bei der E-Mail ein. Nachdem sie die Mail versendet hat, ruft sie Felicia an.

„Ich habe dir gerade die Fotos von Martin zugesandt. Kannst du kontrollieren ob es gut eingetroffen ist?"

Felicia schaut in ihre E-Mails und sieht den Bericht ihrer Mutter. Sie öffnet die Beilagen und will sich die Fotos ansehen.

„Was ist das denn? Wieso schickst du mir ein Foto von dir mit Steve?"

Anika reagiert ganz erschrocken:

„Was sagt du? Ich habe dir nur ein Foto von Martin und ein Foto von Martin zusammen mit Steve gesendet."

„Ich bekomme drei Fotos. Das erste ist eines von dir mit Steve zusammensitzend am Strand bei einem Sonnenuntergang. Was bedeutet das? Ist doch etwas mit euch beiden?"

„Nein, nein, nein, wirklich nicht. Ich verstehe es überhaupt nicht von diesem Foto. Ich war nicht dabei, es muss eine Fotomontage sein oder so. Ich kann das Foto auch gar nicht löschen. Ich habe es dir wirklich nicht zugesandt. Ich weiß nicht wie er das geschafft oder manipuliert hat. Ich bin ganz verzweifelt davon. Es gibt wirklich nichts, bitte glaub mir doch."

„OK, ist schon gut, ich glaube dir, aber er macht schon viel um jeden vom Gegenteil zu überzeugen. Was will er doch von dir?"

„Ich weiß es wirklich nicht. Es hat alles angefangen mit dem Gedächtnisschwund deines Vaters."

Felicia mailt das Foto gleich weiter an Vincent. Er öffnet die Datei und sieht das ein zusätzliches Foto zugefügt worden ist. Er schaut erstaunt auf das Foto und ruft sofort seine Schwester an.

„Ich habe deine Fotos empfangen, aber wieso ist das extra Foto dabei?"

„Wieso das zusätzliche Foto, was meinst du?"

„Ich habe drei Fotos empfangen. Die beide von Martin und ein Foto von Mama mit Steve. Was hat das zu bedeuten?"

Felicia erzählt ihm das Anika nur die Fotos von Martin gemailt hat, aber das sich das andere Foto automatisch zugefügt hat. Sie dachte auch das sie nur die beiden Fotos an Vincent gemailt hat, aber das eine Foto hat sich wieder automatisch hinzugefügt.

„Außerdem behauptet Mama das sie nicht dabei war als dieses Foto gemacht wurde. Sie denkt, dass es eine Fotomontage sein muss. Es gibt kein Verhältnis zwischen Mama und Steve."

"Wieso macht er das dann? Mama ist schon ganz verzweifelt."

„Das kann ich mir denken. Dieser Martin ahnt gar nicht mit   Maarten, das ist leider eine Sackgasse."

Am nächsten Tag fragt Paul ob Vincent das Foto schon bekommen hat.

„Ja, aber ich denke nicht das es der gleichen Person ist.

Sie sehen total anders aus. Martin hat einen Bart, Schnurbart und langes Haar. Ganz das Gegenteil von Martin."

„Das will ich mir anschauen, hast du das Foto dabei?"

„Nein, ich dachte es ist nichts, also habe ich es dabei gelassen."

„Kannst du das Foto hier auf deinem Computer aufrufen?"

„Ja, das geht, ein Moment."

Vincent logt in seinem Computer ein und sucht die Fotos. Wieder kommt das eine Foto mit dem anderen Foto mit.

Paul studiert die Fotos intensiv und sagt:

„Ich glaube doch eine Übereinstimmung von Maarten in dieser Martin zu sehen. Kannst du das Foto von Maarten einscannen und auf dem Bildschirm neben Martin stellen?"

Vincent scannt das Foto ein und projektiert es im Fotoprogramm.

„Siehst du, es gibt schon ganz deutliche Übereinstimmungen. Wenn es so vergrößert ist sieht man, dass die Nase, die Augen und die Ohren die Gleiche sind. Ich bin mir sicher das Maarten und Martin dergleichen Person sind."

Vincent schaut gut hin, aber ist noch nicht überzeugt.

Paul bearbeitet das Foto und er entfernt den Bart und Schnurbart. Das Ergebnis ist frappant. Es stehen jetzt zwei identische Bilder nebeneinander.

„Siehst du, er ist es in der Tat. Wo ist das andere Foto das mit gesandt wurde? Das will ich mir mal gut anschauen."

Vincent scannt das Foto ein und projektiert es im Fotoprogramm und Paul fängt sofort an das Foto zu bearbeiten. Schon schnell kann Paul das Foto zerlegen.

„Siehst du, es ist eine Fotomontage von verschiedene Fotos. Deine Mutter ist in diesem Foto einmontiert worden. Außerdem ist das Foto kodiert.

Es kann nicht gelöscht werden und es ist verkuppelt mit den anderen Fotos aus diesem Datei. Wenn man ein Foto aus diesem Datei versenden oder drucken will kommt dieses Foto automatisch mit.

Wieso macht man so etwas?

Vincent, das müssen wir jetzt herausfinden. Wir müssen suchen nach das was er beabsichtigt.

Ich werde mal aussuchen wo seine Frau geblieben ist, ob ich sie finden kann.

Bitte Achtung mit diesen beiden. Sie sind mit irgendetwas dabei und das hat meistens zu tun mit viel Geld."

Paul verspricht Vincent nochmals in seinen Privatunterlagen weiter zu suchen.

Carlos hat seine ersten Prüfungen gemacht und er hat ein gutes Gefühl dabei. Er glaubt seine Prüfungen schon bestanden zu haben.

Er fühlt sich erleichtert und glaubt sein Studium schnell abschließen zu können.

Im Labor sind die ersten Tests vom Blutuntersuch fertig.

Der Befund liegt auf seinem Arbeitstisch. Er ist neugierig und studiert sofort die Ergebnisse.

Carlos ist enttäuscht. Es ist nichts aufzufinden. Er macht aller Art von Berechnungen, aber die Ergebnissen bleiben die Gleiche. Alles ist scheinbar in Ordnung, nichts auf zu finden

Trotzdem gibt es wieder diese kleine Abweichung in einige Werten. Irgendwie kommt es ihm bekannt vor, aber woher?

Ein Kollege, der zufällig Carlos sieht, fragt ob er das Blut auch auf tropischen und asiatischen Krankheiten untersucht hat.

„Nein, natürlich nicht, der Patient ist noch niemals in dieser Region gewesen."

„Ja, und? Du weißt doch, dass das nicht notwendig ist? Du enttäuschst mich, es ist deine Spezialisierung und du machst diese Art von Test nicht?"

„Du hast recht. Das ist dumm von mir."

Carlos hat zum Glück noch eine Blutprobe und startet gleich einen neuen Test. Im das Lab wo, er arbeitet, hat man ein Untersuchungsprogramm entwickelt speziell für tropische Krankheiten und Anwendung von tropischen Medikamenten.

Die asiatische Medizin verwendet viele Arten von Kräuter, Giften und Medikamenten, die wir hier in Europa nicht kennen und deshalb bei Untersuchungen nicht erkannt werden.

Das neue Programm muss das schon feststellen können.

Carlos läuft auf sich selber zu schimpfen, wie er so dumm sein konnte. Er hatte die gleichen kurzsichtigen Gedanken wie jeder. Gerade er hatte alert sein müssen auf dieser Art von Medizin.

Es ist ein komplexer Testlauf und dauert einige Tage.

Diese Zeit hat er jetzt verloren. Schade.

Rik langweilt sich, er hat sich alles in der Wohnung angeschaut. Alle Fotobücher, alle anderen Fotos und was sonst noch als Erinnerungen und Souvenirs aufbewahrt wird.

Er ist total frustriert geworden. Er kann sich nicht erinnern. Es sind alles schöne Erinnerungen und Erlebnissen, die er sieht, aber er weiß selber nichts davon.

Das empfindet er als sehr frustrierend. Er sieht viele Fotos wo er zusammen mit Anika abgebildet wird. Es strahlt alles sehr viel Glück und viel Liebe aus.

Er hat schon gesehen, dass sie beide sehr glücklich miteinander und schon lange Zeit zusammen sind.

Sie sind eine nette Familie. Auch hat er Fotos gesehen von der gesamten Familie, die viel Glück und Zufriedenheit ausstrahlt.

Alles schön und gut.

Dann klingelt es an der Haustür. Er öffnet die Tür und sieht einen Mann mit einem großen Blumenstrauß stehen. Er besorgt Blumen für Anika besorgt. Rik nimmt den Strauß entgegen und stellt die Blumen ins Wasser in einer Vase.

Ein kleiner Umschlag ist dabei und er liest die Karte mit großem Erstaunen.

,Danke für einer außergewöhnlichen schönen Tag. Müssen wir öfters machen. XXX Steve.'

Er hat diesen Bericht auf der Rückseite des ,umstrittenen' Fotos geschrieben.

,Was hat das zu bedeuten? Was ist dies für ein Blödsinn?'

Anika hat Rik alles erzählt über was Steve im Moment alles anstellt. Das Anika total verzweifelt ist.

„Es ist natürlich wieder ein Versuch uns auseinander zu treiben. Wieso will er das? Ist er derjenige, der hinter meinem Gedächtnisschwund steckt? War es in Marokko dann doch absichtlich gemacht worden von Martin?"

Rik gerät nach seiner Frustration, jetzt in totaler Verzweiflung. Er glaubt Anika ohne Zweifel und unterstützt sie völlig.

Er glaubt nichts von alles was Steve und Martin ihm erzählen.

Er hat das schon gesehen in der Wohnung, alles strahlt von Glück, Liebe und Gemeinsamkeit. Es gibt keinen Platz für was Steve behauptet.

„Was besitzen wir was Steve und Martin so gerne haben möchten?"

In dem Moment ruft Felicia an um nachzufragen wie es ihn geht.

„Hallo Papa, wie geht es dir?

Gibt es schon eine Verbesserung?"

„Nein Felicia, überhaupt nicht. Ich habe mich, hier in der Wohnung, alles angeschaut und durchgelesen, aber es hilft alles nicht. Was muss ich jetzt noch tun oder ausprobieren?"

„Ja, das ist wirklich frustrierend. Ist sonst noch was passiert?"

„Ach ja, es wurde soeben einen riesengroßen Blumenstrauß für deine Mutter abgeliefert. Es ist eine Karte dabei von
Steve. Er bedankt sich für den außergewöhnlich schönen Tag
und möchte es gerne in kurzem nochmals wiederhohlen.

Der Bericht steht auf der Rückseite eines Fotos geschrieben. Auf diesem Foto stehen Steve und Anika abgebildet."

„Was sagst du? Ein Blumenstrauß? Das Foto ist bestimmt
das Foto von Mama und Steve bei dem Sonnenuntergang."

„Ja das stimmt, kennst du das Foto?"

„Dieses Foto schickt Steve an jeder, der eine E-Mail von
ihm bekommt. Ja, das kenne ich schon, aber Vincent hat es
sich angeschaut und festgestellt, dass es eine Fotomontage
ist."

„So etwas dachte ich schon, ich vertraue Anika total.
Wieso hat Vincent das Foto zerlegt?"

Felicia erzählt ihrem Vater das Paul ein Foto sehen möchte
worauf Martin abgebildet ist.

„Wieso wollte Paul das Foto sehen?"

Felicia erzählt ihm das Paul denkt Martin von früher zu
kennen. Er will jetzt raussuchen ob es tatsächlich so ist.

Er hat noch gewarnt sehr vorsichtig zu sein mit Martin und
Steve.

„Sobald ich mehr erfahren habe, ruf ich dich an.
Sei vorsichtig, bitte."

„Mache ich, danke für deine Info."

Als Anika abends nach Hause kommt sieht sie den enormen Blumenstrauß. Sie schaut erstaunt nach Rik und fragt ihm
was das zu bedeuten hat.

„Sind diese Blumen von dir?"

„Hai, wie geht es dir? Nein, leider nicht. Ich weiß nicht mal
wo ich so etwas kaufen kann. Sie sind von Steve, um dich zu
bedanken für den schönen Tag, der ihr zusammen verbracht
habt. Es ist sogar ein schönes Foto von euch beide dabei."

„Was??? Was sagst du? Von Steve, um mich zu bedanken
für was?"

Rik zeigt Anika die Karte. Anika fällt ganz verzweifelt auf einem Stuhl und die Tränen fließen über ihr Gesicht.

Anika ist völlig verzweifelt und sagt:

„Rik du glaubst mich doch? Es gibt wirklich nichts zwischen Steve und mir, du glaubst mich doch? Bitte."

Rik setzt sich neben ihr und legt seinen Arm um ihre Schulter und sagt:

„Natürlich glaub ich dich. Ich habe in den vergangenen Tagen alles in dieser Wohnung gesehen, gelesen und angeschaut und habe festgestellt das wir schon lange ein sehr glückliches Paar sind. Felicia erzählte mir, dass es eine Fotomontage ist. Steve hat zwei verschiedene Fotos zusammengefügt. Wieso macht er das?"

Rik nimmt ihr Gesicht zwischen seinen Händen und küsst sie auf ihren Lippen und versucht sie zu beruhigen.

Dann reagiert Anika endlich:

„Hast du Felicia gesprochen?"

„Ja, sie rief an um nach zu fragen wie es geht, gerade in dem Moment das der Blumenstrauß abgeliefert wurde."

„Felicia erzählte dir das das Foto eine Fotomontage ist? Wie weiß sie das dann?"

„Vincent hat das Foto mit Hilfe eines Fotoprogramms zerlegt und rausgefunden, dass es eine Montage ist von zwei verschiedenen Fotos."

„Oh, das freut mich aber. Ist das Problem gelöst, ich fing schon an, an mich zu zweifeln. Wieso hat Vincent das Foto bekommen?"

„Paul wollte ein Foto von Martin bekommen um etwas aus zu suchen. Er warnt uns ausdrücklich für Steve und Martin."

Anika ist froh über was Rik ihr soeben erzählte. Sie ist erleichtert das Rik ihr so bedingungslos vertraut und glaubt. Sie geht auf dem Blumenstrauß zu und will es wegwerfen.

„Willst du es wegwerfen? Musst du nicht machen, ich mag diesen Strauß schon, es ist sehr hübsch. Die Karte heben wir auf als Beweis. Du, ich habe einen Vorschlag:

Bedanke Steve, aus meinem Namen, für den wunderschönen Strauß. Erzähle ihm, dass es keine Karte dabei gab und das der Lieferant nur gesagt hat das es vom diesem Büro kommt. Schauen wir mal wie er reagiert.“

Anika schaut ihm mit einem erstaunten Blick an und sagt schließlich:

„Denkst du das das eine gute Idee ist?“

Rik zuckt mit seinen Schultern und sagt:

„Keine Ahnung, aber ich finde es irgendwie interessant. Mal schauen wie er reagiert.“

„Das mache ich und sage noch dazu wie aufmerksam es von ihm ist, dass er dich gute Besserung wünscht.“

Sie sehen die Sache hiermit als erledigt und beschließen irgendwo Essen zu gehen um zu besprechen wie sie weitergehen müssen.

Kapitel 6

Am nächsten Morgen kommt Anika ins Büro und geht sofort auf Steve zu.

„Guten Morgen, Steve. Rik hat mich gebeten dich herzlichst zu bedanken für den wunderschönen Blumenstrauß, den du ihm geschickt hast. Er findet es sehr schön und sehr aufmerksam von dir."

„Was erzählst du mir? Ich sollte einen Blumenstrauß an Rik geschickt haben? Nein, wirklich nicht. Den war für dich gemeint und es war eine Karte dabei mit einem ‚Dankeschön'. Nicht für Rik, was denkst du. Jetzt siehst du mal wieder, er hat die Karte natürlich weggeworfen und tut jetzt als ob es für ihn bestimmt war. Einen weiteren Beweis wie unzuverlässig er ist."

„Ach Steve, ich kann mich nicht denken, dass du mir zuhause einen Blumenstrauß schicken würdest. Wieso solltest du das tun? Nein, ich finde es sehr aufmerksam von dir so etwas zu machen. Du darfst das durchaus zugeben."

Nach dieser Aussprache verlässt Anika sein Arbeitszimmer und geht an die Arbeit.

Sie denkt:

„So, die habe ich ihm gegeben. Was wird er jetzt machen?"

Paul ist erschrocken, dass Maarten jetzt unter dem Namen Martin, wieder zusammen ist mit Steve. Martin ist kaum eingetroffen ob es geschehen unerklärbare Sachen.

Paul ist schnellstens zurückgereist nach Barcelona. Er will nochmals in seinen alten Unterlagen nach Fotos und Dokumenten suchen. Er ist sehr besorgt über diese Entwicklung. Er will nicht das wieder tödliche ‚Unfällen' geschehen werden. Er weiß viel mehr über Martin als er Vincent erzählen wollte. Er will zuerst einiges abklären.

Das ist der Grund, dass er schnell nach Hause will. Er will schauen ob er etwas Konkretes finden kann. Vielleicht kann er eine Adresse rausfinden von jemanden der viel mehr weiß, Martins Frau zum Beispiel.

Es stört Agnes sehr was im Moment alles passiert. Es ist schon auffallend, das alles angefangen hat nachdem Martin plötzlich erschienen ist. Wer ist Martin und wo kommt er her? Es ist offensichtlich das Steve ihn gut kennt.

Sie bekommt das Gruseln von ihm.

Sie wurde wütend als sie das Foto von Anika mit Steve sah. Jetzt kommt ihr das Foto eigentlich bekannt vor.

Sie wundert sich auch das Anika das Verhältnis so fanatisch leugnet. Steve hatte auch nie Interesse in Anika, im Gegenteil. Er hat immer blöd über sie geredet. Wieso gibt es plötzlich diese geänderte Haltung von ihm? Wieso läuft Steve ihr jetzt so hinterher?

Zuhause sucht Agnes ‚ihr' Foto mit Steven. Sie findet es schon schnell. Sie sieht das es eine ähnliche, eigentlich das gleiche, Foto ist. Agnes entscheidet sich um sich mit Anika aus zu sprechen und die Fotos zu vergleichen. Sie steigt sofort in ihr Auto und fährt zu der Wohnung von Anika.

Anika öffnet die Haustür und staunt als sie Agnes sieht.

Agnes fragt ob sie reinkommen darf:

„Anika wir müssen reden, ich verstehe es alles nicht, darf ich reinkommen?"

Rik kommt auch zur Tür und fragt was los ist. Anika erklärt ihm was Agnes will und er fragt sie sofort rein zu kommen.

„Das ist schön, dass du kommst um drüber zu reden. Wir verstehen die Welt nicht mehr. Es geschehen im Moment so viele fremde Sachen. Entschuldige, dass ich dich nicht erkenne und nicht weiß wer du bist. Ich habe noch immer meinen Gedächtnisschwund."

Agnes kommt in die Wohnung hinein und sie setzen sich auf der Terrasse.

„Wow, ihr wohnt hier wirklich sehr schön."

Anika reagiert:

„Danke, aber gestern warst du noch sehr wütend auf mich, was ist geschehen das du mich jetzt besuchst?"

Agnes erzählt über ihre geänderte Einsicht und das sie nicht versteht, dass alles sich so schlagartig geändert hat.

„Anika, zuerst war ich die Freundin von Steve und er meckerte nur über dich. Eigentlich hasste er dich, entschuldige das ich es so sage. Er erzählte mir, dass du deine Arbeit so gut machst, sonst könnte er dich entlassen. Plötzlich kommt Martin und du bist seine große Liebe. Als ich das Foto sah explodierte ich. Zuhause habe ich mir meine Fotos mit Steve angeschaut und fand ein fast gleiches Foto. Darf ich dein Foto nochmals sehen?"

Anika holt das Foto und sie legen sie neben einander.

Sie starren alle drei auf den beiden Fotos. Sie sind identisch.

Sogar die gleichen Getränke stehen auf dem Tisch abgebildet.

Es ist ein Getränk was Anika nie trinkt. Es ist das Lieblings Getränk von Agnes.

Anika erzählt Agnes, dass ihr Sohn schon rausgefunden hat das es eine Fotomontage ist.

Agnes wird jetzt sehr böse auf Steve:

„Was ist Steve einen Drecksack. Er hat ein Foto von uns genommen und dir darin einmontiert und erzählt allen ganz beiläufig, dass du seine große Liebe bist. Ich mache ihn fertig!

Anika es tut mir leid, dass ich dich nicht glauben wollte. Willst du mich verzeihen?"

"Natürlich, ich bin froh das es jetzt, mit dem Foto geklärt ist."

Sie reden noch lange über ihre Entdeckung mit dem Foto und fragen sich wie es weitergehen wird und was sie eigentlich jetzt machen müssen.

Anika warnt Agnes:

„Wir müssen sehr vorsichtig sein. Vincents Chef hat Martin erkannt von früher und diese Vergangenheit von Martin ist nicht schön und es bedeutet nicht viel Gutes. Er hat uns gewarnt sehr, sehr, vorsichtig zu sein. Er will noch einiges aussuchen und wird uns informieren was er noch so rausfindet."

Anika erzählt Agnes über den Blumenstrauß und wie Anika darauf reagiert hat. Sie freut sich das Anika ihr das erzählt hat. Sie entscheiden sich, Steve nichts anmerken zu lassen das sie alles ausgesprochen haben. Sie werden im Büro die gleiche feindselige Haltung wie bisher weiterführen. Sie möchten nicht das Steve bemerkt das sie schon mehr wissen über Martin.

Steve und Martin haben kein gutes Gefühl über ihren Plan. Sie sitzen zuhause beim Essen am Tisch und überlegen sich was zu tun. Steve hat das Gefühl nicht ausreichend Halt zu bekommen auf Anika.

„Ich muss etwas machen das ich Anika mehr unter Kontrolle bekomme. Alles was ich gemacht habe hatte keinen Erfolg. Sie ist nicht anfällig für diese Gesten. Der Aufsatz um eine Streit an zu fangen zwischen Agnes und Anika ist auch nicht so gelaufen wie ich mir erwünscht hatte. Wir müssen eine Trennung zwischen Anika und Rik hervorrufen."

Martin ist ganz seiner Meinung:

„Wir müssen bestimmt etwas mit Rik machen. Sein Gedächtnis bleibt schon verschwunden, aber Rik und Anika bleiben zu viel an einander kleben. Das darf nicht sein."

„Wenn ich einige Tage zusammen mit Anika vereise, habe ich viel Zeit um auf ihr einzureden und kann versuchen sie auf anderen Gedanken zu bringen."

Während Steve das sagt weitet er plötzlich seine Augen.

Martin betrachtet Steve und fragt was los ist.

„Du schaust plötzlich mit solchen geweiteten Augen als ob du das Licht gesehen hast."

Steve reagiert als ob er die Lösung gefunden hat.

„Im Büro fängt gerade die neue Promo-Kampagne an. Es müssen verschiedene Niederlassungen besucht werden für Schulungen. Meistens mache ich das zusammen mit Agnes. Das ist gemütlich und ich bin nachts nicht so alleine. Agnes steht immer bereit. Wenn ich dieses Mal Anika mitnehme nach Alicante, dann schicke ich Agnes nach Barcelona. Während diesen Tagen kann ich Anika, in aller Ruhe, richtig bearbeiten."

Martin mag dieser Plan sehr und schenkt noch einen Glas Wein ein. Martin muss während diesen Tagen Rik besuchen, mit ihm besser Kontakt bekommen, ihn eifersüchtig und unsicher machen. Sie sind ganz froh über ihren neuen Plan, so muss es doch noch gelingen.

Anika und Rik sind zuhause auch dabei zu überlegen wie sie weiter handeln müssen.

„Ich möchte gerne mehr Handlungsfreiheit haben um mehr Zeit mit dir zu verbringen. Die anstehende Promo-Kampagne wird uns sehr beschäftigen. Es ist im Moment ein Irrenhaus, aber danach wird es ruhiger. Die Mehrheit des Personals geht zu den Niederlassungen für die Schulungen und dann bin ich alleine im Büro. Ich habe immer Bürodienst. Dann habe ich viel mehr Freiheit und kann Zeit mit dir verbringen. Außerdem wird Steve einige Tage weg sein und das ist einen riesen Unterschied."

Rik fragt was diese Promo-Kampagne beinhaltet. Anika erklärt genau an Rik was gemacht werden muss, dass es eine sehr anstrengende Periode ist da viele Leute geschult werden müssen. Es ist der Höhepunkt der Arbeit.

„Ich hoffe das du mehr Zeit für uns haben wirst, ich mag das sehr. Es ist immer schön mit dir zusammen zu sein. Es ist nur schade das wir zusammen keine Erinnerungen haben. Ich fühle mich so frustriert das ich keine Lösung weiß. Es ist so schwierig alles hier zu sehen, aber nichts davon zu erinnern, nicht zu wissen welche Geschichte dahintersteckt. Was können wir noch versuchen. Hypnose? Oder sonst was?"

Sie wissen es nicht.

Im Büro sind allen voll beschäftigt mit den Vorbereitungen der Kampagne. Schlussendlich wird das Programm der Schulungen bekannt gegeben. Normal ist es so dass Anika im Büro zurückbleibt und die aktuelle Geschäften abhandelt.

Es schlägt ein wie eine Bombe, als Steve das Programm verteilt und Anika liest das sie, auch noch zusammen mit Steve, nach Alicante muss.

„Hé Steve, was ist das nun wieder? Ich bin auch eingeteilt für die Schulungen? Ich mache doch, während der Schulung, immer die Büroarbeit?"

„Ja das stimmt, aber ich dachte, dass es dieses Mal anders muss. Du sitzt immer nur im Büro, du musst mehr erfahren von der praktischeren Seite unserer Arbeit. Außerdem können wir viel Zeit mit einander verbringen, ohne Rik in der Nähe. Ich glaube das wird dir guttun. Kannst du endlich was Abstand nehmen von all die Probleme mit Rik. Du wirst merken das es mit mir viel schöner und bequemer ist.

Es ist eine beschlossene Sache, du kommst mit mir und Schluss."

Anika gerät in leichter Panik, was meint er damit? Das ist eine Wendung, die sie wirklich nicht vorgesehen hatte.

„Aber du gehst immer zusammen mit Agnes, was wird sie davon halten?"

„Mit Agnes ist es Schluss und vorbei, du weißt doch das du meine große Liebe bist und es schon immer warst."

Anika weiß nicht was sie machen muss. Was kann sie machen? Nichts! Es wird ihr aufgelegt von ihrem Arbeitsgeber!

Sie muss nach Alicante.

Zuhause erzählt sie es Rik, der hierüber natürlich überhaupt nicht erfreut ist

„Tsja, das ist auch etwas. Wie lange dauert das?"

„Ich habe gelesen, dass wir drei Nächte weg sind."

„So, das ist lange und wo übernachtet ihr? Du hast doch schon ein eigenes Zimmer?"

„Es ist das Luxus Hotel im Hafen. Ich nehme doch an das ich ein eigenes Zimmer bekomme. Das würde was sein. Vertraue mich, das ist schon in Ordnung."

Anika hat aber nicht gesehen welche Zimmer gebucht worden sind. Das wird sie noch feststellen.

Rik reagiert:

„Nein, ich weiß nicht welches Hotel das ist, entschuldige. Ist Felicia auch sehr beschäftigt mit dieser Kampagne?"

„Nein, sie arbeitet in einer Zweigstelle. Diese Promo-Kampagne geht vom Hauptsitz hier aus. Sie machen dort nur Büroarbeit."

„Bist du einverstanden das ich einige Tage nach Felicia zu Besuch gehe? Ich habe von Felicia gehört das es dort große Stränden gibt. Ich habe das Gefühl das ich das Strand liebe und dort kann ich lange Strandspaziergängen machen. Dann kann ich alles mal in aller Ruhe überdenken und auf der Reihe bekommen und meine Tochter kennenlernen.

Komisch hört das an: meine Tochter kennenlernen."

„Ja, du liebst das Stand, das freut mich das du das weißt. Natürlich kannst du hinfahren, vielleicht ist es besser so. Es ist bestimmt wieder ein gefährlicher Plan von Steve und vielleicht schickt er Martin zu dir. Ich bin nicht da und er hat alle Freiheit und Zeit mit dir etwas anzustellen. Es ist also ein sehr guter Plan von dir."

Anika ist ganz erleichtert von diesem Plan von Rik. Es gefiel ihr gar nicht das Rik alleine zuhause sein würde. Sie ruft gleich Felicia an und sie freut sich darüber.

„Das gibt natürlich wieder viel Klatsch, du mit Steve in Alicante! Das Papa von zuhause weg ist und nicht in der Nähe von Martin ist bestimmt gut. Das machen wir. Programmierst du sein Navigationssystem im Auto, dann kommt er automatisch hierher."

„Ja, das mache ich. Ich werde ihm auch auf die Straßenkarte zeigen wo es ist. Er hat schon sein Gedächtnis verloren aber nicht sein Verstand. ‚Das wird schon schiefgehen.' Vielleicht tut es ihm gut und hilft es ihm mit seinem Gedächtnis."

Paul hat in seinen Unterlagen noch einige Sachen von damals gefunden. Er hat damals in Indonesien gearbeitet für die gleiche Firma wo er jetzt noch immer arbeitet.

Es war eine schöne Zeit. In dieser Periode hat er Steve und Maarten kennengelernt. Sie haben mal zusammen etwas getrunken. Es fiel Paul auf das die beide ein enges Verhältnis hatte. Er hatte den Eindruck, dass es ein Homo-Paar war, was damals, und vor allem in der Gegend, gar nicht möglich war.

Paul war erstaunt das Maarten verheiratet war und zusammen mit seiner Frau eine Arztpraxis führte. Es gab einige fremde Vorfällen mit Krankheiten und Sterbefällen. Plötzlich war Steve verschwunden.

Es interessierte Paul nicht und machte nichts draus.

Einige Monate später wurde er selber nach einem anderen Land geschickt. In den Unterlagen findet er noch einige Fotos.

Auch findet er ein Foto von Maarten zusammen mit seiner Frau Soraya. Er schaut erstaunt auf das Foto, er dreht es um und sieht auf der Rückseite die Namen von Maarten und Soraya. Soraya hat sogar ihre vollständigen Namen aufgeschrieben mit ihrem Mädchennamen.

Er erinnert sich Soraya noch gut und es werden schon Erinnerungen wach!

„Das ist interessant. Da steht ihr Mädchenname aufgeschrieben! Da Martin jetzt in Spanien ist, haben sie sich vielleicht getrennt. Hiermit kann ich ihr bestimmt zurückfinden."

Paul fragt sich wo er suchen soll. In den Niederlanden oder in Indonesien?

Er kann die Indonesische Niederlassung fragen ob sie wissen was mit Maarten und Soraya passiert ist. Er ruft sofort Ria in der Zentrale in den Niederlanden an. Ria ist eine Mitarbeiterin, die schon seit Jahrhunderte dort arbeitet und jeder kennt und alles weiß. Paul fragt ihr ob sie es aussuchen kann und will.

Er gibt ihr die Namen und erzählt was so alles passiert ist.

Ria mag diese Art von Fragen und macht sich sofort an die Arbeit. Sie verspricht Paul sobald sie was gefunden hat anzurufen.

Carlos hat inzwischen die Befunden von der Untersuchung bekommen. Es gibt einen ‚Hit' im Abteil Medikamenten und Giften. Carlos staunt und ist schockiert als er den Befund liest. Also deshalb kam es ihm so bekannt vor. Jetzt muss er aussuchen welches Gift es genau ist. Es muss ein seltsames Mittel sein da es nicht in der Liste der Standardprodukte genannt wird. Er vermutet, dass es eine Art von Tee sein wird, aber welcher? Das wird bestimmt eine lange Suche auf den altmodischen Weiße. In Bücher suchen, Berichten lesen und viele Berechnungen machen. Das wird eine zeitraubende Arbeit und Zeit hat er nicht. Er muss eine Lösung finden wie er es schnellst möglich suchen kann. Das muss er sich genau überlegen.

Dann ist der Tag gekommen an dem die Promo-Tour anfängt. Anika reist zusammen mit Steve nach Alicante. Anika hatte keine Lust zusammen mit Steve mit dem Auto hinzufahren. Fünfhundert Kilometer zusammen im Auto ist Anika zu viel, dann kann viel zu viel geredet werden und dazu hat sie keine Lust.

Sie hat zwei Flugtickets gebucht und zwei Sitzen weit aus einander reserviert.

Steve ist erstaunt:

„Fahren wir nicht mit dem Auto? Ich hatte mich so darauf gefreut. Wir zusammen im Auto und alle Zeit um alles mal ruhig zu besprechen."

„Nein, Steve wir haben keine Zeit dafür. Wir reisen schnell und komfortabel mit dem Flugzeug."

„Wir haben doch schon zwei Sitzen nebeneinander?"

„Nein Steve, das war leider nicht möglich. Wir sitzen sogar weit auseinander, schade."

„Das ist wirklich schade, konnten wir schön über unsere Zukunft reden. Dann müssen wir das heute Abend machen."

„Wir haben nicht viel Zeit, denke ich. Worüber müssen wir eigentlich reden?"

„Na ja, über unsere gemeinschaftliche Zukunft, nachdem du dich getrennt hast von Rik."

Noch vor das Anika hierauf reagieren kann müssen sie im Taxi zum Flughafen einsteigen. Am Flughafen können sie schon sofort ihr Gepäck abgeben und durch den Zoll weitergehen. Beim Gate eingetroffen können sie schnell ‚Boarden'.

‚Das war ein perfektes Timing so, schnell, ruhig und bequem', denkt Anika.

In Alicante eingetroffen nehmen sie ein Taxi zum Hotel im Hafen. Beim Einchecken im Hotel bekommt Anika schon die nächste Überraschung.

Die Rezeptionistin sagt:

„Ja, hier ist die Reservierung. Ein Doppelzimmer mit, auf Anfrage, einem Doppelbett."

Anika schaut Steve mit einem vernichtenden Blick an und sagt zur Rezeptionistin:

„Nein, das muss ein Irrtum sein. Wir haben zwei Einzelzimmer reserviert und wir brauchen wirklich zwei Zimmer."

Die Rezeptionistin macht ein bedenkliches Gesicht und tippt eifrig auf der Tastatur und sagt schließlich:

„Das geht leider nicht, wir sind komplett ausgebucht."

„Gibt es kein einziges freies Zimmer?"

„Nein, kein Einzelzimmer, sogar kein Doppelzimmer, nichts."

„Das kann doch nicht wahr sein. Dann suchen wir ein anderes Hotel, vielen Dank und auf Wiedersehen."

Anika will sich schon umdrehen, als die Rezeptionistin plötzlich sagt:

„Es gibt schon noch eine Suite, der hat zwei separate Schlafzimmer. Das kann ich ihnen anbieten."

„Das geht in Ordnung, geben sie uns diese Suite."

Steve protestiert noch:

„Ach Anika, ein Zweipersonszimmer ist doch Perfekt für uns beide."

„Nein, nein, wir nehmen die Suite, ich schlafe wirklich nicht mit dir in einem Bett, keine Möglichkeit."

Gegen die erstaunte Rezeptionistin sagt sie:

„Also der Suite. Ist es schon fertig?"

„Ja sicher, sie können sofort in ihrer Suite. Hier sind die Schlüsselkarten und ihr Gepäck wird gleich auf das Zimmer gebracht. Ich wünsch Ihnen einen angenehmen Aufenthalt."

Im Suite schaut Anika zufrieden um sich herum. Der Suite ist auf die oberste Etage des Hotels und schaut über das Meer, den Strand, die Stadt und hat eine Terrasse. Sehr schön.

Sie geht durch die Suite und schaut sich die Schlafzimmer an und sieht schon schnell welches das schönste Zimmer ist.

„Schau mal Steve, so eine herrliche Aussicht. Ich nehme dieses Zimmer, dann kannst das da nehmen."

Steve schaut erstaunt nach Anika, er staunt über ihr entschlossener Handeln. Sehr selbständig, so kennt er sie nicht.

Sie kleiden sich um und müssen den Empfang der Gäste vorbereiten. Am Abend gibt es einen Begrüßungs-Apero und in den nächsten zwei Tagen werden Vorträgen und Schulungen gehalten.

Abends, nach dem Apero sitzt Anika auf der Terrasse der Suite. Sie genießt die Aussicht und vom Meer, das eine sehr beruhigende Auswirkung auf sie hat. Sie wird etwas melancholisch und denkt an Rik. Anika hat soeben einen Bericht empfangen, dass er sicher eingetroffen ist bei Felicia. Im Moment das sie so tief in Gedanken versunken ist, kommt Steve nach draußen mit zwei Gläser Champagne in seinen Händen. Er setzt sich neben Anika und gibt ihr ein Glas und schaut auch eine Weile nach der schönen Aussicht.

Dann macht er ihr Komplimenten über ihre Begrüßungs-rede.

„Das hast du sehr gut gesprochen, kurz aber kräftig. Ich bin gespannt wie die nächsten Tage verlaufen werden."

„Danke. Ja, ich bin auch sehr gespannt, ich habe es noch nie gemacht. Du hattest immer Agnes dabei."

„Ja, das bedaure ich jetzt, du bist viel besser in diesen Sa-chen. Ich musste immer alles alleine machen. Agnes hat nie-mals etwas gemacht."

Sie sitzen noch einige Zeit ruhig da und reden über dies und das. Eigentlich ganz entspannt und freundschaftlich.

Dann fragt Steve wie es mit Rik geht.

„Das muss doch eine riesige Auswirkung haben auf dei-nem Leben, wenn dein Partner sich plötzlich nichts mehr erin-nert. Wie Schafts du damit zu leben? Was weiß er eigentlich nicht mehr?"

Anika staunt über seinem Interesse.

„Es ist wirklich sehr dramatisch. Er erinnert sich wirklich nichts mehr. Alle normalen Sachen weiß er, wie er essen muss wie er Autofahren muss, das was man automatisch gelernt hat im Leben. Er ist wie ein Computer ohne Speicherplatte.

Was wir zusammen erlebt haben weiß er nicht.

Das ist sehr frustrierend, vor allem für ihn selbst. Er ist in einem blanko Welt gelandet. Er tut sein Bestes um alles wie-der zu erinnern, aber es hilft nichts."

„Also er weiß gar nicht was er normal gemacht hat."

„Nein, gar nichts."

„Habt ihr Internet Banking?"

„Ja, wieso?"

„Hat er das alleine gemacht?"

„Ja, er hat immer alle Bankgeschäfte gemacht."

„Weiß er die Zugangskodes noch?"

„Nein."

„Weißt du die Kodes?"

„Nein, die wusste nur Rik. Wir hatten es schon öfters besprochen das wir irgendwo die Kodes hinterlegen müssen, aber wir haben es nie gemacht. Rik fand es zu gefährlich um sie aufzuschreiben und irgendwo zu verstecken."

„Also könnt ihr im Moment gar nichts machen mit eurem Bankkonto?"

„Nein, wir müssen warten auf eine Verbesserung in dem Zustand von Rik bevor wir neue Kodes beantragen dürfen. Wir haben uns schon überlegt ob mit Hilfe von Hypnose Erinnerungen aufgerufen werden können."

„Du weist eigentlich nicht was Rik gemacht hat oder macht in Bezug auf Internet, Wetten oder was sonst noch. Schlimmer noch, Rik weiß es selber auch nicht!"

„Das ist genau die Lage wo wir uns in befinden, sehr schwierig, aber vor allem für Rik."

Sie reden noch etwas über den Promo, der in den nächsten Tagen stattfinden wird. Schließlich gehen sie ins Bett. Jeder in seinem eigenen Schlafzimmer. Als Anika in Bett liegt denkt sie noch nach über den Abend. Eigentlich war Steve sehr freundlich, nicht aufdringlich, nicht lästig, eigentlich ganz normal, sogar sehr interessiert in der Lage von Rik.

Sogar die Benutzung des gemeinschaftlichen Badezimmers verläuft ohne Problemen.

Anika ist erleichtert. Sie fällt in einem tiefen Schlaf und erwacht frisch und munter.

Sie hat die Suite schon verlassen bevor Steve aufwacht.

Rik ist am gleichen Tag, an dem Anika nach Alicante abreiste, mit dem Auto nach Cádiz gefahren Sie hatten zusammen das Navigation-System programmiert und mit dessen Hilfe ist er ohne Problemen bei Felicia eingetroffen.

Er hat sich gefreut über die schöne Fahrt, es ist wirklich eine sehr schöne Umgebung. Er ist angenehm überrascht als er die schönen Strände sieht. Komisch eigentlich, er weiß nichts von den Stränden, aber er fühlt, dass er die Strände sehr liebt. Er sehnte sich sogar danach, es gibt ihm bestimmt ein gutes Gefühl.

Rik sucht schnell die Wohnung von Felicia.

Felicia zeigt ihm sein Zimmer. In seinem Zimmer ruft er Anika an, die selbst gerade in Alicante eingetroffen ist.

„Alles ist gut verlaufen, es war eine sehr schöne Fahrt, schade das du nicht dabei warst. Es sind wirklich sehr schöne Stränden. Ich amüsiere mich hier bestimmt einige Tage, mach dich keine Sorgen über mich."

Anika ist erleichtert, dass es gut gegangen ist.

„Es ist wirklich eine verzwickte Lage."

Rik und Felicia essen und trinken einiges in der Strandbar. Rik fühlt sich schon schnell zuhause.

„Es ist wie Urlaub. Ich genieße es wirklich."

Felicia ist auch froh, dass die Fahrt zu ihr so gut verlaufen ist.

Es zeigt sich wieder das Rik nicht behindert ist, aber das nur ein Teil sein Gedächtnis fehlt.

„Schön, dass du es so gut gefunden hast. Eigentlich wie immer. Du hast immer den Weg gefunden. Wir denken dauernd, dass du zu nichts mehr im Stande bist, aber das ist falsch gedacht.

Es ist schon komisch so mit dir um zu gehen, alles ist eigentlich normal, aber wir sind Fremden für dich und du weist nichts über gemeinschaftliche Erinnerungen."

„Das stimmt und das ist so frustrierend, ich hoffe, dass eine Lösung gefunden werden kann. Vielleicht hilft es, wenn Carlos rausfinden kann was passiert ist."

Sie reden noch weiter und besprechen was am nächsten Tag zu tun ist.

„Ich habe ein volles Programm im Büro und deshalb wenig Zeit."

„Macht nichts, ich mache Morgen ein sehr langer Spaziergang über den Strand. Ich amüsiere mich schon. Wir treffen uns am Ende des Nachmittags, hier in deiner Wohnung, geht das in Ordnung?"

Felicia freut sich über den Vorschlag ihres Vaters.

Am nächsten Tag will Martin zu Besuch gehen bei Rik, aber er steht vor einer geschlossenen Tür. Es wird nicht reagiert auf dem Klingeln. Das befremdet ihm und ist enttäuscht. Er wollte mal wirklich Zeit nehmen um mit Rik zu sprechen.

Er ruft Steve an:

„Steve, Rik ist nicht zuhause. Er geht nicht an der Tür, weißt du davon? Vielleicht kannst du Anika fragen wo Rik ist?"

„Hé, das ist komisch, Anika hat mir nichts erzählt. Vielleicht ist er einkaufen gegangen und kommt später wieder zurück. Versuch es heute Nachmittag nochmals. Anika war schon weg als ich aufwachte. Hast du nicht ein Indonesischer Tee, der sein Gedächtnis wieder zurückbringt? Rik hat alle Kodes vom Internetbanking vergessen und Anika weiß sie nicht, außerdem haben sie die nicht aufgeschrieben."

„Aua, das ist ein Problem. Was jetzt? Nein, es gibt kein Tee dafür, er hatte sofort tot sein müssen mit der angewendeten Dosierung. Ein Gegengift gibt es nicht."

Erst spät abends sehen Steve und Anika einander wieder. Anika sitz auf der Terrasse, trinkt ein Glas Weißwein und geniest die herrliche Temperatur und Aussicht über das Meer. Es war einen anstrengenden Tag. Die Interessen der Teilnehmer waren groß und es gab viele Fragen. Das beschäftigte Anika und Steve so sehr, dass sie separat arbeiten mussten.

Als Steve in der Suite kommt sieht er Anika schon auf der Terrasse sitzen. Er läuft auf ihr zu, setzt sich neben ihr und nimmt auch ein Glas Wein.

Er säuft tief und sagt:

„So das war ein Tag. Was für ein Ansturm. Ich sah das du auch den ganzen Tag beschäftigt warst. Ich hatte nicht gedacht, dass es so sein würde. Es ist nur gut das du dabei warst und nicht Agnes, sonst hätte ich alles alleine machen müssen."

„Ja, es gab sehr viel zu tun. Ich bin total erledigt, deshalb habe ich ein Glas Wein genommen und mich hier auf der Terrasse gesetzt um mich ein wenig zu erholen. Es alleine zu machen war heute nicht möglich. Es tut gut es mal mitzuerleben."

„Martin hat mich noch angerufen. Er wollte Rik besuchen, aber er scheint nicht zuhause zu sein. Wusstest du das?"

„Ja, ist mir bekannt, er besucht Felicia um mal richtig auf dem Strand aus zu wehen und lange Strandspaziergänge zu machen. Er will alles mal auf der Reihe setzten. Also, es stimmt das er nicht zuhause war. Was wollte Martin von Rik?"

„Oh, das ist schade. Martin wollte nur beim Genuss einer Tasse Kaffee oder Tee mit ihm reden, besser bekanntmachen miteinander und ihn Gesellschaft leisten."

Sie reden noch eine Weile über den Verlauf des vergangenen Tages und dann sagt Steve:

"Nach so einem anstrengenden Tag massierte Agnes mich immer. Das ist so entspannend für mich. Davon kann ich wirklich genießen. Willst du das auch mit mir machen? Willst du mich eine Massage geben?"

Anika schaut ihn mit einem vernichtenden Blick an und will eine gemeine Bemerkung machen aber sagt nichts, steht auf und geht auf ihr Zimmer.

„Na, dann nicht! Gute Nacht."

Rik hat an diesem Tag lange über den Strand spaziert. In einem Strandrestaurant hat er zum Mittag gegessen und ist wieder zurück gelaufen zur Wohnung von Felicia. Er hat es wirklich genossen, der Stand, das Meer, die Luft. Es ist sehr schönes Wetter mit einer kleinen Briese die für etwas Abkühlung sorgt.

Er hat einen schönen Tag erlebt und hat viel nachgedacht.

Er ist zu einigen wichtigen Schlussfolgerungen gekommen und hätte die gerne gleich mit Anika besprochen, aber Sie hat leider gar keine Zeit. Auch er will das die Situation wieder normal wird, aber die Chance ist groß das er sein Gedächtnis nicht zurück bekommt… aber das Leben geht weiter. Sie müssen mit diesen neuen Umständen fertig werden. Er hat viel darüber nachgedacht und glaubt zu wissen wie sie weitergehen können. Natürlich nur wenn Anika das auch so möchte. Er hört so viel über ein Verhältnis zwischen Anika und Steve. Dass sie jetzt zusammen in Alicante sind macht alles noch viel schlimmer. Er weiß so langsam an nicht mehr was er glauben soll. Das stört ihm unheimlich.

Sein Vorschlag ist sehr rigoros und es geht nur wenn sie finanziell unabhängig sind, aber er realisiert sich das er darüber überhaupt nicht weiß. Bis jetzt hat er darüber nicht nachgedacht, es ist etwas was er Anika fragen muss. Er traut sich nicht es übers Telefon zu fragen.

Am Abend essen Felicia und Rik zusammen und sprechen viel über den Tag und alles was so passiert ist. Rik fragt Felicia viel über ihre Mutter. In dieser Weiße versucht er mehr über sie zu erfahren. Er lebt schon zusammen mit Anika, aber weiß im Grunde eigentlich nichts über sie.

Steve ist keine große Hilfe, er tut als ob sie die besten Freunde sind und sogar ein Verhältnis haben. Martin unterstützt alles was Steve erzählt.

Zum Glück erzählt Felicia ganz was anderes, genau wie er es sich gedacht und erhofft hat. Felicia bestätigt, dass Steve nie Interesse hatte in Anika, im Gegenteil.

Diese ‚Verhältnis Geschichten' haben erst abgefangen nachdem Rik sein Gedächtnis verloren hat. Rik ist ganz erleichtert über was Felicia ihm alles erzählt.

Felicia sagt ihrem Vater, dass sie am nächsten Tag frei hat. Es war sehr schwierig frei zu bekommen wegen der Promotion, aber sie konnte einen Tag mit einem Kollegen tauschen und sie hat heute viele Überstunden gemacht. Wegen dieser Promotion muss einen Kollegen ihre Arbeit übernehmen.

Felicia schlägt vor Jerez zu besuchen und dort eine große Bodega zu besuchen. Sie hat eine spezielle Tour arrangiert und das verspricht Einiges, es wird bestimmt ein besonderer Besuch. Rik mag das sehr und ist froh über ihren Vorschlag. Sie kehren zurück in ihre Wohnung und in seinem Zimmer ruft er Anika an. Sie beantwortet das Telefon sofort.

„Hallo lieber Rik, wie geht es, ein schöner Tag gehabt? Hier war sehr viel zu tun, wir waren dauernd beschäftigt. Ich sitze jetzt auf der Terrasse und trinke ein kühles Glas Wein. Ich habe Steve den ganzen Tag nicht gesehen. Ich war schon weg als er aufgewacht ist und er ist immer noch nicht zurück?"

Anika erzählt Rik über die Zimmerreservierung und wie sie das gelöst hat. Deshalb wohnen sie jetzt in einer großen Suite mit zwei getrennte Schlafzimmer. Rik muss herzlichst lachen über diese Geschichte, er sieht das Gesicht von Steve schon vor sich. Rik erzählt das er lange über dem Strand spaziert hat, den ganzen Tag sogar.

„Ich bin zu einigen Schlussfolgerungen gekommen und darüber nachgedacht wie wir weiter gehen müssen mit unserem Leben. Es muss sich etwas ändern, wenn ich mein Gedächtnis nicht zurückbekomme, muss es etwas d Drastisches sein. Das will ich aber nicht übers Telefon besprechen, alles wird gut."

Anika ist neugierig geworden aber einverstanden es nicht übers Telefon zu besprechen außerdem kann Steve jeden Moment zurückkommen und der darf nichts mitbekommen was besprochen wird.

„Das geht in Ordnung lieber Schatz, gute Nacht und bis morgen. Wir sprechen uns."

„Schlaf gut Liebes. Bis morgen."

Sie beenden das Gespräch und Rik fällt in einem tiefen und ruhigen Schlaf.

Der nächste Tag verläuft für Anika auf der gleichen Weiße. Sie hat die Suite schon verlassen bevor Steve aufwacht. Der ganze Tag sind sie sehr beschäftigt und haben es sehr stressig.

Rik, auf der andere Seite, hat einen sehr entspannten Tag. Er besucht zusammen, mit Felicia, die Stadt Jerez. Der absolute Höhepunkt ist der Besuch an der größten Bodega. Felicia hat das organisiert und es gibt für sie, als wichtiger Kunde, einen sehr besonderen Empfang.

Rik ist sehr beeindruckt. Er sieht viele schöne und auch leckere Sachen. Er bekommt sogar eine Idee für seinen Plan mit Anika.

Er kauft sogar einige schöne Sachen und Getränken. Nach einem ergiebigen Mittagessen in der Bodega gehen sie wieder zurück zur Wohnung von Felicia.

Sie beschließen noch etwas zu trinken im Strandbar. Felicia ist neugierig nach dem Plan ihres Vaters.

„Papa, was beschäftigt dich? Es ist als bist du dabei einen Plan aus zu arbeiten."

„Ja, das stimmt. Es muss sich was ändern, ich ertrage es nicht mehr. Ich hoffe noch immer das Carlos etwas entdeckt und ein Lösung weiß.

Sonst muss sich einiges ändern. Es muss eine drastische Änderung geben und das will ich deiner Mutter auf eine ganz spezielle Weiße vorschlagen. Damit bin ich beschäftigt. Du glaubst doch schon das deine Mutter mit mir weiterleben will?"

„Was??? Ja, aber sicher! Ihr seid immer ein ganz spezielles Paar gewesen. Zusammen eine Einheit, ihr habt immer alle Probleme zusammen gelöst. Wieso zweifelst du daran?"

„Na ja, al diese Geschichten über Steve und deine Mutter sind schon sehr persistent."

Felicia wird jetzt wütend

„Du glaubst doch al diese blöden Geschichten nicht? Das darfst du nicht! Ich weiß nicht was alles los ist aber es ist absolut nicht wahr! Hast du das verstanden Papa? Was habe ich dir gestern Abend alles erzählt?"

Rik staunt über diesen Wutausbruch von Felicia, aber er ist froh es so zu hören.

Um den Abend zu beschließen trinken sie noch einen Mojito.

Am nächsten Tag will Rik schon früh nach Hause fahren, er will zuhause sein bevor Anika nach Hause kommt.

Sie verabschieden sich und Felicia sagt ihm nochmals nicht die blöden Geschichten zu glauben und seinen Plan mit Anika aus zu führen.

Er verspricht ihr sein Bestes zu geben.

„Nicht dein ‚Bestes geben', einfach ‚tun'. OK?"

„Ja, in Ordnung."

Am letzten Abend in Alicante sitzt Anika auf der Terrasse und will sich gerade noch ein Getränk eingießen als Steve auch schon zurückkommt.

„So, das war es, wir haben das Treffen gut beendet. Es war perfekt. Ich bin dir sehr dankbar für dein Engagement und Arbeit. Du hast es super gemacht, es konnte nicht besser sein. Nur schade, dass wir keine Zeit für einander hatten. Ich hole uns einen Glas Champagner, wir müssen der Erfolg feiern."

Anika ist nur heil froh, dass er keine Zeit für sie hatte. Sie ist dankbar, dass es so viel Arbeit gab, die Zeit ist geflogen. Morgen wieder nach Hause, nach Rik, er hat ihr gefehlt. Sie ist gespannt was er sich ausgedacht hat.

„Hier Liebes, ein schönes Glas Champagner. Zum Wohl, auf dem Erfolg, ich bin froh das du dabei warst."

Anika antwortet nur: „Zum Wohl auf dem Erfolg"

Sie reden noch eine Weile über den letzten Tagen. Sie haben ein gutes Gefühl darüber.

Wenn die Flasche leer ist steht Anika auf und will ins Bett gehen.

Steve greift nach ihrem Arm und sagt:

„Wenn du es willst kann ich dich massieren, das mache ich gerne und ich bin ziemlich gut."

„Steve, bitte nicht, es ist die letzten Tage so gut verlaufen, ruiniere es jetzt nicht. Bitte? Ich gehe jetzt alleine ins Bett, ich bin erschöpft. Der einzige Mann der in meinem Bett kommen darf ist Rik. Verstanden?"

„In Ordnung Liebes, für dieses Mal dann, schlafe gut."

Am nächsten Morgen stehen sie schon früh auf um rechtzeitig zum Lufthafen zu fahren. Anika steht schon unter der Dusche als Steve aufwacht. Er läuft mit seinem schläfrigen Kopf ins Badezimmer hinein. Das Badezimmer ist scheinbar nicht verschlossen. Er sieht Anika unter der Dusche stehen. Anika hat das Radio eingeschaltet und hört nicht das die Tür geöffnet wurde. Sie ist dabei, mit verschlossenen Augen, mit ihren beiden Händen ihre Haare auszuspülen.

Steve schaut es sich an und denkt:

‚Wow, was eine schöne Frau. So eine Schönheit, so ein schöner Körper, wow. Schade das ich sie nicht massieren dürfte. Was ist dieser Rik ein Glückspilz.'

Er dreht sich schnell um und geht zurück auf sein Zimmer, er wird plötzlich sehr schüchtern und traut sich nicht etwas zu sagen oder zu tun.

Anika hat durch das Radio nichts mitbekommen was soeben passiert ist. Als sie auf ihr Zimmer gehen will kommt Steve aus seinem und tut ob nichts geschehen ist.

„Guten Morgen, gut geschlafen?"

„Ja sehr gut. Beeilst du dich? Wir müssen gleich schon los zum Flughafen."

In Málaga werden sie abgeholt von Martin. Zusammen bringen sie Anika nach Hause. Steve und Martin laufen sogar mit ihr in die Wohnung um ihr Gepäck zu tragen.

Drinnen steht Rik und wartet auf sie.

Steve sieht Rik und sagt gleich:

„Rik was bist du doch ein Glückspilz. Was ist deine Anika eine sehr schöne Frau. Wir teilten uns auch das Badezimmer und sie stand schon unter der Dusche als ich ins Badezimmer kam. Wow, was sieht sie gut aus, man! Was dann alles geschehen ist erzähle ich besser nicht."

Steve geht die Wohnung hinein und sagt zu Anika:

„Schöne Wohnung, Anika, hier werde ich mich bestimmt zuhause fühlen mit dir. Vielen Dank für die letzten Tage, es war schön mit dir zusammen zu sein und so zu arbeiten."

Anika starrt Steve entgeistert an und weiß zuerst nicht was sie sagen soll. Dann reagiert sie wütend:

„Steve hör doch auf mit diesen blöden Bemerkungen, du weißt ja das nicht gewesen ist. Wir haben einander kaum gesehen, so beschäftigt waren wir. Ich habe nicht mal bemerkt, dass du im Badezimmer gewesen sein solltest. Ich glaube es nicht mal."

Martin und Steve verlassen schnell die Wohnung. Steve hofft mit seinen Bemerkungen wieder böses Blut gemacht zu haben.

Anika geht nach draußen setzt sich auf der Terrasse und Rik kommt nach mit einer Tasse Kaffee und setzt sich zu ihr.

Anika erzählt viel über ihre Arbeit von den letzten Tagen, sie hat es als eine schöne Abwechslung ihrer normaleren Arbeit empfunden. Sie erzählt viele Geschichten über alles was sie erlebt hat.

„Du darfst Steve nicht glauben, was er soeben erzählt hat. Wir waren dauernd separat beschäftigt. Ich habe ihn nur abends spät auf der Terrasse gesehen und gesprochen. Das handelte nur über die Arbeit und weiter nichts. Er war eigentlich ganz normal, hat überhaupt keine blöden Bemerkungen oder Anspielungen gemacht. Nur gerade eben hat er wieder angefangen mit diesen blöden Sachen. Ich verstehe es nicht. Du glaubst mir doch Rik? Du sagtest mir, dass du Plänen ausgedacht hast, ich bin sehr gespannt."

Rik reagiert zurückhaltend, er ist erschrocken über wie sie reingekommen sind, über die Bemerkungen von Steve. Er ist komplett blockiert und macht sich Sorgen was zu tun.

Anika ist so fröhlich und begeistert von der Reise zurückgekehrt, das hatte er nicht erwartet. Gibt es doch etwas zwischen Anika und Steve? Macht er das Richtige mit seinen Plänen? Er gerät in Panik.

Anika schaut ihn voller Erwartung an und wartet auf seine
Antwort, dann sagt er:

„Ich weiß es nicht, ich muss nochmals darüber nachdenken."

Kapitel 7

Carlos hat in den letzten Tagen in vielen Büchern und Artikel nach dem Mittel gesucht, aber er hat bis jetzt nichts gefunden. Jetzt muss er die unmöglichste Möglichkeit studieren. Es scheint ihm nutzlos, aber er will es trotzdem versuchen. Es sind die Teesorten. ‚Nutzlos‘, denkt er, Tee ist nie giftig. Aber trotz allem hat dieses Gift alle ähnliche Werten von einem Tee. Er glaubt noch immer, dass er es verwechselt mit einer ähnlichen Struktur, der wohl ein Gift ist. Leider kann er diese Übereinstimmung nicht finden. Er ist deshalb sehr enttäuscht. Nach langem Suchen und lesen findet er ein separates Büchlein. Es ist ein Büchlein das handelt über Indonesische Teesorten.

Im Moment das er es aufschlagen will ruft Felicia an.

„Hey Carlos, wie geht es dir? Hast du schon etwas gefunden?“

Carlos legt das Büchlein zur Seite um ruhig mit Felicia zu sprechen.

„Hey Felicia, Nein ich habe noch nichts gefunden. Ich habe fast alles durchsucht, aber nichts gefunden. Ich dachte zuerst eine Spur gefunden zu haben, aber es scheint doch nichts zu sein. Es ist sehr ähnlich mit den Werten aus dem Blut deines Vaters, aber leider stimmt es doch nicht ganz überein.

Ich muss jetzt noch ein Buch studieren, das über Indonesischen Tee handelt, aber ich fürchte das es zwecklos ist. Ich habe noch nie von einer giftigeren Tee-Sorte gehört.“

Im gleichen Moment kommt ein Kollege von Carlos vorbei der Bücher einsammelt um zurückzubringen in die Bibliothek. Er nimmt ohne zu fragen das Büchlein mit.

Da Carlos in Gespräch ist mit Felicia, bemerkt er es nicht.

„Mein Vater wird komplett hoffnungslos, er will etwas Unternehmen um wieder in sein Leben zurück zu kehren. Er hat Angst, dass er es akzeptieren muss, dass sein Gedächtnis nicht zurückkehrt und deshalb ein neues Leben aufbauen muss. Er spricht über ziemlich radikale Änderungen, vor allem für meine Mutter. Er macht sich große Sorgen um all die negativen Gerüchte, er weiß nicht was er glauben soll. Ich habe keine Ahnung was er meint und machen will, aber es beängstigt mich sehr. Er hofft noch immer, dass du eine Lösung weißt."

„Ich tue meines Bestens. Versuche dein Vater noch ein wenig zurückzuhalten, es muss eine Lösung geben. Ich suche schnellsten weiter".

Carlos verbricht die Verbindung und will weitermachen, aber das Telefon klingelt schon wieder. Es ist das Sekretariat. Carlos soll sofort zu seinem Mentor kommen um die Resultaten seiner Prüfungen zu besprechen. Er soll sofort im Sekretariat kommen, es ist sehr wichtig. Carlos verlässt sofort seinen Arbeitsplatz und geht zum Mentor. Das Teebüchlein ist er ganz vergessen, er weiß nicht mal das es nicht mehr da ist.

Ria, aus Pauls Zentrale, hat eine intensive Suche nach Maarten und Soraya unternommen. Die beide sind damals tatsächlich aus Indonesien ausgewiesen worden und zurück gekehrt in den Niederlanden. In den Niederlanden haben sie sich getrennt. Über Maarten kann sie gar nichts finden. Soraya hatte zuerst ihren Mädchennamen angenommen. Ria hat aber nichts finden können unter dieser Nam. Sie dachte zuerst, dass sie vielleicht aufs Neue geheiratet hat und suchte in dieser Richtung weiter. Das war auch eine Sackgasse. Nach langem Suchen und Kreativität hat Ria sie doch noch gefunden. Soraya hat den Mädchennamen ihrer Mutter angenommen, dadurch ist sie kaum auffindbar. Ria hat ihre ganze Familie durchsucht und alle Name ausprobiert, die sie finden konnte, sogar die ihre Großeltern. Schließlich hatte sie Erfolg mit dem Mädchennamen ihrer Mutter. Sie hat endlich einen Namen und eine Adresse in den Niederlanden gefunden.

Ria will diese Daten kontrollieren und versucht Kontakt aufzunehmen mit Soraya. Sie leugnet, dass sie die gesuchte Person ist und will nichts damit zu tun haben. Ria ist nach diesem Gespräch davon überzeugt, dass sie die gesuchte Soraya ist, sie spürt es einfach und alle Daten stimmen überein.

Jemanden muss zu ihr gehen und mit ihr reden.

Über Maarten kann sie wirklich nichts finden. Er ist in die Niederlande eingetroffen, ist geschieden worden von Soraya und hat das Land wieder verlassen. Sie hat nicht rausfinden können wo er ist.

Paul ist im Moment, dass er das Bericht von Ria bekommt, bei Vincent. Er öffnet den Bericht auf Vincents Computer.

„Hey Vincent, ich bekomme gerade eine E-Mail von Ria über Soraya. Ria hat sie gefunden."

Sie lesen die Information über Soraya und staunen.

„So, sie wollten wirklich nicht gefunden werden. Wenn man bis zu zweimal seinen Namen ändert, ist was nicht in Ordnung. Sie hat sich also getrennt von Maarten. Über Maarten konnte Ria nichts herausfinden. Der ist scheinbar verschwunden.

Schön, Ria hat gute Arbeit geleistet."

Paul steht da und erwägt was zu tun ist. Er ist der Meinung, dass es wichtig ist das Vincent zu Soraya geht und mit ihr im Gespräch kommt. Vielleicht kann sie Martin als Maarten identifizieren, weiß sie etwas Wichtiges und hat eine Lösung."

„Vincent es ist wirklich dringend notwendig, dass du nächste Woche zur Schulung in die Zentrale in die Niederlande fährst.

Wenn du dann doch in den Niederlanden bist hast du bestimmt Zeit um Soraya zu besuchen und mit ihr alles zu besprechen. Vielleicht kann sie uns weiterhelfen. Nimm in jeden Fall Fotos von Martin und Steven mit."

Vincent reagiert erstaunt:

"Was sagt du? Ich muss auf Schulung? Das erfindest du gerade jetzt hier auf der Stelle!"

„Ja, das stimmt. Diese Entwicklung ist so wichtig, dass schnell gehandelt werden muss. Ich will nicht das etwas Schlimmes passiert durch diesen zwei obwohl ich wusste wozu die beide im Stande sind. Ich will nicht das dein Vater noch etwas Schlimmes passiert. Deshalb schicke ich dich jetzt in den Niederlanden um es zu untersuchen."

Carlos bekommt von seinem Mentor die Ergebnisse zu hören.

„Carlos du hast die Prüfungen mit hervorragende Ergebnissen bestanden. Wir sind beeindruckt von deiner Arbeit. Es gibt eine klare Entwicklung in deinen Ergebnissen. Die waren immer schon sehr gut, aber was du jetzt abgeliefert hast ist nahezu perfekt. Es ist ob du dich persönlich geändert hast, es gibt mehr Seele in deiner Arbeit. Gratuliere. Hat sich was geändert in deinem Leben? Dein Studium ist fast fertig, weißt du schon was deine Dissertation wird? Es muss was Außergewöhnliches werden. Etwas was niemanden erwartet. Das würde gut für dich. Denke mal gut darüber nach was du machen willst. Heute Abend gibt es eine Feier für alle die die Prüfung geschafft haben. Wir erwarten von dir das du dabei bist."

Nach noch eine Weile über die Ergebnisse geredet zu haben geht Carlos nach Hause. Er vergisst seine Suche nach dem Tee.

Zuhause ruft er Felicia an um ihr die guten Nachrichten über sein Studium zu erzählen.

„Felicia ich habe alle Prüfungen bestanden. Mein Mentor sah sogar eine positive Entwicklung in meiner Arbeit. Unsre Freundschaft hat Einfluss darauf. Durch meine Beziehung mit dir bin ich ein anderer Mensch geworden und habe so meine Arbeit verbessert. Es ist sogar für meine Bekannten spürbar, dass ich jetzt eine Freundin habe."

„Herzlicher Glückwunsch, das ist großartig. Ich finde es süß das du mir die Schuld gibst von deiner Verbesserung. Das müssen wir feiern. Wann bist du wieder hier?"

„Ich komme bestimmt schon schnell, wahrscheinlich dieses Wochenende, dann feiern wir es."

„Werde ich nach Madrid kommen? Dann können wir zusammen in deinen Büchern weitersuchen, vielleicht übersiehst du etwas."

„Ja, das geht in Ordnung. Dann kann ich dich meinen Freunden bekannt machen. Schön, das machen wir."

Felicia ruft ihre Mutter an um nachzufragen nach den Plänen ihren Vater.

„Mama, hast du Papa schon gesprochen? Als er hier wegfuhr hatte er große Plänen über eure Zukunft."

Ihre Mutter reagiert enttäuscht:

„Leider nicht. Als ich aus Alicante nach Hause kam, kamen Steve und Martin mit in der Wohnung um meine Koffer rein zutragen. Was Steve dann wieder anstellte und erzählte war der größte Wahnsinn. Er erzählte viel Blödsinn über den Tagen in Alicante. Deshalb ist dein Vater wieder komplett in sich gekehrt und wollte nichts mehr sagen. Er hat mir nichts erzählt, ist ganz still geworden und macht nichts mehr. Ich mache mich große Sorgen."

Felicia reagiert schockiert:

„Was erzählst du jetzt? Was hat Steve gesagt, dass Papa so unsicher gemacht hat. Als er hier wegging, war er fröhlich und glücklich. Er wusste genau was er wollte für euch beide.

Steve muss gute Arbeit geliefert haben das Papa so reagiert."

„Ja, es war sehr schlimm und außerdem der größte Blödsinn, aber es hat dein Vater sehr tief verletzt."

Anika erzählt was passiert ist, und was Steve gesagt hat. Nachdem Anika fertig ist, wird es ganz still an die andere Seite des Telefons.

„Mama, du musst aufpassen, so verlierst du Papa noch. Er ist so unsicher, so verletzbar, er glaubt im Moment alles was ihm erzählt wird. Er weiß nichts mehr und er will alles in sich aufnehmen und ist deshalb sehr empfindlich für falsche Berichten. Er hat keine Referenzen woran er feststellen kann ob es gut oder falsch ist. Bitte sei vorsichtig und versuche ihn wieder auf dem richtigen Weg zu bekommen. Er hat, glaube ich, sehr gute Plänen. Wir haben viel geredet und er hat sehr viel gefragt über dich. Er möchte so gerne das alle wieder Einigermasse normal wird."

Anika ist sehr beeindruckt von was Felicia ihr erzählt hat. Rik ist ganz in sich gekehrt nach dem was passiert ist bei ihrer Heimkehr. Da sie, nach ihrer Rückkehr, im Büro so voll beschäftigt ist, hat sie keine Gelegenheit bekommen auf seinen Plänen zurück zu kommen. Das bedauert sie jetzt sehr. Anika verspricht sich selber am Abend ein gutes Gespräch zu führen mit Rik.

Das verläuft leider wieder ganz anders ...
Noch bevor Anika nach Hause gehen kann, kommt Steve in ihrem Arbeitszimmer.
„Anika, lieber Schatz, wir feiern heute Abend den Erfolg von unserer Promo-Kampagne. Es ist Freitagabend, so allen sind in der Lage zu kommen. Deine Anwesenheit ist von großer Bedeutung. Alles in Ordnung mit Rik?"
„Nein, es geht gar nicht gut mit Rik, er ist ganz in sich gekehrt nach deinem Auftritt bei uns zuhause. Das war ein schmutziger Trick von dir."
„Oh, das tut mir leid. Das war nicht meine Absicht."
„Ja, ja, bestimmt, aber deshalb komme ich heute Abend nicht. Ich will mal richtig die Zeit nehmen für Rik."
Steve reagiert ganz empört:
„Das geht überhaupt nicht, du musst kommen. Du bist das Highlight des Abends. Weißt du was? Komm heute Abend zusammen mit Rik, vielleicht hilft ihm das ein wenig."

Anika zögert lange, aber Steve drängt sie sehr und schließlich gibt sie nach.

„Na gut, dann komme wir zusammen, aber wenn es ihm nicht gefällt gehen wir sofort weg."

„Ja, ja, das geht in Ordnung, bis heute Abend."

Steve berichtet Martin über das Gespräch mit Anika.

Anika erzählte mir das Rik ganz depressiv ist von meinen Bemerkungen über Alicante. Das hat also gut gewirkt. Wir müssen heute Abend weitermachen in dieser Richtung. Ich habe Anika gefragt ob sie Rik mitbringt. Ich werde mein Bestes geben um Anika zu verführen. Ich werde sehr intim mit ihr tanzen, ich zwinge sie einfach dazu. Wenn du dich dann mit Rik beschäftigst und dafür sorgt, dass er alles mitbekommt was ich mit Anika mache, vor allem das tanzen mit ihr, dann bekommen wir Rik schon auf den Knien und macht er was wir wollen."

Martin sieht ihn skeptisch an.

„Glaubst du wirklich das Anika daran mitarbeitet? Was ist eigentlich passiert im Badezimmer? Hast du sie wirklich unter der Dusche gesehen und gemacht was du so unterstellte?"

„Ach nein, es ist gar nicht passiert, ich lief mit meinem schläfrigen Kopf im Badezimmer hinein und sah sie unter die Dusch stehen. Sie hat es gar nicht bemerkt. Das Schloss funktionierte scheinbar nicht. Aber die Geschichte hatte schon seine Auswirkung auf Rik. Er war zum Tode erschrocken.

Schön, doch? Heute Abend gebe ich ihm den letzten Schubst in der Richtung des Abgrunds.

Nach heute Abend will er nichts mehr zu tun haben mit Anika, das wirst du sehen."

Anika und Rik machen sich fertig für das Fest, aber Anika fragt Rik ob er wirklich mitkommen will. Was Steve die Letze Tage angestellt hat verspricht nicht viel Gutes für den Abend.

„Bist du dich wirklich sicher? Was auch geschehen wird, glaube mir bitte, es spielt nichts zwischen mir und Steve. Ich liebe nur dich und niemanden anders. Hast du das verstanden? Steve ist nur dabei dich zu provozieren. Ich weiß nicht was er will, aber es bedeutet nicht viel Gutes."

Rik versichert Anika:

„Es ist in Ordnung, wir gehen hin, ich vertraue dich."

Anika ist erleichtert und sagt noch:

„Wenn es dir nicht gefällt, dann gehen wir einfach, verstanden?"

„Jep, verstanden. Es wird alles gut. Du wirst es sehen. Nimm bitte nichts mit, keine Handtasche oder so. Ich vertraue die beide ganz und gar nicht und ohne Handtasche oder ähnliches sind wir frei im Handeln, außerdem können die beide dann keine blöden Sachen in deine Tasche reinlegen oder andere komische Sachen machen. Ziehe ein dumpfes Kleid, eine lange Hose oder so etwas an, nichts Aufregendes, aber etwas Ödes."

Anika staunt über seine Bemerkung, aber sie ist schon seiner Meinung, man muss auf alles vorbereitet sein. Sie zieht eine schöne lange Hose mit einer weißen Bluse an. Sie zieht schon Schuhe mit High Heels an, es sieht alles perfekt aus aber mit Distanz.

Viele Leute sind zu dem Fest gekommen, alle Mitarbeiter mit ihrem Partner. Rik ist zu einem Entschluss gekommen. Er kann sich an Steve ergeben und nachgeben, aber er kann auch in die Gegenoffensive gehen. Es ist was in ihm aufgeschnappt und hat keine Lust es tatenlos anzuschauen.

Nach dem Eintreffen im Strandrestaurant beobachtet Rik Steve ganz genau. Er will wissen was Steve geplant hat. Rik ist überzeugt das Steve Heute Abend etwas anstellen wird mit Anika. Rik sieht das Steve zum DJ geht und etwas mit ihm bespricht. Rik stellt sich, unauffällig, daneben so dass Steve nichts bemerkt. Zum Schluss gibt Steve dem DJ zwanzig Euro.

Der DJ muss nach der Rede von Steve, Musik auflegen für einige Tangotanzen so das Steve sehr erotisch und herausfordernd mit Anika tanzen kann. Hiermit will er Anika für sich gewinnen und Rik so ärgern das er weglaufen wird.

Die zweiten Tangos muss eine sehr lange Version sein so dass er lange und intim mit Anika tanzen kann und seinen kleinen Plan zum Ausfuhr bringen.

Nachdem Steve den DJ verlassen hat, kommt Rik zum Vorschein und fängt ein langes Gespräch an mit dem DJ. Er erzählt ihm von seinen Wünschen wie er seine Frau einen sehr speziellen Abend bescheren will. Rik gibt dem DJ Hundert Euro um seine Wünschen zu unterstützen. Als der DJ den Schein sieht will er alles machen was Rik ihm gefragt hat.

Rik geht zu seinem Tisch und setzt sich neben Anika, die ihm mit fragenden Augen anschaut. Rik gibt ihr einen schnellen Kuss auf ihren Lippen und flüstert in ihrem Ohr das alles gut ist.

Als alle Eingeladene da sind ersucht Steve allen Platz zu nehmen. Für Anika, Steve, Martin und Rik ist einen Tisch reserviert. Steve sitzt neben Anika, dann kommt Martin und dann erst Rik. Er wird durch Martin ganz abgetrennt von Anika.

Die Tische stehen aufgestellt rund um eine Tanzfläche. Der DJ versorgt die Musik. Rik hat dafür gesorgt das Agnes am Tisch nebenan sitzt. Rik hat soeben auch noch mit Agnes gesprochen. Er hat ihr gebeten ihn behilflich zu sein bei seinem Plan. Er erzählt ihr, dass er vermutet das Steve wieder eine peinliche Vorstellung abgeben wird. Er fürchtet das er mit Anika wieder mal zu weit gehen wird. Rik hat sich was ausgedacht und möchte gerne das Agnes ihm behilflich ist. Agnes braucht nicht lange nachzudenken um ihm sofort ihre Hilfe anzubieten.

Das Fest fängt an, es werden zuerst Getränke mit Tapas serviert. Es ist alles sehr gemütlich und die Atmosphäre entspannt. Die Musik ist angenehm und gut, der DJ ist gut drauf und alles ist noch in Ordnung. Steve ist sehr sympathisch und freundlich für seine Gäste.

Schließlich nimmt Steve das Wort und spricht zu seinen Mitarbeitern. Er redet lange und belohnt mehrere Mitarbeiter und er hat vor allem viel Lob für die Arbeit von Anika.

Martin macht dauernd Bemerkungen zu Rik, wie schön es ist das Steve und Anika so gut miteinander klarkommen.

„Es ist so wichtig für das Geschäft das die zwei wichtigsten Mitarbeiter so gut mit einander umgehen und sogar ein Verhältnis haben. Sie sind in Alicante wirklich ganz zu einander gekommen. Ich weiß nicht was da alles geschehen ist aber es hat gefunkt zwischen die beide. Sie sind ganz verliebt. Ist das nicht schön?"

Das blöde Gerede wird Rik zu viel und er sagt das er auf die Toilette gehen muss. Er geht auf dem Manager zu und bittet ihm um einen Gefallen.

„Der Mann dort ist eine Nervensäge, ich bin dabei einen ganz romantischen Plan mit meiner Frau aus zu führen, aber dieser Mann steht mir im Wege. Könnten sie ihn eine Weile beschäftigen? Erzähle ihm das was nicht stimmt mit der Rechnung oder so."

Er gibt ihm fünfzig Euro um seine Bitte zu unterstützen.

Rik kehrt zu seinem Tisch zurück und setz sich auf seinem Stuhl gerade im Moment das Steve fertig ist mit seiner Rede.

Aber statt sich zu setzen spricht er Anika zu:

„Anika, meine Liebe, wie ich schon gesagt habe, wäre die Promotion ohne dich nicht so ein großer Erfolg geworden. Ich bin dir unendlich dankbar. Willst du mir die Ehre geben und zusammen mit mir die Tanzfläche öffnen?"

Er wartet nicht auf ihrer Antwort und nimmt Anika ihr Hand und schleppt sie, sozusagen, auf die Tanzfläche und fängt an zu tanzen.

Martin sagt zu Rik:

„Ist es nicht ein schönes Paar? In Alicante haben sie auch so intim die ganze Nacht getanzt."

In diesem Moment steht der Manager hinter Martin und bittet ihm mitzukommen. Martin betrachtet den Manager ganz erstaunt, er will jetzt nicht mitkommen.

„Es gibt einige Probleme die wir sofort besprechen müssen, es ist dringend."

Martin und der Manager gehen. Rik ist froh das Martin weg ist.

‚Das hat schon gut geklappt', denkt er.

Steve gibt dem DJ ein Zeichen und er legt ein Tango auf.

Steve fängt sofort an passioniert zu Tanzen. Er last Anika verschieden Tangoschritten und Pirouetten machen.

Steve sagt zu Anika:

„Jetzt können wir mal richtig, als Verliebten, tanzen. Wieso trägst du nicht ein schönes sexy Kleid, mit viel nackter Haut? Schade, das wäre so schön gewesen, hätte so gut angefühlt."

Rik denkt:

„Jetzt fängt er an, ich bin froh das Anika eine Hose angezogen hat, Steve kann seine Hände nicht zurückhalten."

Tatsächlich fängt jetzt eine lange und langsame Ausgabe einen Tango an, der Steve bei dem DJ angefragt hat. Steve tut sein Bestes um Anika immer wieder in eine kompromittierende Haltung zu zwingen. Er dreht sie in einem Kreis, schubst sie weg und zieht sie wieder zurück so dass sie in seinen Armen landet und versucht sie dann zu küssen, aber jedes Mal dreht Anika ihren Kopf weg. Er versucht es immer wieder und seine Hände gleiten auf beschämender Weiße über ihren ganzen Körper. Jedes Mal dreht Anika ab und er küsst in der Luft. Immer wieder gleiten seine Hände über ihren Körper, bei einem verliebten Paar ist das erotisch, aber Anika macht nicht mit und es sieht sehr idiotisch aus.

„Anika mach doch mit, du magst es doch auch, so zu tanzen?

Wieso küsst du mich nicht jedes Mal, wenn ich dich zu mir drehe? Das gehört dazu."

Anika reagiert nicht, sie ist viel zu beschäftigt seine Hände von ihrem Körper abzuwehren. Sie ist froh, dass sie nicht ein Kleid angezogen hat. Rik hatte recht mit seiner Vermutung. Eigentlich ist es alles sehr peinlich. Dann ist der Tango endlich vorbei und es gibt jetzt normale Tanzmusik. Steve will Anika ganz fest an sich drücken umso weiter zu tanzen, aber Anika hält ihn auf Distanz.

"Warum machst du das Anika, lassen wir doch Allen zeigen das wir ein Paar sind."

Dann ändert sich plötzlich alles. Steve hat gar nicht bemerkt was passiert ist. Mit der Wechslung des Tanzes, kam Rik in Aktion. Rik geht auf Agnes zu und fragt sie zum Tanz. Er führt sie, ganz elegant, an ihrer Hand auf die Tanzfläche und sie tanzen in Richtung Steve und Anika. Als sie ganz in der Nähe sind, gibt er dem DJ ein Zeichen.

Er reagiert sofort, nimmt das Mikrofon und ruft:

„Partnertausch."

Rik steht direkt neben Anika, nimmt sie fest und dreht sie zu sich. Zur gleichen Zeit schubst er Agnes in den Händen von Steve.

Bevor das Steve bemerkt was geschieht, sind Anika und Rik schon weit weg aus seiner Nähe getanzt.

Dann ändert sich die Musik. Plötzlich spielt eine ganz andere Musik.

Anika erstarrt und sieht Rik ganz erstaunt an.

„Aber… das ist unsere Lieblingsmusik von unserer Hochzeitsreise. Wie weißt *du* das?"

Die Tränen rinnen über ihr Gesicht von lautem Glück. Sie staunt, aber ist sehr froh über dieses Handeln von Rik. Sie hatte Angst weiter tanzen zu müssen mit Steve.

Die Gäste haben mit großem Erstaunen zugeschaut auf dieser Aktion von Rik und als sie verarbeitet haben, was passiert ist, klinkt ein Applaus und Jubel.

Anika und Rik tanzen voller Emotionen mit einander, sie strahlen von Liebe. Rik führt sie in Richtung der Seite der Tanzfläche und dann nach draußen auf die Terrasse.

Dort tanzen sie noch eine Weile wie ein verliebtes Paar.

Steve schaut besiegt nach Rik und Anika, er versteht noch immer nicht was genau geschehen ist. Er tanzt plötzlich mit Agnes? Rik und Anika tanzen zusammen auf der Terrasse?

Steve schubst Agnes unsanft von sich weg und schaut verzweifelt in die Richtung von Martin. Martin ist auf irritierter Weiße in Gespräch mit dem Manager. Als er Steve auf sich zukommen sieht, sagt er plötzlich das alles in Ordnung ist und lässt Martin stehen.

„Martin was ist hier los? Hast du gesehen was passiert ist?"

„Nein, der Manager kam auf mich zu und ich musste mitkommen, deshalb habe ich nichts gesehen. Wo ist Anika? Hat alles geklappt?"

Steve zeigt nach draußen und Martin sieht dort Rik und Anika als ein verliebtes Paar tanzen.

„Was ist passiert? Wie ist das möglich?"

Steve erklärt ihm ausführlich was geschehen ist.

„Ich verstehe nicht wann es schiefgegangen ist. Plötzlich tanzte ich mit Agnes!"

Inzwischen tanzen Rik und Anika in aller Ruhe weiter. Sie sind total glücklich. Schließlich fragt Anika was genau passiert ist. Um es Anika in aller Ruhe zu erklären, fragt er ob sie sich setzen können auf einer Bank mit Aussicht über das Meer wo jetzt der Mond in vollem Pracht scheint.

Anika sagt:

„Es ist alles so wie zu unserer Hochzeitsreise. Wie weißt du das, hast du dein Gedächtnis zurück?"

Als sie gerade auf der Bank sitzen kommt der Kellner und bringt sie ein Glas Champagner.

„Ein Glas des Hauses mit unseren Glückwünschen."

Rik erzählt Anika das er es nicht mehr ertragen konnte und dass es Zeit wurde für Änderungen Er hat keine Lust um an zu schauen was alles geschieht. Er hat sein Gedächtnis leider nicht zurück. Vielleicht müssen sie es akzeptieren, dass es nie wieder zurückkommt. Das bedeutet nicht, dass sie nicht zusammen weiterleben können, ohne Steve.

„Ich habe in den Fotobüchern viele Fotos und berichten gesehen über unsere Hochzeitsreise. Auch wird unsere Lieblingsmusik beschrieben. Als Steve wieder so blöd dabei war, vermutete ich schon das er was plante. Ich habe keine Lust mehr meine Gefühle jedes Mal von Steve verderben zu lassen und habe mich entschlossen zu einer Gegenoffensive.

Ich habe Steve heute Abend ein wenig beobachtet und seine Gespräche mit dem DJ abgehöhrt. Als ich hörte über den Tango wusste ich was er geplant hat.

Dann dachte ich, was er kann, kann ich noch besser. Und habe mit dem DJ gesprochen und die Pläne ein wenig geändert und deshalb sitzen wir jetzt hier."

Während seiner Erklärung hält Anika Rik gut fest und gibt ihm immer wieder Küsschen auf seinen Lippen und seiner Wange.

„Es ist wirklich großartig wie du das gemacht hast, es ist so wie unsere Hochzeitreise. Das du das so hingekriegt hast. Ich war so froh das du mich aus den Armen von Steve gerettet hast. Du hattest Recht mit meiner Kleidung für heute Abend. Wenn ich ein schönes Festkleid angezogen hätte, dann hätte er mich fast ausgezogen. So war er dabei. Ich war so beschäftigt um seine Händen und Küssen ab zu wehren, dass ich gar nicht mitbekommen habe was alles um mich herum passierte.

Sie reden noch lange und bekommen sogar immer wieder ein Glas Champagner. Sie bemerken, dass sie total in Ruhe gelassen werden. Dann stehen sie auf und laufen in Richtung vom Meer, stehen dort und schauen eng umschlungen über das Wasser. Anika fragt welche Pläne Rik ausgedacht hat, die er mit ihr besprechen wollte. Rik erzählt ihr ausführlich über seine Pläne. Anika ist froh über seine Initiative und will nur allzu gerne daran mitarbeiten.

Sie ist ganz seiner Meinung, dass schnell was geschehen muss.

Rik und Anika laufen langsam zurück zum Restaurant aber haben eigentlich gar keine Lust wieder rein zu gehen. Sie spazieren entlang das Restaurant zur Straße und nehmen ein Taxi nach Hause.

Während Rik und Anika auf dem Strand stehen, schauen mehrere Leuten zu ihnen und haben so ihre eigenen Gedanken über die beide. Agnes hat als einen Wärter vor der Tür gestanden und allen verboten nach draußen zu gehen.

Dann wollte Steve wieder mit Anika tanzen. Agnes hat ihn zurückgehalten und Steve sagte irritiert zu ihr:

„Zur Seite Agnes, ich will noch einen Tango mit Anika tanzen. Ich will sie jetzt hohlen, sie muss wieder reinkommen."

Agnes reagiert sehr böse:

„Das wird gar nicht stattfinden, die beiden sitzen endlich zusammen und haben einander wieder ganz gefunden. Ich verbiete es dir das wieder zu verderben. Geh weg, du."

Steve reagiert wütend:

„Das wird Konsequenzen haben für dich, warte mal."

„In Ordnung, tue was du willst."

Agnes hat dafür gesorgt, dass die Gläser immer wieder nachgefühlt wurden. Sie ist so froh das es wieder ganz gut ist zwischen die beide und dass sie Steve geschlagen haben.

Die Aktion von Rik hat ihr sehr gut gefallen, sie ist stolz auf Rik.

Martin sagt zu Steve:

„Es ist total schiefgegangen, was haben wir falsch gemacht?"

„Ich dachte, dass es ein guter Plan war und das Anika es nicht wiederstehen konnte, dass sie in der Passion vom Tango sich ganz für mich entscheiden würde. Rik war mir wieder ausgetrickst. Es ist als ob er wusste was ich geplant hatte."

Steve und Martin starren entgeistert vor sich hin, sie verstehen es nicht mehr.

Kapitel 8

Am Samstag fährt Felicia zu Carlos. Carlos hat seine Prüfungen gut bestanden und das möchten sie jetzt feiern. Außerdem will sie Carlos behilflich sein bei der Suche nach diesem geheimnisvollen Tee. Nach ihrem Eintreffen zeigt Carlos ihr wo er lebt und stellt sie vor an seinen Eltern. Nach gemütlich Kaffee getrunken zu haben mit seinen Eltern, gehen sie zusammen in die Stad. Carlos will Felicia Madrid zeigen und sie spazieren lange durch die Innenstad.

Schließlich finden sie ein Restaurant was geeignet ist um seine Resultaten zu feiern. Sie kommen erst spät in der Nacht nach Hause. Es war ein sehr schöner Abend und sie gehen spät, eigentlich schon wieder früh, ins Bett. Sie stehen erst spät auf. Bei dem Brunch schlägt Carlos vor anschließend zur Universität zu gehen.

„Dann werde ich dir meinen Arbeitsplatz zeigen und kann dir eine Führung durch die Uni geben. Was denkst du davon?"

Felicia reagiert begeistert:

„Ja, das finde ich schön. Können wir dann noch nach dem Tee suchen?"

„Ja, das könnten wir machen. Ich muss nur noch ein Buch studieren. Das Buch liegt auf meinem Schreibtisch in der Uni."

Sie gehen zur Universität und Carlos zeigt Felicia alle Abteilungen wo er studiert und arbeitet. Er zeigt ihr auch die gemeinschaftlichen Abteilungen und die Sportanlagen. Schlussendlich kommen sie zu seinem Arbeitsplatz.

„Das ist mein Arbeitstisch, hier müssen all die Bücher liegen. Die Bücher die ich schon durchsucht habe nach diesem Gift."

Felicia sieht einen sehr sauberen aufgeräumten Arbeitstisch.

„Nun, das sieht nicht so beeindruckend aus. Schön aufgeräumt, das schon."

Carlos schaut in die andere Richtung wo er einen Bekannten sieht.

Er dreht sich abrupt und sagt:

„Was sagst du? Aufgeräumt? Mein Arbeitstisch?"

Er schaut ganz entgeistert und erschrocken zu seinem Tisch und sieht kein einziges Buch liegen.

„Was ist hier passiert? Wo sind all meine Bücher? Wer hat sie alle mitgenommen."

Felicia sieht ihm erstaunt und fragend an.

„Ich weiß es nicht."

Carlos läuft auf seinem Freund zu, der er soeben schon gesehen hatte und fragt ihm was los ist.

„Freitag am Nachmittag war wieder eine Rückhohlaktion von der Bibliothek. Die Rückstände von nicht zurückgebrachten Bücher wurde wieder mal zu groß. Also haben die alle Bücher zurückgeholt. Es muss einen Zettel auf deinem Tisch liegen."

„Oh, oh, war es mal wieder soweit? Danke für deine Info."

Carlos geht zurück zu seinem Arbeitsplatz und sieht tatsächlich den Zettel liegen. Am Montag kann er, wenn notwendig, die Bücher wieder abholen, indem die dann noch zur Verfügung stehen. Carlos ist sehr irritiert über diesen Vorfall, gerade im Moment, dass sie es wirklich nicht gebrauchen können.

„Leider Felicia, das wird heute nichts. Ich muss morgen zuerst versuchen die Bücher wieder zu bekommen. Die Bibliothek wird bestimmt sehr voll sein, allen wollen ihre Bücher zurückbekommen. Wenn das Buch auf einer Wunschliste steht kann es sein, dass es zuerst an anderen ausgeliehen wird. Das ist sehr ärgerlich."

„Tja, da kann man nichts machen, hoffentlich steht es morgen noch zur Verfügung."

Sie gehen nach Hause und trinken noch etwas bevor Felicia nach Cádiz zurückfährt.

„Lasst du es mir morgen wissen ob es geklappt hat mit dem Buch?"

„Na klar, ich gehe morgen als erstes zu Bibliothek und frage ob das Buch noch da ist. Aber wer will sich so ein Buch ausleihen? Es wird bestimmt noch da sein."

Sie verabschieden sich und Felicia fährt nach Hause.

Am nächsten Morgen geht Carlos als erstes in die Bibliothek und fragt um das Buch über die Tee-Arten.

Die Antwort ist erschütternd für ihm, damit hatte er nicht gerechnet:

„Leider, das Buch steht nicht zur Verfügung. Es ist schon ausgeliehen worden und kommt so schnell nicht zurück."

„Was? Das geht überhaupt nicht. Ich wollte es gestern studieren, aber jemanden hat es am Freitag von meinem Schreibtisch weggenommen. Ich brauche es dringendst."

„Schade für dich, die Aktion war schon vor lange Zeit angekündigt worden. Ihr musst die Informationen lesen die ihr bekommt. Es ist immer wieder das Gleiche, mit ihr Studenten."

Carlos schaut ihr ganz in Panik an, er ist total verzweifelt. Was jetzt zu tun? Sie sieht die Verzweiflung in seinen Augen und schaut im Computer was sie für ihn tun kann.

Dann reagiert sie plötzlich ganz erstaunt:

„Hey, das ist komisch, das Buch besteht aus zwei Teile. Es ist eine Ergänzung herausgegeben worden. Das zweite Teil ist viel interessanter, da werden alle neuen Entwicklungen aufgelistet. Hast du Interesse?"

„Ja bestimmt, wenn das noch wichtiger sein kann, gerne. Wo steht es?"

„Es liegt im Keller. Ich lass es für dich aus dem Keller holen. Am Nachmittag kannst du es hier abholen. Geht das in Ordnung?"

„Das wäre super, aber bitte nicht in der Zwischenzeit an einem anderen ausleihen."

Nachdem sie seine Verzweiflung in seinen Augen gesehen hat traut sie sich das nicht, sie wird es für ihn bereitlegen mit einer zusätzlichen Warnungsnotiz darauf geklebt. Es ist scheinbar sehr wichtig.

Vincent reist dieser Montag in den Niederlanden. Paul ist der Meinung das es sehr wichtig ist und will keine kostbare Zeit verlieren. Er fürchtet das Steve und Martin schnell nochmals etwas unternehmen werden und dann könnte es ihnen wohl gelingen. Es muss etwas mit Anika und Rik sein, dass sehr wichtig ist für die beiden.

Paul hofft, dass es Vincent gelingen wird in Gespräch zu kommen mit Soraya. Vielleicht weiß Soraya eine Lösung für den Gedächtnisschwund. Sie ist auch Arzt und hatte zusammen mit Martin, damals nannte er sich Maarten, eine erfolgreiche Praxis. Was ist damals doch passiert?

Paul gibt Vincent noch einige Hinweise für das Gespräch mit Soraya.

„Nimm einige Fotos mit, die du ihr zeigen kannst. Sie will dich bestimmt nicht sprechen. Zeig ihr dann die Fotos von Martin und Steve, vielleicht wird sie dann neugierig.

Vincent trifft in den Niederlanden ein und absolviert schnell eine Schulung. Die Schulung wird von Ria gegeben. Ria erzählt Vincent alles was sie rausgefunden hat über Maarten und Soraya. Sie ist neugierig was das alles zu bedeuten hat.

„Paul war sehr besessen darauf, er wollte das es schnellstens ausgesucht wurde. Ich habe ihm kaum die Untersuchungsresultate gegeben und schon bist du hier um diese Soraya zu besuchen. Was ist doch los? Paul hat Angst, das spüre ich an seiner Stimme. Ich kenne ihn schon so lange, dass ich es spüre und ich weiß, wenn er so handelt das etwas sehr ernsthaftes los sein muss."

Vincent erklärt ihr was vorgefallen ist.

Ria reagiert erschrocken und versteht es jetzt. Sie reagiert nur mit:

„Oh, dann weis ich Bescheid. Geh morgenfrüh sofort zu ihr und lass dich nicht wegschicken."

Vincent staunt über ihre Antwort.

Er denkt in sich:

‚Was ist doch los? Allen tun so geheimnisvoll. Sie erzählen mir nicht die ganze Wahrheit.'

Endlich hat Carlos sein gesuchtes Buch bekommen und fängt gleich an es zu studieren. Schließlich findet er das was er sucht. Er hat den Tee gefunden und erschreckt sich fast zu Tode. Er vergleicht und überprüft die Werte mehrmals bevor er es akzeptiert.

„Nein, das kann nicht wahr sein. Das kann es nicht sein! Es ist unmöglich. Wenn er das bekommen hat, ist es ein Wunder das er noch lebt!"

Es ist schon nach Mitternacht, er nimmt seine Befunden mit nach Hause. Er will sie Felicia zeigen. Er steigt noch in der derselben Nacht im Auto und fährt nach Cádiz. Er will es ihr persönlich erzählen und sagen, nicht über das Telefon.

Vielleicht sieht sie einen Unterschied, aber er denkt, dass das eine vergebliche Hoffnung ist. Eigentlich ist er sich ganz sicher, dass er das Gift gefunden hat.

Rik und Anika sind sich gar nicht bewusst von allen Entwicklungen. Sie sind froh endlich alles ausgesprochen zu haben und fangen ihr ‚neues' Leben an. Anika wird vorläufig noch weiterarbeiten um alles, wie es sich gehört, ab zu wickeln.

Nicht das Steve das verdient, aber so ist Anika nun einmal.

Im Büro eingetroffen fängt Steve wieder an lieb zu tun zu ihr. Es lässt ihr kalt, sie reagiert nicht mehr.

"Du, Anika, ich glaube, dass ich Agnes entlassen muss. Sie hat Freitagabend einen sehr großen Fehler begangen und das muss hart bestraft werden."

Anika reagiert überrascht:

"Agnes entlassen? Wieso? Was hat sie falsch gemacht? Ich habe das Fest genossen, ich habe gar nicht bemerkt das sie etwas Falsches gemacht haben könnte. Das wird also nicht geschehen!"

„Nun, sie hat verhindert, dass wir zusammen tanzen konnten. Ich wollte noch einige Tangos mit dir tanzen, aber sie hat das nicht erlaubt und das ist nicht zulässig. Das geht gar nicht. Deshalb muss sie gehen."

„Wenn sie gehen muss, dann gehe ich auch! Du hast die Wahl, was willst du?"

Er reagiert ganz erstaunt:

„Du wirst dann auch gehen?"

„Ja, ganz bestimmt"

Steve wird still und sagt schließlich:

„Gut, wenn du das möchtest."

Die Atmosphäre im Büro ist angespannt und zurückhaltend geworden. Agnes hatte Anika letztes Wochenende schon gewarnt, dass Steve ihr gedroht hat. Glücklicherweise hat sie das zurückhalten können. Agnes ist sehr wichtig in ihren Plänen.

Vincent geht zu Soraya. Er hofft das sie ihm sprechen will und das er fragen kann ob sie helfen kann. Es ist äußerst wichtig für seinen Vater.

Soraya hat ihn schon gesehen als er auf ihre Wohnung zukam. Sie öffnet die Tür nicht. Sie tut als wäre sie nicht zuhause. Vincent klingelt mehrmals an der Tür, aber es wird nicht geöffnet. Was jetzt zu tun?

Wieso hat sie so eine große Angst, dass sie sogar die Tür nicht öffnet?

Vincent geht zurück zu seinem Auto um zu überdenken was zu tun. Er sieht der Postbote, der auf die Wohnung von Soraya zugeht. Der Postbote klingelt an und Soraya öffnet die Tür. Sie muss eine Empfangsbestätigung unterschreiben. Das ist seine Change. Er läuft schnell auf der Wohnung zu, er ist gerade rechtzeitig bevor sie die Tür schließt.

Jetzt muss sie ihn anhören.

Sie fragt was er will. Vincent fragt ob sie Soraya ist, die in Indonesien gelebt hat. Eigentlich will sie es leugnen aber sagt stattdessen:

„Vielleicht, wieso?"

Vincent erklärt ihr was los ist und das Soraya die letzte Hoffnung ist, aber sie will es nicht verstehen oder sogar mit ihm reden. Dann nimmt Vincent schnell sein Tablett und sucht das Foto von Steve und Martin. Mit Tränen in seinen Augen will er Soraya das Foto zeigen, aber sie verweigert sich es an zu schauen. Dann sieht sie die Tränen auf seinem Gesicht und erschreckt davon.

„Na gut, zeige mir das Foto."

Sie schaut sich das Foto an, wo Steve und Martin zusammenstehen. Soraya macht große Augen und schlägt ihre Hand vor ihrem Mund. Sie gerät akut in Panik und wird ganz nervös.

„Das tödliche Duo! Wo hast das Foto her? Was hat das zu bedeuten?"

Sie schaut ängstlich um sich, die Straße hinein, ob sie jemanden sieht.

„Kommt schnell rein, schnell, erzähl mir was das zu bedeuten hat. Wenn die beide zusammen sind ist was sehr Schlimmes los. Wenn die beide zusammen auftreten gibt es Tote. Erzähl! Wie hast du mich gefunden?"

Vincent erzählt ihr was alles vorgefallen ist und was seinem Vater passiert ist.

„Mein Chef sah das Foto von Steve und erkannte ihn aus früheren Zeiten. Er hat damals in Indonesien gearbeitet und hat dort Steve begegnet. Als er über die Probleme mit meinem Vater hörte, musste er gleich an seiner Zeit in Indonesien denken. Es sind dort unerklärbare Sachen passiert, dann war Steve plötzlich weg. Mein Chef dachte wegen eines Verhältnisses zwischen Steve und Martin."

„Wie heißt deinen Chef?"

„Seinen Namen ist Paul. Er hat noch einige Fotos von damals."

Soraya bekommt einen träumerischen Blick in ihren Augen.

„Ach ja, der erinnere ich mich noch, ein sehr liebenswerter Mann. Ich erinnere mich ihm sogar noch sehr gut. Du hattest recht, es gab damals große Probleme?"

Vincent fragt Soraya:

„Wieso nannte sie es ‚das tödliche Duo'? Habe die beide schon zusammen etwas angestellt?"

„Wow, ob die was angestellt haben?"

Soraya fängt an zu erzählen über die Zeiten in Indonesien.

„Ich lebte damals, zusammen mit meinem Mann Maarten, in Indonesien. Es war eine perfekte Zusammenarbeit, ich als Indonesische Ärztin und Maarten als westlicher Arzt.

Wir kombinierten die zwei medizinischen Wissenschaften miteinander. Maarten adaptierte schon schnell die asiatische Heilkunde und entdeckte sogar einige neue Medikamente.

Maarten wanderte viel durch den Dschungel und fand dort alle Arten von Kräuter, die er brauchen konnte. Er wurde einen Kräuterfachmann. Es war seine große Leidenschaft. Maarten war bekannt um seine Präzision, die genaue Dossierung war äußerst wichtig. Unsere Praxis war sehr erfolgreich. Wir standen als sehr gut und zuverlässig bekannt.

Wir hatten einen Namen hoch zu halten.

Unser Leben war für uns wie im Himmel auf Erden und wir waren sehr glücklich. So wollten wir dort leben und alt werden.

Dann kam Steve und unser Leben änderte sich schlagartig. Maarten war viel mit Steve zusammen und sie waren viel unterwegs. Es gab den Verdacht das sie ein Paar waren, aber das habe ich nie feststellen können. Nach einiger Zeit kamen sie in falschen Kreisen. Steve brauchte immer Geld und hatte fast immer viele Schulden.

Dann gab es aus heiterem Himmel unerklärbare Krankheiten. Maarten konnte sie meisten noch gerade rechtzeitig heilen, aber es gab auch Todesfälle. Später stellte sich heraus, dass Steve seine Gläubiger erpresste.

Sie erkrankte auf unerklärbare Weise und nach einem Gespräch mit Steve wurden sie meistens wieder geheilt. Zufällig war Maarten immer der Arzt. Wenn sie Steve seine Schulden erlassen würden, konnten sie wieder geheilt werden.

Maarten fand in Indonesien einen seltsamen Tee. Ein sehr giftiger Tee. Er fand es tief im Urwald. Er kam ganz stolz zu mir als er es entdeckt hatte. Er hatte viel darüber gelesen aber nie finden können. Dieser Tee ist absolut tödlich. Es existiert kein Gegengift. Es ist ein sehr gefährlicher Tee, weil er so ähnlich ist mit normalem Tee.

Es wurde verdächtig, dass es so viele mysteriöse Krankheiten und Sterbefälle im Umfeld von Maarten und Steve gab. Es wurde von der Staatsanwaltschaft untersucht aber es gab keine Beweise. Maarten erklärte es nur mit einer falschen Dosierung oder eine Verwechslung. Das befremdete die Leute, Maarten stand bekannt um seine Akkuratesse bei Dosierungen.

Steve dachte ‚das Paradies' auf Erde gefunden zu haben. Er hatte einen Goldener Formel um viel Geld zu bekommen.

Aber dann haben sie es mit einer Person versucht, der sehr alert war und sie ertappte. Steve verschwand schnellsten aus Indonesien. Bevor es zu einem Skandal kam, wurde er versetzt nach Süd-Amerika.

Es wurde sofort wieder ruhig, es gab keine mysteriösen Krankheiten mehr und das war der Beweis, dass Steve der Schuldiger war. Es ist für uns nie wieder gut geworden. Unsere Ehe war irgendwie kaputt. Es wurde nie mehr wie es war.

Es gab Gerüchte, dass Maarten Homo ist und in einer Beziehung mit Steve war. Aber wie schon gesagt, *ich* habe es nie bemerkt.

Später wurden einige Sterbefälle, nochmals untersucht und allmählich wurde unsere Lage unhaltbar, wir wurden aus Indonesien ausgewiesen. Das hat mir sehr weh getan, ich fühlte mich dort zuhause und sehr wohl.

In den Niederlanden haben wir uns schon schnell getrennt. Maarten hat die Niederlande wieder schnell verlassen, ich habe keine Ahnung wohin."

Vincent hat angespannt zugehört uns ist beeindruckt über alles von was sie erzählt. Er ist ganz still geworden. Er weiß nicht was er dazu sagen muss.

Dann fragt Soraya ihm:

„Indem die beide wieder zusammen sind, ist viel Geld im Spiel. Wenn Steve seinen alten Komplizen aufgerufen hat, muss es um etwas sehr Besonderes handeln. Ich bin mir sicher, dass Maarten seine Kräuter, Medikamenten und Tee mitgenommen hat aus Indonesien. Wie nennt er sich jetzt?"

„Er nennt sich jetzt Martin."

„Ja, das passt zu ihm. Es ist schon einen anderen Namen, aber es ist noch sehr seinem alten Namen ähnlich, damit er nur wenig ändern muss.

Aber…, dein Vater hatte plötzlich einen Gedächtnisschwund?"

„Ja, während der Autofahrt, er saß am Lenkrad und plötzlich wusste er nichts mehr. Er hat sein Gedächtnis verloren."

„Hat er seinen Kopf gestoßen? Ist er untersucht worden? Hat er Verletzungen?"

Als Vincent bei Soraya ist, trifft Carlos bei Felicia ein.

„Felicia, ich habe rausgefunden welches Mittel im Blut deines Vaters ist. Ich habe es letzte Nacht gefunden. Es ist ein äußert seltsamer Tee, welcher es nur in Indonesien gibt. Das an sich ist schon auffallend, aber das Schlimmste ist das es kein Gegenmittel gibt. Dein Vater konnte das Gift eigentlich überhaupt nicht überleben. Es ist so giftig, dass es innerhalb weniger Sekunden den Körper lähmt, dadurch werden alle Körperfunktionen gelähmt und stirbt das Opfer. Es ist ein Wunder, dass er es überlebt hat. Ich bin schockiert, ich weiß nicht was ich hiermit anfangen muss."

Felicia reagiert auch ganz geschockt:

„Was erzählst du mir? Ein seltsamer Indonesischer Tee? Wo kommt das her? Warte mal kurz, Vincent erzählte über einen Zusammenhang mit Steve und Indonesien. Vincent ist im Moment in den Niederlanden und versucht in Gespräch zu kommen mit Soraya, die ex von Martin.

Hier hast du seine E-Mail-Adresse! Sende den Namen des Tees sofort an Vincent. Wenn er noch bei ihr ist kann er diesen Namen zeigen, vielleicht weiß sie etwas von diesem Tee."

Carlos macht sofort die E-Mail und versendet sie an Vincent.

„So, die E-Mail ist raus. Was werden wir jetzt tun? Ich hoffe nur das Soraya mehr von diesem Tee weiß. Ist sie eigentlich eine Ärztin?"

Felicia weiß es nicht, bis gestern existierte es keine Soraya für sie. Gestern erst hat Vincent ihr erzählt, dass er Soraya besuchen wollte.

„Wir müssen abwarten, was Soraya uns erzählen will oder kann."

Während des Gespräches von Soraya mit Vincent trifft die E-Mail von Carlos bei ihm ein. Diskret versucht Vincent die E-Mail zu lesen, aber er erschreckt sichtbar von dem Inhalt.

„Ich bekomme gerade einen Bericht von Carlos. Carlos ist der Freund meiner Schwester und er hat das Blut meines Vaters untersucht. Er entdeckte ein, für ihn unbekannte, kleine Abweichung im Blut. Er sucht schon tagelang nach der Herkunft dieser Abweichung und hat es letzte Nacht rausgefunden. Er weiß jetzt was das Mittel ist.

Er hat es aufgeschrieben, vielleicht kennen sie es?"

Vincent zeigt ihr den Namen auf seinem Tablett. Soraya erschreckt sehr und wird ganz bleich als sie es liest.

„Ja, ja, das ist der seltsame Tee, der ich soeben nannte. Das kann nur von Maarten sein.

Aber… dein Vater hat es überlebt? Wie ist das nur möglich? Wer ist dein Vater? Kommt er aus Indonesien? Erzähl mir, was ist hier los? Ist er sehr reich?"

Vincent ist geschockt von ihrem plötzlichen Ausbruch.

„Nein, mein Vater ist ein ganz normaler Niederländer und wir sind nicht reich und bestimmt nicht extrem reich. Jeder, der hört über meine Eltern in Beziehung zu Steve mit Martin fragt ob meine Eltern reich sind. Wieso?"

„Es ist schon sehr verdächtig, das kurz vor dem Gedächtnisschwund deines Vaters Steve und Martin wieder vereint sind. Kaum sind die beide wieder zusammen und es geschehen schon wieder fremde Sachen. Steve und Martin machen alles für das ,große' Geld, also muss es viel Geld geben bei deinen Eltern. Aber erzähl mehr über deinen Vater, hat er Indonesische Eltern? Es muss etwas geben."

Dann erinnert Vincent sich die Geschichte die seinen Vater immer erzählte.

„Meine Mutter ist immer eifersüchtig auf meinem Vater, weil er so schnell eine braune Farbe bekommt. Er braucht sich nur kurz in der Sonne zu setzen und seine Haut bekommt schon eine braune Farbe. Mein Vater sagt dann immer: das ist mein Indonesisches Blut! Wir mussten immer herzlich darüber lachen, aber wir haben es nie ernst genommen."

Soraya ist überrascht über diese Bemerkung und will mehr wissen:

„Was meint er damit. Wieso sein Indo-Blut?"

„Es scheint das seine Großmutter halb oder sogar dreiviertel Indonesisch war. Sie erzählte dauernd, dass sie eine Indonesische Prinzessin war."

„Oh, das ist interessant! Erzähl bitte mehr darüber, hier könnte die Erklärung liegen. Wie lange hat sie in Indonesien gelebt?"

„Tja, das ist schwierig, dann muss ich mal richtig gut nach-denken. Warte mal."

„Denkst du mal richtig gut nach, das ist gut für deine grau-en Zellen. Dann mache ich uns eine Tasse Tee, oder nein, ich hole uns lieber einen Kaffee."

Vincent denkt tief nach und ruft seine Mutter an. Er will die Geschichte über seine Großmutter und seinen Vater ganz genau wissen. Seine Mutter weiß viel mehr und erzählt ihm alles über sie und in welcher Zeit es sich abspielte. Als Soraya zurück kommt mit dem Kaffee, hat er alles auf der Reihe.

„Es ist wie folgt. Seine Oma war dreiviertel Indonesisch, ist in einem Königshof aufgewachsen und erzogen laut alte Tradi-tionen. Während die unruhige, aufständische Zeiten, wurde sie und ihr Ehemann ausgewiesen und so sind sie in den Nie-derlanden gekommen. Sie war für ein Viertel Holländisch und außerdem verheiratet mit einem Holländer darum mussten sie das Land verlassen. Es waren sehr unruhige Zeiten und viele Menschen, Holländer und Indonesier, sind damals in den Nie-derlanden gereist, wegen der kolonialen Vergangenheit muss-te die Niederlande diese Menschen aufnehmen."

Vincent erzählt noch Einiges was er soeben von seiner Mutter erfahren hat.

„Das ist sehr interessant. Ich glaube das dort die Lösung liegt. Die Oma deines Vaters hat sein Leben gerettet und ich vermute wie. Seine Oma ist laut strenger Tradition erzogen?"

Soraya erzählt Vincent über die Gebräuche in der alten orientalischen Kultur. Es wurde regelmäßig Kaiser, Königen und Prinzen vergiftet. Wurde ein Monarch oder Prinz zu mäch-tig oder hatte er zufiele Feinden dann wurde er ganz einfach ‚aufgeräumt'. Eine beliebte Methode war Vergiftung. Ein Ster-befall mit Gift kommt ziemlich überein mit einem natürlichen Tot. Nachweisen konnte man es damals nicht. Um diese Ver-giftung zu überleben, hatte man viele Gegenmittel bereitlie-gen. Es war natürlich nicht machbar um für jedes Gift ein Gegengift zu haben, außerdem muss man wissen was man in dem Moment zugedient bekommt.

Bestimmte Adeligen waren schlauer, sie nahmen seit ihre Kindheit kleine Mengen das übliche Vergiften ein. So wurde der Körper resistent gegen diese Gifte. Wenn man diese Methode Generationen lang anwendet könnte es sein, dass das Blut sich mutiert hat. Diese Gebräuche kamen aus China und sind in Indonesien auch oft angewendet worden.

„Ich vermute das deine Familie das gleiche gemacht hat. Sie kommen bestimmt aus dem Gebiet wo ich gelebt habe. Vor langen Zeiten war dieser Tee ein geliebtes Gift. Ich glaube das diese Familie Generationen lang erzogen ist mit diesem Gift, so dass das Blut mutiert worden ist und dass es noch immer resistent ist gegen diesen Tee. Es ist natürlich rein zufällig, aber es könnte so sein. Du musst dieser Carlos fragen diese Theorie zu untersuchen. Es ist auch sehr interessant zu untersuchen ob ihr, du und deine Schwester, auch noch resistent sind."

Vincent ist beeindruckt von ihrer Theorie, er will es gerne glauben.

„Es gab bei deinem Vater scheinbar eine Schwachstelle, in seinem Gehirn und deshalb hat er jetzt ‚nur' einen Gedächtnisschwund."

Vincent fragt Soraya:

„Glauben sie das er sein Gedächtnis noch zurück bekommt? "

„Ich weiß es wirklich nicht, es ist schon ein Wunder das er es überlebt hat, aber wer weiß?"

Vincent kontaktiert Carlos und erzählt ihm die Theorie von Soraya. Er reagiert ganz erstaunt und ist gar nicht einverstanden.

„Das ist großer Blödsinn, das kann nicht sein. Ich kann es nicht glauben, es ist wissenschaftlich nicht erklärbar. Blödsinn."

„Ja, das kann sein Carlos, aber mein Vater lebt noch und das ist auch eine wissenschaftliche Tatsache. Rede mit Soraya, vielleicht kann sie dich helfen, sie ist Ärztin und weiß sehr viel von orientalischer Heilkunde.

Vielleicht könnt ihr zusammenarbeiten und eine Erklärung suchen."

Carlos hat auch gehört und gelesen, das Chinesische Kaiser diese Methode anwendete. Er hat es nie geglaubt und will diese Theorie auch jetzt noch nicht unterstützen. Er hat es immer abgelegt in der Kategorie ‚Märchen und Doktor Romane‘, aber bestimmt nicht als seriöser Fachliteratur.

Das jetzt sogar Soraya es erzählt und dass es in Indonesien auch angewendet wurde erstaunt ihm. Sie kommt aus diese Region, ist Indonesisch und auch noch Ärztin, sie sollte es eigentlich schon wissen müssen.

Er beginnt zu zweifeln und entscheidet sich es dann doch zu untersuchen. Dazu braucht er wieder Blut von Rik. Er will verschiedene Tests machen. Zuerst will er anfangen mit einigen Computersimulationen.

Er muss schnell nach Madrid zurückgehen.

Vincent ist dabei sein Gespräch mit Soraya zu beenden. Er weiß jetzt was er wissen wollte und möchte nach Hause fahren. Er dankt Soraya ausführlich und fragt ihre Telefonnummer und die Zustimmung sie an Carlos weitergeben zu dürfen.

„Wenn Carlos noch Frage hat, darf er sich bei dir melden?"

„Das würde ich sogar sehr schätzen. Aber Achtung mit den beiden, traue sie keinen einzigen Moment, bleibe wachsam und halte die beide fern von deinen Eltern. Bei deinen Eltern gibt es ein großes Geheimnis. Das ist der Grund weshalb die beide wieder vereint sind."

Dann fragt Soraya, in letzter Minute, an Vincent ob es in letzter Zeit noch andere fremde Sachen passiert sind.

„Ist der Gedächtnisschwund eigentlich das einzige was so geschehen ist? Oder gibt es noch andere Abweichungen vom Alltag?"

„Ja, es ist noch mehr passiert. Mein Vater wurde in einer Altstadt in Marokko zurückgelassen, so dass er den Weg nicht zurückfinden würde. Zufällig war Martin dabei."

„Was erzählst du mir? Zurückgelassen? Erzähl mir ganz genau was passiert ist!"

Vincent erzählt Soraya was geschehen ist und wie Rik den Weg zurückgefunden hat.

„So, das ist interessant, sie machen noch immer die gleichen Streichen. In Indonesien ist einer im Urwald verschwunden durch Steve und Maarten. Der Mann hat man nie wieder zurückgefunden. Zum Glück ist dein Vater ein kluger Mann. Ist noch was anders passiert?"

Vincent denkt kurz nach und erzählt dann das Steve jeder erzählt das er ein Verhältnis hat mit seiner Mutter.

„Och ja, natürlich. Martin erledigt deinen Vater, mit dem Tee und Steve tröstet deine Mutter und versucht so an ihr Geld zu kommen. Da gibt es doch das Geheim, der Grund von allem.

Warne deinen Vater nie wieder ein Getränk von den beide zu akzeptieren. Er wird es nochmals versuchen. Es gibt immer ein kleineres Merkmal auf der Tasse oder Glas mit dem vergifteten Getränk. Bitte, erzähl das deinem Vater."

Vincent geht schließlich wirklich nach Hause, er ist froh mit al die Informationen die er bekommen hat, aber er ist erschrocken über die ‚Feinden' die sie haben.

„Vielen Dank für alles was du mir erzählt und erklärt hast, ich werde Carlos fragen ob er Hilfe brauchen kann mit seiner Untersuchung."

„Ich danke dir, das ist nett von dir. Ich bin Ärztin und weiß viel von dieser Materie, ich möchte gerne helfen. Bitte gib acht!"

Zurück in der Uni will Carlos schnell anfangen mit seinem Simulationsprogramm. Er redet in sich selber:

„Das kann doch nicht wahr sein. OK, dass jemanden eine Resistenz aufbaut in seinem Blut und es deshalb überlebt, in Ordnung. Aber zwei Generationen später noch immer?

Nein, das ist unmöglich."

Aber… es gibt keine andere Erklärung!

Er lässt seine Computer arbeiten, aber jedes Mal kommt das gleiche Resultat. Das Gift neutralisiert diesen Faktor und zu seinem großen Erstaunen ist der resistente Faktor: Das Gift!

Hat Soraya dann doch recht? Aber… wieso hat Rik dann sein Gedächtnis verloren? Ist der Resistenzwert abgeschwächt oder ist es etwas Anderes?

Haben sie ihm eine so hohe Menge verabreicht, so viel, dass das Gift eine Schwachstelle in seinem Hirn gefunden hat.

Es ist ein lähmendes Gift nicht ein zerstörendes Gift. Dann müsste es eine vorübergehende Lähmung sein, in Theorie könnte er dann sein Gedächtnis zurückbekommen.

Das ist wirklich interessant! Mit dieser Theorie könnte man Krankheiten bestreiten.

Er sagt laut:

„Das muss meine Abschlussarbeit werden!"

Das wird aber viel Geld kosten, wie finanziere ich das?

Zuerst will ich noch Blut von Rik abnehmen. Außerdem will ich Blut von Felicia und Vincent um das zu untersuchen auf dieser Resistenz.

Kapitel 9

Steve und Martin sind sich überhaupt nicht bewusst von diesen Entwicklungen. Sie gehen ruhig weiter mit ihren Plänen und haben das Gefühl, das niemanden eine Verdacht gegen sie hat.

Das Fest war nicht der große Erfolg, der Steve sich davon vorgestellt hatte. Sie hatten nicht damit gerechnet das Rik sich wehren könnte und so hart zurückkämpfen würde.

Jetzt sehen sie es auch als einen Kampf.

Martin sieht es aber schon als eine verlorene Sache.

„Steve, du hast den Kampf um Anika verloren. Du hast sie verloren. Rik hat sie wieder zurückgewonnen. Es war dann auch ein sehr guter Zug von ihm. Wie wird es nun weitergehen?"

„Nein, Martin, noch ist nichts verloren. Anika kommt kriecherisch zurück, kriechend auf ihren Knien und wird mir anbetteln um sie wieder auf zu nehmen. Warte nur ab."

„Wie willst du das machen?"

„Nun, Martin, dafür brauche ich deine Hilfe. Du musst Rik mal wieder einladen und ihm ein schönes Getränk anbieten. Dieses Mal bleibst du dabei bis er tot ist. Danach regeln wir schon etwas, so dass es aussieht wie einen Unfall. Dieses Mal muss es gelingen, verstehst du mir?"

Martin hat kein Vertrauen in diesem Plan, aber er will es versuchen was Steve von ihm verlangt, er kann Steve nichts verweigern.

„Ich habe noch einige Kräuter dabei, ich schaue mal was ich tun kann."

„Schön Martin, so muss es sein. Mache nur was ich von dir verlange."

Anika tut als wäre nichts passiert und geht ganz normal zu ihrer Arbeit. Vincent hat Anika und Rik ausführlich berichtet über seinen Besuch an Soraya. Sie sind erschrocken über was Soraya alles erzählt hat. Sie sind sich jetzt sehr bewusst von der Gefahr. Sie werden so viel wie möglich den Kontakt mit Steve und Martin meiden. Anika staunt über die Resistenz vom Blut. Hat das schnell braun werden doch etwas zu tun mit seiner Indonesischen Oma? Interessant!

Anika ist in ihrem Arbeitszimmer so tief in Gedanken über alles was Vincent erzählt hat, dass sie gar nicht mitkriegt was alles um ihr herum so alles passiert. Es gibt viel um über nachzudenken. Eigentlich wollte sie Rik heute nicht alleine zuhause lassen. Glücklicherweise ist Rik gar nicht zuhause, er ist schon früh nach Cádiz abgereist. Carlos braucht für seine Untersuchung noch neues Blut von Rik. Er will auch Blut abnehmen von Felicia. Carlos will untersuchen ob die nächste Generation auch diesen resistenten Faktor noch im Blut hat. Wenn das so ist hat er eine interessante Grundlage für seine Untersuchung die er auf starten will.

Rik und Carlos treffen einander in Cádiz und auch Vincent hat zugesagt dort hinzufahren.

Carlos bekommt Blut von der ganzen Nachkommenschaft. Er will auch noch feststellen ob es Geschlechtsabhängig ist.

Also es ist optimal!

Anika wollte gerne mitfahren, aber sie kann kein frei bekommen. Steve verbietet ihr alles, was sie eventuell zusammen mit Rik unternehmen könnte. Als Anika so schwer im Gedanken an ihrem Schreibtisch sitzt, kommt Martin im Büro hinein. Sie sehen wie Anika da sitzt und vor sich hinstarrt.

„Was denkt sie im Moment? Martin gehe schnell nach Hause und versuche Rik einzuladen. Ich werde Anika hier festhalten mit viel Arbeit."

„Eine gute Idee. Ich habe heute Morgen ein neues Mittel zusammengestellt und das werde ich in seinem Kaffee mischen. Ich rufe dich an sobald er es eingenommen hat. Kannst du mir endlich erklären wieso du dir so sicher bist das sie so reich sind."

„Schön, dass du das gemacht hast, an die Arbeit. Habe ich nie erzählt wie ich das rausgefunden habe? Das erzähle ich dir in kurzem. Tschüs."

Rik und Vincent sind bei Felicia eingetroffen, Carlos hat alles mitgenommen was er braucht für die Blutabnahme. Er hat sogar ein kleines akkubetriebenes Kühlschränkchen dabei um das Blut gekühlt mitzunehmen nach Madrid. Carlos ist ganz aufgeregt vom Ganze. Wenn das Blut von Felicia und Vincent auch diese Resistenz hat, dann will er hiervon seine Absolvent-Arbeit machen.

Er nimmt schnell die Blutproben ab.

Vincent erzählt Carlos das Soraya gerne bereit steht ihn zu helfen mit seiner Arbeit. Sie weiß viel von orientalischer Heilkunde. Carlos sieht so eine Zusammenarbeit positiv, er wird Kontakt mit ihr aufnehmen.

Vincent redet lange mit seinem Vater. Er erzählt sehr detailliert über alles was Soraya ihm erzählt hat.

Rik kommt erst spät nach Hause, er ist noch zu den Stränden von Tarifa gefahren. Felicia hat ihm erzählt wie schön die sind und das wollte er sich ansehen. Er ist beeindruckt von was er sieht. Das sind wirklich schöne Strände.

Wenn Rik zuhause eintrifft stellt sich heraus das Anika auch erst gerade nach Hause gekommen ist. Anika hat gestaunt das es plötzlich so viel Arbeit auf Ihrem Arbeitstisch gab. Sie hatte überhaupt nicht mitgekriegt das so viel hingelegt wurde. Und es musste, was sonst, heute noch fertiggemacht werden.

Rik begrüßt Anika mit einem Kuss und sie setzen sich gemütlich auf der Terrasse. Es ist ein herrlicher Abend, schön warm und eine schöne Aussicht über das Meer. Sie erzählen einander was sie Heute gemacht haben.

Rik berichtet ausführlich über den Besuch von Vincent an Soraya. Vor allem über die mehrmals wiederholte Warnung von ihr.

„Steve und Martin sind ein extrem gefährliches Duo."

Dann erinnert Anika sich die Bemerkung von Steve, die ihr erstaunte und auch sehr störte.

„Steve hat heute Nachmittag so beiläufig gefragt ob du zuhause bist. Martin wollte mit dir eine Tasse Kaffee trinken. Ich habe geantwortet das ich nicht wusste ob du zuhause sein würde. Ich erzählte ihm das du gerne zum Strand fährst für einen Spaziergang."

„Oh, aber das stimmte auch. Ich bin noch nach Tarifa gefahren, das ist so schön. Ich habe es genossen."

„Ja, das stimmt schon, aber Martin war wieder hier an der Tür um dich zu besuchen. Ich traue es nicht. Sei vorsichtig Rik. Es könnte ihm bald noch gelingen dir einen giftigen Kaffee zu geben. Steve hält mich fest im Büro und Martin geht auf dich zu. Gefährlich."

Rik schaut ihr nachdenkend an:

„Ja, du hast recht. Vor allem nach der Warnung von Soraya. Sie erzählte Vincent, dass er immer eine kleine Markierung macht auf dem Rande der Tasse oder Glas mit dem giftigen Getränk. Ich werde nichts mehr bei ihm trinken."

Anika ist froh mit seiner Zusage. Sie reden noch eine Weile und genießen die Aussicht und den Wein, dann gehen sie schließlich ins Bett.

Am nächsten Tag bekommt Anika wieder viel Arbeit zugeteilt, das gibt ihr ein schlechtes Gefühl und sendet schnell einen Bericht an Rik.

„Ich bekomme wieder extrem viel Arbeit zugeteilt.

Ich vermute, dass Martin es heute wieder versuchen wird. Achtung!"

Im Moment das er den Bericht empfängt läuft er gerade draußen um den Müll entsorgen. Als er zurück geht zu seiner Wohnung kommt Martin ‚zufällig' vorbei.

„Hallo Rik, wie geht es dir? Gibt es schon eine Verbesserung mit deinem Gedächtnis?"

Rik muss schon antworten und tut als ob er sich wundert Ihn zu treffen.

„Hallo Martin, wie geht es dir? Nein, leider noch immer nichts Neues."

„Ich war gestern hier an deiner Tür, warst du nicht zuhause?"

„Nein, ich war zum Strand. Dort kann ich gut nachdenken und mich entspannen."

Martin fragt ihm:

„Hast du kurz Zeit? Kommst du zu mir eine Tasse Kaffee trinken? Ich habe eine neue Sorte Kaffee gefunden und ich will gerne deine Meinung hören. Der ist so gut, das musst du ausprobieren. Komm mit."

Martin nimmt Rik bei seinem Arm und nimmt ihn mit zu seiner Wohnung, die an der anderen Seite der Straße liegt. Schräg gegenüber der Wohnung von Rik. Also ganz in der Nähe. Sie spazieren dahin und Martin ist sehr beschäftig mit allerlei zu erzählen. Bei Rik, dagegen, klingen alle Arten von Alarmglocken. Er denkt nur an der Warnung von Soraya. Martin geht Rik vor und bringt ihn zur Terrasse.

„Setz dich hier bequem hin, dann mache ich uns eine Tasse Kaffee."

„Kann ich dir helfen?"

Rik will Martin nicht alleine lassen beim Kochen der Kaffee.

„Nein doch, das kann ich schon alleine. Setz du dich schön auf der Terrasse."

Rik denkt:

„Er behandelt mich als einen Kranker, oder nein, besser gesagt als eine zum Tode Verurteilter."

Kurze Zeit später kommt Martin zurück mit Kaffee und Keksen. Martin stellt eine Tasse vor Rik und bietet ihm einen Keks an. Das bringt Rik auf einer Idee. Er sieht das seine Tasse tatsächlich eine kleine Markierung auf dem Rand hat, wenn er nicht gewarnt wäre hätte er es nie bemerkt. Rik nimmt einen Bissen von seinem Keks und verschluckt sich. Er hustet und hustet, es hört nicht auf. Es sieht alles schrecklich aus. Mit viel Mühe und hustend fragt er Martin um einen Glas Wasser.

„Ja natürlich, es kommt gleich."

Sobald Martin weg ist, verwechselt Rik die Tassen. Er setzt sich wieder und hustet weiter. Martin kehrt zurück und gibt Rik einen Glas Wasser. Rik trinkt von dem Wasser und langsam erholt er sich. Rik prustet noch ein wenig und stellt sein Glas auf dem Tisch. Er sieht das Martin seine Tasse nehmen will, bleich wird und seine Hand zurückzieht. Rik sagt:

„Ja, da habe ich jetzt Lust auf."

Bevor Rik seine Tasse anfassen kann, nimmt Martin es weg und sagt;

„Nein, die schmeckt nicht mehr es ist kalt geworden. Ich mache dir ein Neuen, Moment ich bin gleich zurück."

Martin geht mit den beiden Tassen in der Küche und Rik hört das er beide Tasse wegspült und die Tassen abwäscht.

Rik nimmt diskret sein Handy und lässt es klingeln.

Er ‚beantwortet' der Anruf und sagt laut:

„Was sagst du? Das geht in Ordnung, ich komme gleich."

Er geht zu Martin und sieht noch gerade das er eine kleine verdächtige braune Flasche versteckt. Martin erschreckt sehr als er bemerkt das Rik hinter ihm steht.

„Entschuldige Martin es steht bei mir zuhause jemanden vor der Haustür, ich muss sofort hin. Es tut mir leid, dass es so verlaufen ist. Wir verschieben es auf ein nächstes Mal. Auf Wiedersehen."

Bevor Martin etwas antworten kann hört er die Haustür schon zuschlagen und Rik ist weg. Martin starrt entgeistert vor sich hin und denkt:

,Was war das? Hat er es gerade mitbekommen? Hat er etwas gesehen oder nicht? Hatte er einen Verdacht ob war alles echt?'

Martin weiß es nicht mehr und sagt laut:

„Ja, das ist gut, nächstes Mal, wir geben nicht auf."

Kurzen Zeit später ruft Steve Martin an:

„Martin, ich höre nichts von dir. Hat es geklappt mit Rik?"

Martin antwortet Steve ganz aufgeregt:

„Ich habe Rik auf einer Tasse Kaffee eingeladen und ihn mit nach Hause genommen. Der Kaffee stand schon auf dem Tisch, Rik hat sich verschluck in seinem Keks, ich habe einen Glas Wasser für ihn geholt und als ich dann zurück kam sah ich das die Tassen falsch rumstanden. Ich muss die Falsche hingestellt haben. Rik war nicht im Stande sie ohne kleckern zu verwechseln, er war nur dabei mit einem schrecklichen Husten. Ich habe den Kaffee weggespult und neue gemacht, er bekam einen Anruf und musste schnell weg. Es ist also nicht gelungen. Nächstes Mal besser."

„Was erzählst du mir jetzt wieder für eine Geschichte? Hat es nicht geklappt? Was machst du doch? Das ist das dritte Mal das es dir nicht gelungen ist. Bist du dir sicher, dass er keinen Verdacht hat?"

Martin reagiert empört:

„Ganz bestimmt weiß er nichts. Wie sollte er? Er weiß doch gar nichts mehr! Er hat Gedächtnisschwund!"

Steve antwortet resigniert:

„OK, gut, wir reden heute Abend weiter."

Rik ruft zur gleichen Zeit Anika an.

„Anika, Martin hat es gerade versucht. Er hatte mich mitgenommen für eine Tasse Kaffee. Durch die Warnung von Soraya sah ich gleich die kleine Markierung am Rand der Tas-

132

se. Ich tat als ob ich mich verschluckte und habe Martin um ein Glas Wasser gebeten. Ich habe dann die Tassen verwechselt. Martin sah sofort das die Tassen verwechselt waren und hat den Kaffee weggespult. Als er neue Kaffee machen wollte sah ich das er etwas in dem Kaffee tat, ich bin dann schnell weggegangen. Sie haben es also noch nicht aufgegeben. Es ist jetzt deutlich das sie hinter meinem Gedächtnisschwund stecken. Was sollen wir jetzt machen?"

Anika erschreckt von dieser Nachricht von Rik und verspricht ihm schnell nach Hause zu kommen.

Wie hat Steve es eigentlich rausgefunden, dass Anika und Steve so reich sein müssen.

Steve ist ein begeisternder Spieler. Seine Spielsucht bringt ihn immer wieder in großen Problemen. Er spielt nicht nur im Casino aber auch in einer großen Lotterie. Jedes Mal, wenn der Jackpot groß wird setz Steve viel Geld ein. In dem Moment verliert er alle Gefühle für die Realität. Vor einigen Wochen war der Jackpot extrem hoch. 180 Millionen! Steve hatte schon das Gefühl, das er den Preis gewonnen hat und wusste genau was er damit machen wollte. Als Steve diesen Jackpot nicht gewann, wurde es ihm zu viel, er wurde verrückt vor Enttäuschung. Das wurde noch schlimmer als er erfuhr, dass der Jackpot bei ihm in der Nähe gewonnen wurde.

Irgendwie hatte Steve das Gefühl das ihm diesen Jackpot gehört. Schon schnell fand er raus das ein Internetspieler gewonnen hat.

Auch ein Internetspieler ist bei einem Wettbüro registriert, obwohl er dort nie kommt. Dieses Wettbüro hat dieses Loss in seiner Datei stehen. Als bekannt wurde bei welchem Wettbüro der Jackpot gefallen war, schrieb der Inhaber groß auf seinem Fenster:

'Das gewinnende Loss mit dem Jackpot ist hier gekauft worden.'

Er erhofft damit das Spieler in Zukunft bei ihm kaufen werden, er bringt ja Glück.

Steve sah sofort diese Aufschrift und sprach den Betreiber an. Er wollte von ihm erfahren wer der Gewinner ist.

Er wollte es nicht sagen:

„Der Gewinner möchte anonym bleiben und das respektieren wir!"

Das wollte Steve nicht akzeptieren. Er blieb da und fragte und fragte, so schlimm das er sogar den Inhaber bedrohte. Es nervte ihm schließlich so, dass er die Polizei anrief um Steve zu entfernen. Steve wurde wütend über dieser Aktion vom Inhaber und wurde dadurch noch getriebener um es rauszufinden.

Steve wartete auf dem Moment das der Inhaber nicht da war und ein Angestellter im Wettbüro war. Steve kannte diesen Angestellter ziemlich gut und kaufte bei ihm neue Wettscheinen. Er fragte so nebenbei wer den Jackpot gewonnen hat. Der Verkäufer schaut im Computer und will den Namen nennen:

„Das ist... oh nein, das darf ich nicht sagen, er will anonym bleiben, entschuldige."

„Ja, aber ich glaube ich kenne ihn."

„Na, das ist dann einfach, dann fragen sie es ihm."

„Ja schon, aber wenn er es nicht ist stehe ich blöd da. Ich glaube es ist der Norweger der gegenüber wohnt."

„Wie lautet seine Adresse? Nein, er ist es nicht, aber sein Nachbar."

Der Verkäufer realisiert sich nicht, dass er es jetzt doch erzählt hat.

Steve macht als ob er nichts gehört hat und verlässt das Wettbüro schnellstens.

Er kennt diesen Norweger überhaupt nicht, er sieht nur öfters ein norwegisches Auto in das Gebäude von Anika hineinfahren. Jetzt muss er raussuchen wo dieser Norweger wohnt. Wie macht er das? Steve stellt sich vor dem Gebäude und wartet darauf, dass das Auto im Gebäude hineinfährt. Es dauert einige Tage bis er das Auto wieder mal sieht.

Es stellt sich heraus, dass es kein Norweger ist, sondern eine Norwegerin.

Steve denkt:

„Das macht alles noch viel einfacher, ich biete an ihre Einkäufe in die Wohnung zu tragen, dann weiß ich genau wo sie wohnt."

Leider für Steve, aber so einfach geht das nicht. Im Moment das er das Auto in die Garage folgen will, wird er aufgehalten von dem Sicherheitsdienst des Gebäudes. Sie haben Steve schon länger beobachtet, sie fanden es verdächtig das er schon seit Tage vor dem Gebäude steht, als überwacht er etwas. Deshalb haben sie Steve sofort angehalten als er in die Garage wollte. Er muss den Sicherheitsdienst zeigen das er im Gebäude wohnt. Das kann Steve nicht und wird deshalb weggeschickt.

Steve war erschrocken über diese strenge Kontrolle. Das hatte er nicht erwartet. Was jetzt? Steve geht zur anderen Seite der Straße und versucht die Frau zu finden, ob sie irgendwo in einer Wohnung reingeht. Steve ist zu spät, er sieht sie nicht mehr erscheinen. Steve ist zu spät. Die Verzögerung mit dem Sicherheitsdienst hat doch zu lange gedauert. Steve gibt nicht auf, am nächsten Morgen ist er wieder da. Er setzt sich diesmal auf der Terrasse vom Lokal neben das Gebäude. Er wird dort Kaffee trinken und hofft das die Norwegische Frau runter kommt zum Einkaufen. Er weiß jetzt wie sie aussieht. Nach seinem dritten Kaffee reicht es Steve und will schon gehen, aber in dem Moment spaziert sie an ihm vorbei. Sie geht in einem Kiosk und kauft sich eine Zeitung.

Steve zahlt schnell seinen Kaffee und stellt sich an der anderen Seite der Straße auf um zu sehen zu welcher Wohnung sie geht. Steve brauchte keine Eile zu machen. Die Frau setzt sich auf der Terrasse und liest in aller Ruhe ihre Zeitung unter dem Genuss einen Cappuccino. Endlich geht sie wieder im Gebäude hinein. Steve traut sich nicht, zu versuchen mitzulaufen. Er sieht den Sicherheitsdienst schon, sie haben Steve bestimmt schon wieder gesichtet. Steve steht ein wenig verdeckt aufgestellt und schaut wo die Frau hingeht.

Als er sieht in welcher Wohnung die Frau reingeht fällt Steve seinem Mund auf von Erstaunen. Er kennt die Wohnung nebenan schon. Dort leben Anika und Rik!

Hat Anika die 180 Millionen gewonnen und ihm nichts gesagt? Das kann nicht wahr sein! Das ist unerhört!

Er ist ihr Chef also muss sie ihm schon einen Teil geben!

Steve schaut sich das Gebäude nochmal gut an und sieht das die Norwegische Frau an der anderen Seite auch noch einen Nachbarn hat. Das könnte natürlich auch der Gewinner sein.

Dann wäre Anika nicht der Gewinner. Er muss schnellstens aussuchen wer dort wohnt. Steve schaut auf das Panel mit den Türklingeln welche Wohnung es sein muss. Es stehen keine Namen vermerkt, nur Wohnungsnummer. Steve weiß auf welcher Nummer Anika wohnt, das ist die letzte Wohnung des Flurs, so die Norwegerin wohnt daneben und die andere Wohnung muss dann diese Nummer haben. Steve weiß jetzt welche Wohnung es ist.

Während des Kaffeetrinken hat Steve gesehen, dass es ein Vermietungs- und Verwaltungsbüro gibt. Steve geht im Büro hinein und tut als ob er einen Interessenten ist. Er fragt nur nach dieser einen Wohnung.

„Ist diese Wohnung frei? Das scheint mir eine sehr schöne Wohnung zu sein. Ich kenne auf diesem Flur schon einige Leute und finde es eine Super-Lage."

Die Mitarbeiterin schaut ihm freundlich an und bestätigt ihm, dass die Wohnung zur Verfügung steht.

„Möchten sie es sich ansehen? Wir könnten sofort hingehen. Es ist ein Vierzimmer Penthouse."

Steve antwortet aber:

„Eine Vierzimmerwohnung? Das ist viel zu groß für mich. Nein, danke dann suche ich weiter. Vielen Dank für die Information."

Steve verlässt das Büro schnell und ist froh, dass er die Bestätigung bekommen hat. Er murmelt vor sich hin:

‚Die blöde Anika, hat sie so viel gewonnen und sie sagt gar nichts! Warum? Wieso? Wieso sie?'

Steve geht nach Hause. Er muss sich gut überlegen wie er das Geld in seinem Besitzt bekommen kann. Das braucht ein guter Plan. Steve ist mit seinen Gedanken nur noch dabei nachzudenken über das große Unrecht das ihm passiert ist.

Der Megajackpot wurde von einem anderen gewonnen, dann auch noch so in seiner Nähe und sogar von einem Bekannten. Wieso Anika und nicht, beispielweise Agnes. Agnes mag er und er kann sie einfach manipulieren.

Sie macht wirklich alles für ihn. Er benutzt sie für alle unangenehmen Aufgaben und hat er Lust auf eine Frau dann liegt sie schon bereit für ihn. So einer kann er gut brauchen.

Anika wird ein Problem. Zuerst muss er Rik loswerden. Danach will er Anika trösten und für sich gewinnen. Erst dann kann er an ihr Geld rankommen und ihr alles abnehmen.

Steve denkt lange nach wie er das machen kann.

Plötzlich geht ihm ein Licht auf, er bekommt eine Idee und ruft laut:

„Natürlich, dass ich nicht gleich daran gedacht habe. Maarten ist die Lösung. Oh, nein, er nennt sich jetzt Martin. Er hat bestimmt noch einige Kräuter aus Indonesien."

Martin hatte schon vor einiger Zeit Kontakt aufgenommen und wollte zu Besuch kommen. Steve hat es immer abgelehnt. Jetzt ist seine Zeit gekommen und kommt er wie gerufen.

Er sucht die Telefonnummer von Martin raus und ruft ihm sofort an:

„Martin ich brauche dich. Kommt schnellstens hierher. Ich brauche einen starken Mann."

„Ja Steve, ich verstehe es, ich brauche dich auch. Ich verlange schon seit Langem nach deinem Körper. Ich komme morgen mit dem ersten Flugzeug."

„Oh und Martin…, nimm was von deinen Kräutern mit, wir haben einen Job zu machen. Es handelt um 180 Millionen, so es ist die Mühe wert."

Martin reagiert ganz empört:

„Was ist das nun? Was ist dir wichtiger das Geld oder ich?"

„Du bist mir natürlich am wichtigsten, das weißt du doch. Du kannst jetzt zu mir kommen, aber um unsere Zukunft zu finanzieren müssen einige Unebenheiten geglättet werden und dabei musst du mir behilflich sein. Es handelt um unsere gemeinsame Zukunft, verstanden?"

Martin akzeptiert die Erklärung von Steve. Er sucht schnell in seinen Kräutern und nimmt einige seiner Favoriten mit. Am nächsten Tag ist er schon unterwegs nach Steve. Er ist gespannt was los ist und was er machen muss.

Sie müssen einen Plan ausdenken um Rik zu erledigen. Anika gewinnt er mit seinem Charme. Jeder mag Steve, vor allem bei Frauen ist er sehr geliebt, also das wird schon klappen.

Am nächsten Tag sind sie schon voll dabei Plänen zu schmieden. Martin zeigt Steve seinen Tee.

„Weißt du noch, wie wir mit diesem Tee einige ‚Problemchen' gelöst haben?

Nach einiger Zeit haben sie den Plan auf der Reihe:

„Ich gebe Rik eine Tasse von unserem giftigen Tee. Das Gift hat nach zehn Minuten seine Auswirkung. Er stirbt sofort, hinter dem Lenkrad. Er bekommt einen Unfall und dieser Unfall wird gesehen als Todesursache. Perfekt, kein Verdacht auf Fremdeinwirkung. Alles ganz deutlich für die Polizei.

Du musst dann Anika trösten wer sonst.

Mit deinem Charmeoffensiv eroberst du Anika, sie verliebt sich in dir und so kommst du an ihrem Geld ran."

„Genau Martin, das ist doch der perfekter Plan? Es ist auch so unkompliziert."

Dieser Plan kann einfach nicht schiefgehen.

„So war es geplant Martin, aber etwas ist schiefgegangen. Jetzt weißt du wie ich mir so sicher bin das sie so reich sind, ich habe es wirklich gut ausgesucht. Zufrieden?"

„Ja ich fing an zu zweifeln. Ich bin froh mit deiner Erklärung über den Jackpot. Wie machen wir jetzt weiter? Es hat wieder nicht geklappt, noch einmal versuchen?"

Steve reagiert erstaunt:

„Na klar. Rik hat doch keinen Verdacht geschöpft? Ich denke das Rik nicht so intelligent ist, er tritt doch in jeder Falle?"

„Ja, dass schon, aber er überlebt es jedes Mal, immer passiert etwas was ihn rettet. Unterschätzen wir ihn nicht?"

„Ich glaube es nicht und die Anika ist so eine Alberne, ein Dummerchen, sie sagt nichts und handelt als ob nichts passiert ist. Das geht schon in Ordnung. Wir versuchen es einfach nochmals."

Kapitel 10

Paul ist wieder im Büro von Vincent und sehr neugierig nach der ‚Schulung' in den Niederlanden. Vincent berichtet ihm ausführlich über alles was passiert ist und was er erfahren hat. Soraya wollte zuerst wissen, wie er sie aufgespürt hat. Sie dachte alle Spuren gut entfernt zu haben.

Vincent erzählte ihr dann über Paul und das er noch Fotos hatte aus Indonesien.

„Soraya kennt dich noch. ‚einen charmanten Mann' hat sie gesagt und erinnert sich dir noch ganz gut."

Paul wird ein wenig schüchtern. Er fand damals Soraya eine sehr eindrucksvolle und schöne Frau. Er mochte sie sehr gerne, er war sogar ein wenig verliebt in ihr. Das ist der Grund, dass er die Fotos von ihr noch hat.

Vincent erzählt weiter:

„Soraya erkannte Steve und Martin sofort. Sie nannte sie das ‚tödliche Duo'."

Sie erzählte was damals alles geschehen ist und dass sie jetzt ganz alleine und zurückgezogen in den Niederlanden lebt.

Sie hat eine Stelle als Laborantin, obwohl sie Ärztin ist. Eigentlich lebt sie ein erbärmliches Leben.

Soraya hat viel nützliche Informationen für Carlos, sie hat meinen Vater gewarnt und das hat ihm sogar schon wieder gerettet.

Carlos macht weiter mit seinen Untersuchungen und Soraya ist ihm behilflich dabei.

Auch sie hat, als erstes gefragt, ob meine Eltern sehr reich sind.

Steve und Martin müssen etwas wissen was wir nicht wissen, aber keiner hat eine Ahnung was es ist.

„Wie alt ist dieser Carlos?" fragt Paul. Er hat Angst das er Interesse hat an Soraya. Er ist ein wenig eifersüchtig aber Vincent erzählt ihm:

„Carlos ist der Freund meiner Schwester."

Paul fragt ihm dann:

„Seit wann hat deine Schwester einen Freund? Sie war doch alleine?"

„Ja, das stimmt, aber seit diesen Sommer sind sie befreundet, es geht sehr gut mit den beide."

Paul ist erleichtert und tut ein wenig unentschlossen als bedrückt ihm noch etwas. Schließlich fragt er:

„Also Soraya ist noch immer alleine? Sie ist nicht glücklich? Das ist interessant. Sie erinnert mich sogar noch? Schön! Kommt sie in Kurzem nach Carlos um ihn zu helfen?"

Vincent bemerkt das Paul plötzlich viel Interesse in Soraya hat. Er beantwortet alle Fragen von Paul.

Dann fragt Paul:

„Wie sieht sie heute aus? Ahnt sie noch ein wenig den Fotos von früher?"

Vincent sagt ein wenig quälend:

„Hé Paul, was bemerke ich? Hast du Interesse in ihr?"

Paul errötet und versucht es ab zu tun mit:

„Och, nichts Besonderes, nur ein wenig neugierig."

Vincent nimmt sein Tablett sucht das Foto von Soraya und zeigt es ihm.

„Schau Paul, ich habe ein Foto von ihr gemacht mit meinem Tablett ohne, dass sie es bemerkt hat."

Paul nimmt das Tablett aus seinen Händen und starrt erstaunt auf dem Foto.

„So…, sie sieht noch immer gut aus, fast so wie früher. Schön."

Er betätigt einige Funktionen auf dem Tablett und sendet das Foto zu seinem eigenen Computer.

Das verwundert Vincent ein wenig, so kennt er Paul nicht.

Er fühlt das er Paul und Soraya zusammenbringen muss.

Er wird Carlos fragen ob er in Kurzem Kontakt mit Soraya hat und ob sie nach Spanien kommen kann um zu helfen mit seinen Untersuchungen. Er will Paul und Soraya zusammenbringen. Vincent hat eigentlich noch nie bemerkt das Paul eine Beziehung hatte. Er ist immer alleine.

‚War Soraya schon immer seine heimliche Liebe?‘

Das will Vincent aussuchen. Er will ihn helfen. Paul war zu ihm immer sehr behilflich, mit den Problemen mit seinem Vater war er sofort bereit zu helfen. Nun er das mit Soraya entdeckt hat will er Paul helfen, es würde schön sein, die beiden zusammen zu bringen. Vincent denkt darüber nach wie er Informationen über Paul bekommen kann. Paul ist inzwischen wieder in seinem Zimmer zurückgekehrt.

Vincent will sich eine Tasse Kaffee besorgen und läuft über den Flur entlang das Zimmer von Paul. Er sieht das Paul das Foto von Soraya auf seinem Computer aufgerufen hat und träumerisch auf ihrem Bild starrt. Er sieht an seinem Gesicht, das bei ihm viele Erinnerungen hochkommen.

Was ist damals doch alles geschehen?

Als Vincent mit seinem Kaffee zurück läuft zu seinem Arbeitsplatz denkt er plötzlich:

‚Ria! Ria ist bestimmt die Lösung. Sie weiß bestimmt viel mehr über Paul. Ich muss Ria anrufen.‘

Ein wenig später hat Vincent Ria schon am Telefon.

„Ria, du kannst mir bestimmt einiges erzählen über die Periode das Paul in Indonesien war."

„Wieso fragst du das?"

„Ich habe soeben Paul über meinem Besuch an Soraya berichtet und ich stelle fest das er eigentlich sehr interessiert ist in ihr.

Er fragte mir ob Soraya sich noch an ihm erinnern konnte und wie sie jetzt aussieht. Ich hatte ein Foto von ihr gemacht und ihm gezeigt. Er sitzt jetzt schon Stunden hinter dem Bildschirm und starrt auf ihrem Foto. Er träumt offensichtlich über sie. Er ist ganz von der Welt und nicht ansprechbar."

„Oh je, hat es ihm wieder erwischt?"

„Was meinst du damit? Hat Paul eine Beziehung mit Soraya gehabt?"

„Nein, Paul hatte keine Beziehung mit ihr. Paul war in Indonesien bis über seine Ohren verliebt in Soraya. Er erbetete sie in alle stille, er traute sich nicht auf ihr zu zu gehen. Sie war ja verheiratet. Es war eine unmögliche Liebe für Paul. Paul konnte stundenlang vor sich aus träumen mit einem Foto von ihr in seinen Händen. Es wurde fast unhaltbar, er konnte sich nicht auf seiner Arbeit konzentrieren. Als dann Maarten und Soraya ausgewiesen wurden, bekam Paul sich wieder im Griff und konnte wieder normal denken und arbeiten. Er war kurz davor entlassen zu werden. Er hat seitdem nie eine Beziehung gehabt."

Vincent reagiert erstaunt:

„So das ist krass. Ich fürchte er hat es jetzt wieder. Können wir die beide nicht zusammenbringen? Ich fürchte das Paul es nicht schafft, dass er zusammenbricht, wir müssen ihm helfen. Soraya erinnert sich Paul noch bestens."

Ria reagiert auch ganz erstaunt:

„Das ist nicht dein ernst! Soraya erinnert Paul noch so gut? Das ist schön, ich dachte immer, dass sie ihn ignorierte und nichts zu tun haben wollte mit Paul. Vielleicht war die Liebe doch gegenseitig, aber eine unmögliche Liebe, weil sie verheiratet war.

Ja, du hast recht wir müssen etwas machen, das hat Paul schon verdient. Wie oder was können wir tun?"

Vincent denkt kurz und tief nach und sagt dann:

„Soraya hilft Carlos, der Freund meiner Schwester, mit der Untersuchung vom Blut meines Vaters, meiner Schwester und mich. Vielleicht können wir sie nach Madrid kommen lassen um Carlos behilflich zu sein im Laboratorium. Wir arrangieren dann ein Treffen mit allen und sorgen dafür das Paul auch ‚zufällig' dahin kommt."

Ria reagiert ganz begeistert:

„Das ist ein guter Plan, so müssen wir das tun. Wie kann ich behilflich sein?"

„Ich vermute das Soraya ziemlich einsam ist und niemanden hat die ihr behilflich sein kann. Wenn du deine Hilfe anbietest, zum Beispiel mit den Flugtickets und ihr zum Flughafen bringst?"

„Das ist ein guter Vorschlag. Wenn du mich an ihr vorstellen kannst, dann werde ich sie behilflich sein mit alles. So machen wir es."

Vincent verspricht Ria ihr auf dem Laufenden zu halten und will seinen kleinen Plan ausarbeiten.

Rik fragt an einem Abend an Anika:

„Du Anika, gehen wir eigentlich nie zusammen aus? Es scheint mir schön um zusammen etwas zu unternehmen."

„Natürlich Rik, wir gehen sogar gerne aus, aber warte mal, welches Datum haben wir heute? Oh, oh, das hatte ich fast vergessen."

Sie steht auf und geht zu einem Schrank. Sie öffnet eine Schublade, nimmt einen Briefumschlag raus und setzt sich wieder neben Rik. Sie öffnet den Umschlag und nimmt zwei Eintrittskarten raus.

„Diese Eintrittskarten haben wir schon lange im Schrank liegen. Die habe ich dir zu unserem Hochzeitstag geschenkt. Sie sind für ein Konzert von Enrique Iglesias, hier in Marbella.

Es ist ein Open-Air-Konzert. Es ist dieses Wochenende, das hatte ich fast vergessen. Hast du Lust dahin zu gehen?"

„Ja, aber natürlich, das scheint mir sogar sehr schön. Das machen wir. Wie spät ist das Konzert? Können wir zuvor noch irgendwo essen gehen?"

„Ja, bestimmt, das ist sogar einen sehr guten Vorschlag, das machen wir."

Rik ist froh hiermit, es passt genau in seinem Plan. Eigentlich weiß er überhaupt nicht wer Enrique ist, aber das macht nichts.

„Haben wir ein CD von Enrique? Ich wies gar nicht über wen wir reden, aber da wir Eintrittskarten haben bin ich bestimmt einen Fan."

„Ja, klar haben wir einen CD, dein Lieblingsnummer ist ‚Hero'."

Anika geht zum CD Schrank und nimmt den CD raus und gibt es Rik.

Rik will endlich etwas Unternehmen um ihr Plan vom Neuanfang aus zu führen.

Er will sich noch schnellstens Einiges besorgen. Das muss er alleine mache, ohne das Anika davon etwas mitbekommt.

Da Anika im Moment lange Arbeitstagen hat, kann Rik seine Pläne gut vorbereiten. Er will ein romantisches Restaurant reservieren, ein Restaurant am Meer. Wer kann ihm dabei behilflich sein?

Vielleicht kann Agnes ihn helfen.

Dann fragt Rik:

„Hast du von Steve noch was gehört über die misslungene Kaffeeaktion von Martin?"

Anika schaut ihm an und sagt:

„Nur das du ein unmöglicher Mensch bist. Unerreichbar und sehr beschäftigt. Ich muss gut darüber nachdenken ob ich mit so eine Person zusammenleben will. Er hört nicht auf mich darüber zu nerven. Ich höre es nicht mehr. Es geht in einem Ohr rein aber es kommt noch schneller das andere Ohr wieder raus."

„Das tut mir leid für dich, was können wir dagegen machen?"

Anika seufzt tief:

„Nichts, gut aufpassen, alert bleiben und hoffen das es schnell vorbei ist."

Rik ist einverstanden.

„Aber, bitte dieses Wochenende freihalten, keine Geschäftsreisen akzeptieren."

„Nein, nein, hab keine Angst. Ich freue mich auf diesem Konzert, das lasse ich mich nicht nehmen."

Am nächsten Tag, nachdem Anika gerade im Büro eintrifft, fragt Steve ob sie sofort zu ihm kommen kann.

Als ob er es gewusst hat, über das Wochenende, da er gleich anfängt:

„Anika, meine Liebe, mach keine Pläne für kommendes Wochenende. Wir müssen auf einem geschäftlichen Ausflug. Wir gehen nach Barcelona. Wir beide, gemütlich zusammen. Wir sind eingeladen. Rik darf nicht mitkommen! Wie findest du das? Schön nicht? Dann kommst du endlich mal wieder aus deine Umgebung raus. Wird dir bestimmt guttun."

Anika schaut ihm erstaunt an und sagt:

„Nein Steve, das geht nicht. Ich habe andere Plänen und sogar zusammen mit Rik."

Steve antworte böse:

„Das ist dann schade, dies ist viel wichtiger, es muss so sein. Du kommst mit mir."

„Nein Steve. Außerdem alle Einladungen gehen über mich und ich habe nichts gesehen. Du erfindest es. Es gibt gar nichts."

Steve reagiert enttäuscht:

„Na, schade, ich wollte ein romantisches Wochenende mit dir verbringen. Dann können wir gut zu einander kommen, es geht im Moment nicht gut mit uns beide. Es ist sehr wichtig für uns."

Anika steht böse auf, läuft aus seinem Zimmer und schlägt die Tür hinter sich mit einem lauten Schlag zu.

Was ein Arschloch, denkt sie und geht in ihr Arbeitszimmer. Agnes hat den lauten Knall gehört und geht sofort auf Anika zu und fragt was los ist.

Anika erzählt ihr was gerade passiert ist und auch das sie dieses Wochenende, zusammen mit Rik, zum Open-Air- Konzert von Enrique gehen will.

Agnes wusste das schon, sie hat gerade mit Rik telefoniert und ihm eine Adresse gegeben von einem Restaurant, das perfekt geeignet ist für ihr romantisches Abendessen.

Agnes lässt Anika nicht merken, dass sie das schon weiß.

„Das ist schön, dass ihr das macht. Lass dich nicht von Steve verrückt machen, er ist einfach wieder ein Ekel. Ich weiß nicht wieso, was ist doch los?"

Anika weiß nicht was sich alles abspielt.

Bis vor einigen Tagen, kurz vor seinem Gedächtnisschwund, wusste Rik noch nichts von dem gewonnenen Preis. Rik und Anika waren sehr beschäftig mit ihrer Arbeit. Sie waren nur wenig zuhause. Rik hatte schon eine E-Mail empfangen, das er einen Preis gewonnen hat, aber er hat es schon wieder vergessen. Er dachte nur, dass es bestimmt wieder fünf Euro war oder so und hat nicht mal danach geschaut. Als er wieder ein neues Los kaufen wollte sah er beim Einloggen: Guthaben ,180 Millionen'. Rik fiel fast von seinem Stuhl. Er musste es mindestens dreimal lesen bevor es glauben konnte.

Rik versuchte gleich Anika anzurufen, aber sie war unerreichbar. Er nahm Kontakt auf mit der Lotterie und es wurde ihm bestätigt, dass er wirklich dieser Preis gewonnen hat. Sie waren nur erstaunt das niemanden sich für so einen Preis gemeldet hat. Rik musste sofort zum Lotteriezentrale kommen um die Überweisung auf seinem Konto durchzuführen.

Rik stieg sofort in seinem Auto und führ hin.

Er musste selber kommen, sich ausweisen und alles Notwendige zeigen, beweisen das er wirklich der Gewinner war. Als Rik wieder draußen stand guckte er ganz unwesentlich um sich herum.

Ist es dann wirklich wahr?

Rik versuchte, nochmals, Anika an zu rufen aber sie war immer noch nicht erreichbar. Rik war darüber sehr enttäuscht.

Er ist sofort zur Bank gefahren um alle Dokumenten für die Überweisung abzugeben und um nochmals zu kontrollieren ob es wirklich wahr ist. Am nächsten Tag müsste, laut der Bank, das Geld auf seinem Konto stehen. In aller Aufregung hat Rik die Dokumente in der Bank liegen lassen und vergessen.

Für seine Arbeit musste Rik wieder schnell weg und kam erst spät nach Hause. Anika schlief schon und sogar so fest das sie nicht bemerkte das Rik nach Hause gekommen war und bei ihr ins Bett stieg.

„Dann erzähle ich es ihr Morgenfrüh, gleich nachdem sie aufwacht."

Als Rik dann aufwacht ist Anika schon weg zur Arbeit.

Sie haben einander schon Tagen lang nicht gesehen oder sogar gesprochen. Rik schaut, im Internet, auf seinem Bankkonto und sieht, dass das Geld wirklich auf ihrem Konto steht.

Rik ruft Anika sofort an und will ihr über das Geld erzählen aber Anika sagt:

„Rik ich kann jetzt nicht reden, kann es warten bis später?"

Rik antwortet gelassen:

„In Ordnung, gut dann, dann ich komme dich gleich abholen, ich habe eine sehr große Überraschung für dich. Ich versuche es dir schon zwei Tagen zu erzählen."

„Das geht in Ordnung, ich warte auf dich, aber jetzt muss ich schnell weitermachen."

Ohne eine Reaktion von Rik abzuwarten verbricht sie die Verbindung schon.

Als Rik zu seinem Auto laufen will kommt Martin auf ihm zu:

„Hallo, bist du Rik? Ich bin Martin, ich bin zu Besuch bei Steve. Steve hat mir gefragt ob du einen Briefumschlag ins Büro bringen willst. Sie sind da sehr beschäftigt. Es hat ziemlich viel Eile und du willst jetzt bestimmt Anika abholen. Willst du das für mich tun?"

„Ja, beschäftigt sind die da sicher, das habe ich auch schon gemerkt. Geht in Ordnung, ich bin schon auf dem Weg ins Büro, gib es mir ich nehme es mit."

Sie gehen zusammen zur Wohnung von Steve.

„Bist du schon lange hier? Ich habe dich bis heute noch niemals gesehen."

„Nein, ich bin gestern erst eingetroffen"

In der Wohnung bietet Martin Rik eine Tasse Tee an.

„Rik ich habe gerade Tee gemacht, willst du auch eine Tasse?

Das ist schön. Das wir gute Nachbarn werden."

Der Tee steht sogar schon fertig. Rik hat im Moment gar keine Lust auf Tee, aber trinkt aus Höflichkeit seinen Tee aus und geht schnell weg.

Rik fand der Tee schon besonders süß, er mag das eigentlich nicht. Er steigt in seinem Auto und fährt schnell weg. Er bemerkt nicht mal, dass er keinen Briefumschlag mitbekommen hat.

Seine Gedanken sind nur bei dem gewonnenen Preis.

Auf der Autobahn fühlt er sich plötzlich nicht wohl und in diesem Moment bekommt er seinen Gedächtnisschwund.

Das ist der Grund das er nichts weiß von dem gewonnenen Preis, er kann es Anika nicht erzählen. Er weiß es nicht mehr und deshalb weiß Anika es auch nicht. Zuhause gibt es keine Dokumente davon, die hat Rik in der Bank vergessen. Sie sind sich nicht bewusst, dass sie so enorm reich sind und das ist der Grund das Rik und Anika nicht bestätigen können das sich alles um das große Geld dreht.

Sie wissen einfach nichts von ihrem enormen Reichtum.

Anika kennt die Internetbank Codes nicht, sie kümmerte sich nicht um die Bankgeschäften. Sie denkt nicht daran die Bankstände zu kontrollieren, das hatte sie noch nie gemacht, wieso sollte sie das dann jetzt machen?

Kapitel 11

Soraya und Carlos sprechen sich regelmäßig über Skype und besprechen die Resultate der Untersuchungen.

Carlos hat das Blut von Vincent, Felicia und Rik mit einander verglichen und festgestellt, dass alle drei die gleiche Werten in ihrem Blut haben.

Soraya macht eine Schlussfolgerung:

„Das Blut hat sich also definitiv mutiert und es hat jetzt schon drei Generationen diesen Resistenzfaktor. Es ist eine Methode, womit man viel erreichen könnte. Es sollte das Thema eins medizinischen Studiums sein um zu untersuchen ob man auf dieser Weiße das Blut mutieren und so Krankheiten bekämpfen kann."

Carlos ist ganz ihrer Meinung und sie fantasieren was alles möglich sein könnte, dass diese Idee eine sehr große Zukunft haben kann.

Sie müssen nur noch einen Sponsor finden.

„Was denkst du, wird Rik sein Gedächtnis zurückbekommen?" fragt Carlos.

„Ich fürchte nicht, es ist schon ein Wunder das er es überlebt hat. Der Resistenzfaktor hat irgendwie nicht optimal funktioniert, das Gift hat eine Schwachstelle gefunden, oder... die verabreichte Menge war sehr hoch. Eine kleine Hoffnung gibt es noch, das Gift ist ein lähmendes und nicht ein zerstörendes Gift."

Sie sind sich die gleichere Meinung aber haben Angst das sein Gedächtnis nicht zurückkehren wird.

Carlos fragt plötzlich an Soraya:

„Hast du keine Lust nach Madrid zu kommen um gemeinsam, hier, weiter zu machen mit der Untersuchung?"

Soraya erschreckt von dieser spontanen Frage und antwortet unsicher:

„Nun, das weiß ich nicht. Ich gehe nie weg von zuhause, ich will gar nicht weg. Ich habe Angst um zu reisen. Ich unternehme nie etwas. Lasst uns das nicht machen."

Carlos staunt über ihre Reaktion und sagt nur:

„Denke mal darüber nach."

Sie verbrechen die Verbindung und Carlos schaut Felicia erstaunt an.

„Es ist als hätte ich ihr beleidigt. Ich habe nicht um ein Verhältnis gefragt. Ich will nur zusammen arbeiten mit ihr.

Felicia schaut ihn an und sagt:

„Das war wirklich komisch. Es war wirklich so, als ob du etwas von ihr wollte."

„Sie hat auch nie die Webcam eingeschaltet, es ist als wäre sie schüchtern."

Felicia guckt bedenklich und sagt schließlich:

„Ich werde Vincent fragen was da los ist. Er weiß bestimmt mehr. Ich traue mich nicht Mama und Papa zu erzählen, dass du und Soraya nicht daran glauben, dass er sein Gedächtnis zurückbekommen wird."

Es ist fast ob Rik es spürt das Felicia und Carlos über ihn reden, denn genau in diesem Moment ruft er an.

„Hallo Felicia, ich bin dabei meinen kleinen Plan auszuarbeiten aber ich fragte mich ob Carlos schon etwas Neues zu erzählen hat."

Felicia erschreckt von seiner Frage und antwortet nicht sofort.

„Hallo? Felicia bist du noch da?"

„Ja, entschuldige, ich bin noch da. Wir sprachen gerade über dich. Ich sagte geradezu Carlos das ich mich nicht traue es dir zu erzählen als du anrief. Das erschrak mich."

„Was traust du mir nicht zu erzählen?"

„Es ist so, dass Carlos und Soraya nicht daran glauben das du dein Gedächtnis noch zurückbekommen wirst. Sie sehen keine Möglichkeiten, wieso oder wodurch es zurückkommen kann."

Es ist lange still an der anderen Seite der Verbindung und schließlich sagt Rik:

„Sie glauben es, es ist also nicht wissenschaftlich unterbaut?"

„Ja und nein. Es gibt keine Erklärung dafür es ist eine Vermutung."

„OK, in Ordnung, dann weiß ich Bescheid. Es ist also immer noch möglich, aber ich muss damit rechnen, dass es so bleibt. Schade, aber dann mach ich weiter mit meinem Plan.

Danke für deine Ehrlichkeit, wir sehen uns bestimmt schnell. Schöne Grüße an Carlos."

Rik verbricht die Verbindung und sitzt eine Weile still.

Welche Antwort hatte er eigentlich erwartet? Er weiß doch wie es ist! Nicht getrauert, weitergehen mit dem Plan und das Beste daraus machen. Rik nimmt seine Autoschlüssel und geht in die Stad. Er will ein wichtiges Geschenk für Anika kaufen. Dafür braucht er bestimmt schon einige Zeit.

Felicia sagt zu Carlos:

„So… der war doch noch ziemlich erschrocken, aber er bleibt hoffnungsvoll. Er will seinen Plan ausführen und das freut mich sehr. Papa war ziemlich depressiv geworden von den letzten blöden Bemerkungen von Steve. Das hat ihn hart getroffen und er wollte nichts mehr machen. Das ist gottseidank wieder vorbei."

Carlos schaut ihr nichtverstehend an, er hat scheinbar etwas nicht mitbekommen.

„Was meinst du damit? Was habe ich verpasst?"

Felicia erzählt Carlos was passiert ist.

Papa hatte schöne Plänen, dann kam Steve und machte wieder blöde Bemerkungen, und Papa war wieder komplett niedergeschlagen. Einige Tage später hat er aber zurückgeschlagen, ich weiß nicht wie oder was, nur das Mama sehr froh und dankbar darüber war. Jetzt ist alles wieder ganz in Ordnung."

Carlos fragt Felicia noch:

„Können wir ihm behilflich sein? Mit seinem Plan?"

„Nein, das will Papa alleine machen."

„Ich bin trotzdem der Meinung das wir helfen müssen, aber in einer anderen Weise. Dieser Steve ist ein gefährlicher Kerl, der wir im Auge behalten müssen. Dort müssen wir behilflich sein, aber ich weiß nur nicht wie."

Rik ist bereit, es kann losgehen. Er ist froh mit den Konzertkarten von Anika. Er ist der Meinung das sie endlich was anderes unternehmen müssen. Ganz entspannt und vor allem zusammen. Er freut sich total darauf. Alles ist vorbereitet. Er fühlt sich wie ein verliebter Teenager. Er ist total verliebt in Anika, er hat sogar Schmetterlingen in seinem Bauch und versteht jetzt wieso er sie damals, vor vielen Jahren, geheiratet hat.

Es fehlt ihm aber das Gefühl, das Erlebnis vom ersten Mal ausgehen und Anika für sich gewinnen. Das fehlt in seinem Gedächtnis, das gibt ihm ein unbefriedigendes Gefühl.

Das will er heute Abend ändern. Rik hat in einem sehr romantischen Restaurant einen Tisch reserviert. Er hat sogar ein Auto mit Chauffeur gemietet, so dass sie etwas trinken können.

Es ist so weit, es ist Samstagabend und es kann losgehen.

Anika kommt die Treppe herunter und Rik wird atemlos von was er sieht. Anika sieht wunderschön aus. Sie trägt ein atemberaubendes hautenges Kleid, mit dünnen Trägern über ihre Schulter. Das Kleid betont ihr Körper perfekt. Ihre Brüste werden auf atemberaubender Weiße betont und das Kleid passt perfekt um ihre Taille und Hüften. An ihre nackten Rücken kann er sehen, dass sie keinen BH trägt, das gibt das Kleid ein noch erotischer Akzent. Die Länge ist bis einer Handbreite über ihren Knien und ihre langen gebräunten Beine enden in eleganten Schuhen mit extremen High Heels.

Rik wird ganz still.

„Wow, du siehst hübsch aus, das Kleid passt dir perfekt und was hast du deine Haare schöngemacht. Du bist wirklich eine sehr schöne Frau, ich werde ganz still. Was bin ich einen Glückpilz."

Rik nimmt ihr Hand und dreht sie einige Male unter seiner hochgehaltenen Hand und bewundert sie von allen Seiten.

„Du siehst so schön aus, ich muss schnell einige Fotos machen. Bist du dir sicher, dass du kein Fotomodel bist?"

Anika wird ganz schüchtern von seinen Komplimenten, aber ist sehr froh damit. Rik hat sich glücklicherweise nichts geändert, er ist noch immer der charmante Mann auf wem sie sich damals verliebte. Auch Anika hat viele verliebte Gefühlen. Nicht dass sie ihm jemals weniger liebte, aber heute ist es anders, es ist wieder ganz neu.

Sie denkt:

„Komisch, ich fühle mich plötzlich frisch verliebt, aber es fühlt sehr gut."

Rik nimmt von Fotos von ihr von allen Seiten.

Dann reagiert Anika:

„So das reicht, du hast noch den ganzen Abend um nach mir zu schauen. Lasst uns gehen. Fährst du?"

„Oh, ich freue mich so auf diesen Abend. Ich bin ganz aufgeregt. Wenn ich dich so ansehe, wow, bist du eine schöne Frau, wie ein Körper und das Kleid, es passt dir so perfekt."

„Ja, ja, das weiß ich jetzt schon, du fährst also?"

Rik schaut sie an und sagt:

„Nein, ich fahre nicht, aber du auch nicht, vor allem nicht, wenn du so schön gekleidet bist. Das Auto steht schon bereit, ich habe ein Auto mit Chauffeur gemietet für heute Abend. Das schien mir besser.

Anika reagiert erstaunt:

So, du hast alles gut geregelt, ist vielleicht auch besser so."

Dann gehen sie endlich. Sie laufen fest umarmt die Tür hinaus.

Draußen wartet das Auto schon. Der Chauffeur öffnet die Türe für sie und beobachtet Anika zustimmend. Er ist glücklich, dass er heute Abend für dieses schöne Paar fahren darf. Rik braucht nichts zum Chauffeur zu sagen, er weiß wo er hinfahren muss. Rik hatte das ganze Abendprogramm schon gestern mit ihm besprochen, das schien Rik besser, dann hat er seine volle Aufmerksamkeit für Anika. Rik und Anika sind zusammen so in Gespräch, dass Anika nicht bemerkt wo sie hinfahren. Rik will sie küssen, aber wegen ihres Lippenstifts küsst er sie nur auf ihren Wangen.

„Guter Parfum hast du."

„Ja, das ist meine Favoriten, habe ich von dir bekommen."

„Oh, guter Geschmack habe ich, nicht?"

„Bestimmt." reagiert Anika und schaut ihm verliebt an.

Rik schmilzt weg als Anika ihn so verliebt anschaut.

Er säuft tief und ist total glücklich. Er fühlt sich im Moment so immens glücklich. Er vergisst für kurze Zeit seine Sorgen über seinen Gedächtnisschwund.

Dann treffen sie beim Restaurant ein. Der Chauffeur öffnet die Tür für Anika und hilft sie beim Aussteigen.

„Meine Komplimente."

„Danke." sagt Anika ein wenig erstaunt.

Sie schaut um sich herum zu sehen wo sie sind. Sie sind in Marbella und sind bei einem bekannten Restaurant am Meer.

Der Manager begrüßt sie äußerst freundlich und schaut zustimmend nach Anika. Er bringt sie zu einem romantischen Tisch direkt am Strand.

Anika denkt:

‚Es ist als Werden wir erwartet. Rik hat es gut organisiert, er hat gut gemacht.'

Es ist alles optimal, es ist schön warm, sie sitzen am Meer und genießen einen schönen Sonnenuntergang.

Sie bekommen ein Glas Champagner und sie genießen es alles.

„Rik es ist alles so schön, ich fühle mich total glücklich."

Rik ist auch glücklich und kann sich nicht mehr einhalten. Er wollte noch etwas warten aber er kann es nicht mehr vor sich halten. Er fängt an Anika zu erzählen über alles was passiert ist mit seinem Gedächtnisschwund und das er fürchtet das es nicht mehr zurückkommen wird. Sie müssen weiter, aber es fehlt ihm einige wichtige Momente in seinem Gefühl um einfach so weiter zu leben. Dieses ‚Fehlen' will er wieder ‚erleben' und das soll der Anfang von ihren ‚neuen' Leben sein.

„Liebe Anika, ich fühle mich wie ein verliebter Teenager. Ich bin total verliebt in dich. Ich liebe dich über alles. Für mein Gefühl kenne ich dich erst seit einigen Wochen, aber es fühlt so gut, dass ich bestimmt mit dir weiterleben will. Um es nach meinem Gefühl, eine wirkliche Grundlage zu geben, will ich dir etwas fragen."

Rik steht auf und geht vor Anika auf seinem Knie. Anika schaut ihn ganz erstaunt an und fragt sich was er da macht.

Rik nimmt aus seinen Tasche eine kleine Schachtel mit einem großen wirklich bezaubernden schönen Ring. Er nimmt den Ring und bietet es Anika an.

„Liebe Anika, willst du mich heiraten? Du würdest mich, noch einmal, den glücklichsten Mann der Welt machen."

Anika bekommt tränen in ihren Augen und sagt ohne jeglicher Zweifel oder zögern:

„Ja, natürlich will ich das. Was ein schöner Anfang. Natürlich will ich dich heiraten, was ein schöner Ring."

Rik schiebt der Ring an ihrem Finger und küsst sie dankbar auf ihren Lippen.

Rik setzt sich wieder auf seinem Platz und sie halten, verliebt einander Händen fest. Anika erzählt Rik das sie auch solche starken verliebten Gefühle hat. Als sie, wie ein verliebtes Paar dasitzt und verliebt mit einander reden, kommt der Manager auf ihnen zu und gibt sie einen Glas Champagner.

„Herzliche Glückwünschen und mit den besten Empfehlungen vom Haus."

Anika und Rik sind ganz überrascht mit dieser Geste, sie fühlten sich ganz auf sich und haben es gar nicht bemerkt, dass das ganze Restaurant alles mitbekommen hat. Das ganze Abendessend verläuft in prima Stimmung, genauso wie Rik es sich vorgestellt hat. Das Essen ist hervorragend und der Champagner schmeckt gut dazu.

Anika ist froh, dass sie ein Auto mit Chauffeur haben, so können sie sich ganz an ihren Gefühlen übergeben und die sind sehr gut.

Anika schaut stolz auf ihr neuer Ring:

„Es ist so ein schöner Ring. Hast du sie ganz alleine ausgesucht?"

„Ja, ich habe dich die letzten Tage studiert und festgestellt das es der perfektere Ring sein müsste. Es freut mich das er dir so gefällt."

Sie reden noch gemütlich über schöne und intime Sachen und küssen sich regelmäßig über den Tisch. Sie fühlen sich so glücklich, perfekt.

Dann kommt der Manager auf ihnen zu und teilt sie mit das es Zeit ist auf zu brechen um zum Konzert zu gehen. Die Zeit reicht noch für ein angekleidetes Kaffee, welcher schon gleich serviert wird.

Rik ist froh das er seinen Zeitplan mit dem Chauffeur besprochen hat, er war davon überzeugt, dass es ihm selber nicht gelingen würde, alles rechtzeitig zu machen. Er ist zu viel abgelenkt von Anika.

Beim Auto bekommt Anika einen großen Blumenstrauß. Blumen womit Rik Anika danken will für ihre Zusage nochmals mit ihm zu heiraten. Es ist ein grandioser Strauß mit roten und weisen Rosen.

Sie steigen ein und fahren zum ‚open air' Konzert von Enrique Iglesias.

Rik ist überglücklich das Anika ‚ja' gesagt hat und sie sieht, aus seiner Hinsicht überwältigend schön aus.

Ihre Ausstrahlung in ihrem Kleid ist so erotisch, es passt ihr wie eine zweite Haut. Er säuft tief vor Glück.

Er nimmt die Hand von Anika und drückt sie sanft, sie drückt als Reaktion auch seine Hand und schaut ihn verliebt an.

Die Fahrt dauert nicht lange. Sie fahren in die Bergen von Marbella hinein. Es ist als werden sie gegen eine Felswand fahren, aber die Straße endet kurz vor einem Amphitheater das in einer Felsenwand liegt. Vor dem Theater befindet sich, in einem Meer von Licht, der Eingang mit Bars und Restaurants.

Da sie mit einem Auto mit Chauffeur fahren werden Rik und Anika genau vor dem Eingang abgesetzt. Anika sieht blendend aus im Scheinwerferlicht. Ihr Kleid funkelt und leuchtet auf, durch al das Glitzermaterial das im Kleid verarbeitet ist. Rik schaut stolz nach Anika gibt ihr seinen Arm und begleitet sie herein.

Es ist ein kleines Theater. Es gibt nur 2500 Plätze, sehr klein im Vergleich zu den die Stadien wo Enrique normalerweise auftritt. Es ist das kleinste Publikum, vor dem er aufgetreten ist. Am Abend zuvor stand er vor ein Publikum, das zwanzig Fach grösser war.

Vor Anfang des Konzertes anfängt trinken sie noch gemütlich einen Glas Champagner.

Anika wird von vielen Leuten angeschaut und bekommt viele Komplimente. Irgendwie findet sie es ein wenig beschämend, aber es ist auch sehr schön so bewundert zu werden. Die Komplimente von Rik berühren ihr am Meisten. Sie fühlt sich total glücklich. Rik hält sie gut fest, er will sie keinen Moment loslassen. Sie laufen rund wie verliebte Teenager. Sie werden öfters angesprochen von Leuten die tun als ob sie sie kennen. Rik redet immer wieder mit diesen Leuten und später fragt Rik: „kennen wir sie?"

Jedes Mal schüttelt Anika unauffällig ihren Kopf.

Dann lautet das Signal, dass das Konzert anfangen wird. Sie gehen zu ihren Plätzen und das Konzert kann anfangen. Es ist ein schönes Konzert. Enrique mag es auch, er ist so nah am Publikum und es sind so wenig Leute. Er führt sogar Gespräche mit dem Publikum. Es ist einfach schön, gemütlich und gut.

Der Höhepunkt ist der Moment, dass allen denken das es zu Ende ist. Es wird mit einem riesigen Knall große Menge Konfetti in die Luft geschossen und es kommt wie einen Regenschauer wieder runter.

Enrique ist plötzlich vom Podium verschwunden. Allen schauen nach dem runter regenden Konfetti und fragen sich was weiter geschehen wird.

Ist das Konzert zu Ende oder kommt noch etwas?

Die Situation ist verwirrend.

Dann fängt der Musik wieder an zu spielen und steht Enrique mitten im Publikum, ganz nah an Rik und Anika. Er gibt Anika einen Handkuss und sagt zu ihr:

„Wow, que belleza."

Er gibt Rik eine Hand und fragt wo er herkommt. Er schaut Rik und Anika an und fragt ob sie zusammengehören.

„Glückpilz" sagt Enrique mit einem großen Grinsen.

In dem Moment spielt die Musik seinen größten Erfolg. Er singt direkt neben Anka und Rik stehend sein Lied ‚Hero'.

Rik ist tief beeindruckt, er bekommt Gänsehaut.

Das dieses Lied so direkt vor ihm ‚live' gesungen wird beeindruck ihm sehr, er wird sehr emotional. Er drückt Anika fest gegen sich. Mit ihren Köpfen gegeneinander gedrückt hören sie sich das Lied an.

Sie empfinden es als den absoluten Höhepunkt vom Konzert.

Es läuft ein kalter Schauer über Ricks Rücken, er wird plötzlich extrem emotional, die Tränen stehen in seinen Augen. Das ist schon das dritte Mal diesen Abend.

Kurze Zeit später ist das Konzert zu Ende und sie verlassen das Theater. Sie trinken noch etwas und gehen dann nach Hause. Sie gehen zum Ausgang und schon schnell fährt das Auto vor. Sie steigen ein und das Auto fährt weg. Es ist natürlich ein Chaos und schwierig um da weg zu fahren.
Unterwegs nach Hause hält das Auto noch einmal an, an einer sehr schönen Stelle am Strand direkt am Meer. Es ist wirklich atemberaubend.
Anika und Rik steigen aus und genießen der schönen Aussicht. Ein großer Mond scheint über das Meer.
Es ist wie ein Bild, ein Bild was man nicht zusammenstellen kann, es passiert heute Abend einfach so. Plötzlich steht der Chauffeur mit einem Glas Champagner vor Ihnen. Auch das hat Rik so geplant.
Mit dem Glas Champagner im Hand stehen sie, dicht neben einander und starren in ihren eigenen Gedanken vertieft, über das Meer.
Sie geben einander einen langen Kuss, trinken ihre Gläser aus und steigen wieder ein. Jetzt fahren sie wirklich nach Hause.

Als sie zuhause eintreffen ist es noch immer eine schöne warme Nacht. Sie stehen auf der Terrasse und schauen sich die Aussicht an. Rik schaut um sich hin und sieht das den Jacuzzi warm ist.
„Weist du worauf ich jetzt Lust habe? Ein herrliches entspannendes Bad in dem Jacuzzi. Was denkst du?"
Anika stimmt mit Rik ein.

„Wir stellen einige Kerzen auf dem Rand und machen das Licht aus. Der Mond und die Kerzen geben ausreichend Licht."

Rik knickt und sagt:

„Machst du die Kerzen an, dann hohle ich noch etwas zum Trinken."

Rik geht in die Küche und nimmt eine kühle Flasche Champagner und zwei Gläser. Anika stellt die Kerzen hin, zündet sie an und macht das Licht aus.

Sie ziehen ihre Kleider aus, was für Anika nur zwei Kleidungsstücken sind und steigen in dem herrlich warmen Wasser. Rik schaut bewundernd nach Anika wie sie in dem Jacuzzi steigt.

Er öffnet schnell die Flasche und gibt Anika ein Glas.

Das schmeckt hervorragend, der kühle Champagner, sitzend im warmen Wasser. Rik setzt sich hinter Anika, so dass sie zusammen von der Aussicht genießen können. Dieser Abend ist wirklich besonders, wie der große Mond auf das Meer scheint ist einzigartig. Sie sitzen ganz entspannt im Wasser und reden über den Abend und trinken gemütlich den kühlen Champagner.

Rik fängt an Anika leicht zu liebkosen und Anika streichelt seine Armen. Die Gefühle werden immer heftiger und sie fangen an sich zu küssen. Ihre Körper reagieren jetzt auch und sie können sich nicht mehr einhalten, es kommen viel mehr Gefühle nach oben. Anika dreht sich um und liegt jetzt oben auf Rik und küsst ihn leidenschaftlich. Rik kann sich auch nicht mehr beherrschen, sie machen leidenschaftlich Liebe.

Alle Emotionen von den letzten Wochen kommen frei. Rik sieht viel mehr Sternchen dann die im Himmel stehen.

Sie liegen noch einige Zeit im warmen Wasser und genießen voneinander, das warme Wasser und den Moment.

Am Horizont sehen sie schon die erste Morgendämmerung.

Das ist ein schöner Moment um ins Bett zu gehen bevor sie im Wasser einschlafen. Im Bett schlafen sie schon schnell, in ein anders Armen, in einem tiefen Schlaf ein.

Erst viel später wachen sie auf, als wachen sie aus einem Koma auf. Sie schauen einander an und Rik fragt ob er alles geträumt hat oder dass es wirklich so war.
Anika sagt:
„Nein, mein lieber Rik, es ist alles wirklich geschehen:
Anika legt sich auf Rik und fängt aufs Neue an liebe zu machen.
„He, was machst du jetzt? Das machst du normal nie."
„Nach der vergangenen Nacht schon."
Sie schlafen wieder ein, Anika noch immer auf Rik liegend.

Anika realisiert sich überhaupt nicht was Rik soeben gesagt hat. Die Bedeutung dringt noch nicht zu ihr durch.

Kapitel 12

Als Anika und Rik aufwachen, reden sie begeistert über das Konzert. Wie überraschend es war, dass Enrique plötzlich vor ihnen stand, einen Handkuss gab und auch noch ‚Hero' sang.

Rik sagt dann:

„Es war sehr spektakulär, es war so total anders wie damals, das Konzert mit Janet Jackson. Das Stadion war so groß, so unpersönlich. Mann musste ein kleiner Fleck auf dem Podium suchen."

Anika reagiert zuerst nichts ahnend:

„Ja, das war so, da hast du recht."

Dann kommt sie mit ihrem Oberkörper plötzlich hoch. Das mag Rik sehr, da sich noch immer nackt ist.

„Was sagt du da??? Was sagst du über das Konzert von damals?"

Sie setzt sich auf Rik und fragt ihm es zu wiederhohlen.

Anika nimmt sein Gesicht in ihren Händen und sagt:

„Weißt du was das bedeutet? Hast du dein Gedächtnis zurück oder hast du, in den Fotobüchern, etwas gelesen über das Konzert!"

Rik erzählt weiter über das Konzert und auch er realisiert sich langsam das er sein Gedächtnis wirklich zurückhat.

Anika durchlöchert ihn mit fragen. Rik kann ihr alle Antworten geben, er erinnert sich wirklich alles wieder!

Anika ist so begeistert und froh das sie ihn fest umarmt und anfängt ihn zu küssen, sie ist so glücklich das alles wieder gut ist mit ihm.

Was für eine Nacht war das, das Abendessen in dem schönen Restaurant, der Heiratsantrag, das wirklich gute Konzert, der Jacuzzi. Ihre Reaktion ist unvermeidlich, sich fängt wieder an mit Rik liebe zu machen.

Schließlich fragt Anika ihm was er sich erinnert über die Periode das er den Gedächtnisschwund hatte.

Er macht ein ernstes Gesicht und sagt dann:
Ich glaube, dass ich mich alles noch erinnern kann."
Das ist interessant, da es meistens anders ist.

„Ich habe gelesen, dass wenn man das Gedächtnis wieder zurückbekommst, man meistens nichts mehr weiß von der Periode das man den Gedächtnisschwund hat. Ich weiß aber alles noch auch, dass ich dich einen Heiratsantrag gemacht habe. Das weiß ich noch sehr gut."

Anika hat noch eine sehr wichtige Frage:
„Erinnerst du dich was passiert ist wodurch du dein Gedächtnis verloren hast?"

Mal gut nachdenken, ja ich weiß es wieder.

Ich wollte dich abholen von deinem Büro. Ich war schon beim Auto als Martin plötzlich neben mir stand. Er hatte eine Bitte.

Er bat mich, ob ich einen Briefumschlag mitnehmen konnte zu deinem Büro um es an Steve zu geben. Es war sehr wichtig und Steve bräuchte es dringendst. Der Briefumschlag lag noch bei ihm zuhause und er fragte mich mitzukommen um es abzuholen. Ich musste wohl mitgehen, aber ich kannte Martin eigentlich gar nicht aber er mich schon.

Nun ich darüber nachdenke, ich habe keinen Briefumschlag bekommen.

Bei ihm zuhause stand der Tee schon bereit, ich musste es schon austrinken. Es war eine Art von Bekanntmachungs- Getränk. Was macht man dann? Ich fand den Tee extrem süß. Nach dem ich den Tee getrunken hatte, schickte Martin mich schnell weg. Steve hatte viel Eile, sagte er noch. Während der Fahrt fühlte ich mich plötzlich unwohl und dann wusste ich plötzlich gar nichts mehr. Ich wusste nicht was ich machen sollte.

Du hast mich, mit deinem Anruf, gerettet. Ich musste reagieren und handeln und das hat mich wahrscheinlich ‚aufgewacht'."

Anika reagiert geschockt:

„Also die beiden sind schon schuld an deinem Gedächtnisschwund. Sie haben versucht dich zu ermorden und in Marokko war bestimmt auch kein Zufall aber eine bewusste Absicht dich da ‚los' zu werden."

Rik reagiert jetzt auch erschrocken:

„Ja, du hast recht. Es verlief alles sehr komisch, zum Glück hast du mir die Kamera mitgegeben. Was machen wir jetzt? Müssen wir zur Polizei gehen?"

„Das müssen wir mal in aller Ruhe besprechen. Ich nehme jetzt eine Dusche, dann habe ich Lust auf Kaffee."

Anika steht auf und geht ins Badezimmer. Rik liegt noch im Bett und überdenkt alles noch einmal, er hat das Gefühl das er etwas vergisst. Etwas sehr Wichtiges. Wieso wollte er an diesem Zeitpunkt nach Anika? Das macht er normalerweise nie am Vormittag.

Dann kommt er plötzlich hoch und ruft:

„Oh, oh, das habe ich dir noch gar nicht erzählt! Das konnte ich dir nie erzählen."

Anika fragt was er sagt, sie kann ihm unter der Dusche nicht verstehen.

Rik geht ins Badezimmer und sagt zu Anika:

„Ich habe dir nie erzählt wieso ich dich abholen wollte."

„Nein, das stimmt, gab es einen spezielleren Anlass?"

„Oh ja, der gab es. Ich versuchte dir schon den ganzen Tag, vor meinem Gedächtnisschwund, zu erzählen das wir den Jackpot gewonnen haben. Der Jackpot war extrem hoch, er war 180 Millionen Euro."

Anika starrt Rik erstaunt an.

„Was sagst du?"

„Wir sind reicher als reich. Es stehen 180 Millionen auf unser Bankkonto."

Anika steht da und starrt Rik fassungslos an, dann kommt ein großes Grinsen auf ihrem Gesicht. Sie will Rik festgreifen und ihm bei ihr unter den Duschen ziehen, aber Rik reagiert anders als sie erwartet.

„Nein, nein, jetzt nicht. Ich will zuerst in unser Bankkonto schauen ob es stimmt. Komm unter Dusche aus und schau es dich auch an."

Rik geht zum Computer und öffnet das Programm mit dem Bankkonto. Anika hat sich schnell abgetrocknet, angezogen und steht hinter ihm.

„Zeige es mir, wo steht es?"

Sie starrt auf dem Bildschirm und weiß nicht was zu sagen. Dort steht es, schwarz auf weiß.

Dann sagt sie endlich:

„Jetzt wissen wir auch das Motiv von Steve und Martin. Es handelt sich tatsächlich um das ‚große' Geld.

Aber… wie wussten Steve und Martin, dass wir diesen Preis gewonnen hatten?"

Rik schaut bedenklich und sagt:

„Ich habe es selber eigentlich ziemlich spät entdeckt. dass wir es gewonnen hatten. Erst als ich ein neues Loss kaufen wollte. Steve muss es irgendwie schon früher rausbekommen haben. Ich habe es am Tag vor meinem Gedächtnisschwund entdeckt. In der Zwischenzeit hat Steve schon zusammen mit Martin einen Plan ausgearbeitet."

„Ich denke, dass Steve dich aus dem Weg räumen wollte, dann mich trösten, oder was dann auch, und so über mich an das Geld zu kommen. Das erklärt wieso er plötzlich so lieb zu mir wurde. In Alicante hat er an einem Abend viel über unserem Privatleben gefragt. Er wollte wissen ob ich oder du das Internetbanking macht, ob ich die Bank-Codes kenne und so weiter und so fort. Er wusste in dem Moment schon längst, dass wir den Preis gewonnen haben und er versuchte raus zu bekommen ob ich es wusste.

Oh… was ist dieser Steve einen gemeinen Heuchler. Was machen wir jetzt?"

Rik sagt zu Anika:

„Das müssen wir uns ganz gut überlegen. Die zwei sind sehr gefährlich und zu allem im Stande, das wissen wir jetzt. Wir müssen unsere Kinder erzählen, dass ich mein Gedächtnis wiederhabe und…, dass wir so viel Geld gewonnen haben. Steve und Martin sagen wir zuerst noch nichts."

Anika und Rik gehen runter, trinken zuerst eine Tasse Kaffee und setzen sich auf der Terrasse.

Sie fühlen sich plötzlich total erschöpft.

Wie ist das nur möglich?!

Anika ruft die Kinder an und fragt ob sie diesen Nachmittag zu Besuch kommen können:

„Wir haben einige wichtige Neuigkeiten für euch. Es wissen jetzt wie alles zusammen passt. Es ist wichtig das ihr kommt, nimmst du Carlos auch mit? Er ist bestimmt bei dir zu besuch."

Vincent und Felicia sagen zu.

Vincent lässt alles fallen, steigt in seinem Auto und ist schon unterwegs.

„Wenn Mama so anruft, dann ist es wirklich wichtig."

Felicia schaut Carlos erstaunt an und erzählt ihm das ihre Mutter etwas Wichtiges zu erzählen hat, dass sie sofort dort hinfahren müssen.

„Mama ging davon aus, dass, du bei mir bist, wieso weiß ich nicht, aber in jedem Fall musst du auch mitkommen. Es wird dich bestimmt interessieren. Neugierig?"

Carlos sieht ihr erstaunt an und reagiert:

„Natürlich bin ich neugierig. Ich bin froh das sie mich zur Familie rechnet, worauf warten wir noch?"

Carlos steht schon mit seinem Autoschlüssel in der Hand und will sofort gehen.

Schon schnell stehen die Kinder vor der Tür.

Anika guckt ganz erstaunt und sagt:

„So das habt ihr schnell gemacht. Schön das ihr da seid, wir haben sehr gute und sehr große Neuigkeiten."

„Wenn du auf dieser Weiße anrufst, muss was los sein, aber es ist schon Nachmittag, so wir mussten uns schon beeilen."

„Ja, das stimmt wir sind etwas spät dran Heute. Es war eine Nacht um nie zu vergessen, so schön"

Felicia schaut ihre Mutter mal richtig gut an, und sie denkt etwas Albernes zu sagen:

„Mama, du strahlst, erzähl mir, was ist los? Wirst du heiraten oder so etwas?"

Anika reagiert total überrascht:

„Wie weißt du das? Ja, das ist eine der Neuigkeiten."

Die Kinder schauen einander überrascht an und fragen sich was hier los ist.

„Es war gestern Abend und letzte Nacht so schön und gemütlich. Wir haben es so genossen. Zuerst ein Abendessen am Meer in Marbella. Die Stimmung war perfekt, dein Vater hat alles gemacht um es zu einem Erlebnis zu machen. Nach dem Champagnercocktail hat er mich gefragt ihn zu Heiraten.

Sein Standpunkt ist, dass wen er sich nichts erinnert, wir aufs Neue anfangen müssen, und das ist laut seiner Meinung mit einem Heiratsantrag. Er hat mich, auf einem Knie gefragt und diesen schönen Ring geschenkt."

Anika zeigt, stolz ihren Ring. Die Kinder bewundern ihn und finden ihn sehr schön. Anika erzählt schnell weiter.

Sie erzählt über das Konzert und Enrique der neben ihnen Hero gesungen hat. Das war so beeindruckend. Über das Champagner trinken am Meer. Eine zensurierte Ausführung über den Jacuzzi mit Aussicht auf das Meer, der Mond die Sterne.

In einem Wort alles war ‚Impressionante'!"

Felicia ist total froh für ihre Mutter und umarmt sie emotional um sie zu gratulieren.
„Wie schön das ihr so ein Abend hatte, ich wünsche euch alles Gute und eine schöne zweite Ehe zusammen."
Anika ist froh über die Begeisterung ihrer Tochter aber sagt schnell:
„Ja, aber das ist nicht den Grund wieso wir euch gerufen haben. Heute Morgen kam die größte Überraschung. Als wir aufwachten, fing dein Vater an zu erzählen über das Konzert von Janet Jackson von damals und es zu vergleichen mit dem Konzert von Enrique von gestern Abend.
Felicia und Vincent warten auf was weiterkommt und schauen mit einem Blick in ihren Augen von, „ja und?"
Sie realisieren sich noch nicht was es zu bedeuten hat und schauen ihre Mutter fragend an.

In diesem Moment kommt Rik dazu und sagt:
„Das bedeutet: Ich habe mein Gedächtnis zurück.

Ich weiß wieder… wer ich bin"

Kapitel 13

Diese Mitteilung schlägt ein wie eine Bombe.

Alle fangen an, gleichzeitig zu reden und stellen viele Fragen. Carlos will Rik gleich untersuchen. Er macht einige Teste und schaut ob alles wirklich in Ordnung ist.

„Es sieht aus, dass alles bestens ist. Für mein Studium-Projekt will ich weitgehende Teste, Untersuchungen und Scans durchführen. Ich will die Hirnscans wiederhohlen um zu vergleichen mit den früheren. Vielleicht finde ich etwas."

Rik ist froh über das Ergebnis der Teste von Carlos. Carlos fragt ob er sich erinnern kann was kurz vor seinem Gedächtnisschwunde passiert ist.

„Ja, ich weiß es ganz genau. Ich war kurz zu Besuch bei Martin. Ich musste von ihm einen Briefumschlag mitnehmen ins Büro. Ich bekam eine Tasse Tee und kurze Zeit später hatte ich mein Gedächtnis verloren."

„Martin war es also doch. Es ist genauso, wie Soraya umschrieben hat. Es war genau sine Methode."

Felicia hört sich alles in stille an und fragt plötzlich:

„Ja alles schön und gut, aber was ist das Motiv? Weißt ihr das schon?"

Anika und Rik schauen einander an und Rik fängt an zu erzählen:

„Ja, das haben wir inzwischen auch rausgefunden. Es ist genau das was Soraya vom Anfang an schon vermutete. Das Motiv wofür Steve und Martin zusammen in Aktion kommen. Es stimmt, ich hatte es nur vergessen durch meinen Gedächtnisschwund. Anika wusste sogar noch nichts davon. Ich konnte es ihr auch nicht erzählen, da sie dauernd in Besprechungen war und deshalb einfach keine Zeit für mich hatte. Als ich es ihr erzählen wollte hatte sie keine Zeit, als ich spät nach Hause kam war sie schon in einem tiefen Schlaf. Als ich dann aufwachte war sie schon wieder weg zur Arbeit. Am nächsten Tag wollte ich es ihr endlich erzählen, aber nicht übers Telefon. Ich machte mich auf dem Weg zu ihr Büro aber wurde abgefangen von Martin und er versuchte mich zu ermorden. Ich bekam meinen Gedächtnisschwund und ich konnte es Anika nicht mehr erzählen."

Felicia wird ganz unruhig und neugierig:

„Das wissen wir ja, aber erzähl jetzt endlich was es ist."

Rik erzählt weiter:

„Ich entdeckte, ganz zufällig, als ich ein neues Loss kaufen wollte, dass ich einen Preis gewonnen habe. Ich sah meinen Guthaben und viel fast in Ohnmacht. So ein Preis gewonnen und Anika war nicht erreichbar! Ich bin schnellstens zum Lotteriebüro gefahren und habe nachgefragt. Dort wurde es mir bestätigt und ich bekam alle Dokumente für die Überweisung. Ich bin gleich zur Bank gegangen und habe die Überweisung ausgeführt. In meiner Aufregung habe ich alle Dokumente in der Bank vergessen, deshalb hat Anika es nie entdeckt. Ich versuchte dauernd Anika an zu rufen aber sie konnte nicht mit mir reden. Dann musste ich weg und wir haben uns gar nicht gesehen. Am nächsten Morgen habe ich zuerst kontrolliert ob das Geld tatsächlich auf unserem Konto stand.

Ich habe Anika angerufen und gesagt das ich mit einer großen Überraschung zu ihr kommen würde und sie unbedingt sprechen wollte."

Anika macht weiter:

„Ja, ich war sehr gespannt, weil Rik so etwas nie macht. Leider kam Rik nicht und ich habe ihn dann angerufen. Ich erschrak mich fast zu Tode über was dann alles geschah."

Vincent nickt verständnisvoll:

„Das kann ich mir denken, aber was ist der Preis? Worüber Papa so sehr überrascht war?"

Rik setzt sich gerade auf und erzählt die Höhe des Preises:

„Es war der Jackpot und der war 180 Millionen!"

Sie sitzen alle drei, rührungslos mit offenem Mund und starren vor sich hin und versuchen es zu kapieren.

Felicia reagiert endlich:

„Was??? Wie viel??? Wow das kann nicht wahr sein."

Vincent meint:

„Ja, das kann man das 'große' Geld nennen. Jetzt wissen wir das Motiv für das tödliche Duo."

Felicia schaut plötzlich ängstlich aus ihren Augen und sagt:

‚Ja, aber wenn das ihr Motiv ist, dann werden sie es nicht schnell aufgeben. Sie sind sogar bereit dafür zu morden. Wieso Papa ermorden, was bringt das?"

Anika reagiert:

„Wir vermuten das Martin Papa töten musste und dann würde Steve mich trösten, auffangen und so weiter und so an meinem Geld rankommen. Es erklärt wieso Steve in letzter Zeit so tut als wäre ich seine Freundin und Geliebter. Er wollte zuerst nie etwas zu tun haben mit mir, im Gegenteil. Agnes war sein ‚Mädchen'. Nach dem Gedankenverlust war er plötzlich so lieb und freundlich zu mir und erzählte allen, dass wir ein Verhältnis haben. Sogar zu Papa erzählte er dauernd das wir Geliebten sind und ein ernsthafter Verhältnis haben. Papa wurde total unsicher davon. Steve empfiehl mir mit Papa zu brechen, es war der perfektere Anlass es jetzt zu tun. Wir konnten Papa alle weiß machen, er würde doch alles glauben."

"Wow, was eine Offenbarung und was für eine Wendung von alles. Was machen wir jetzt? Eigentlich können wir nichts machen, wir haben keine Beweise. Die Polizei glaubt uns nie. Das ist natürlich auch der Grund das er nicht ins Krankenhaus gehen dürfte, dass Martin alle ‚Untersuchungen' selber ausgeführt hat. Wir müssen sie, wie dann auch, aufhalten und an die Polizei ausliefern. Es darf nicht weitergehen. Sie dürfen nicht ohne Strafe davonlaufen," ist die Meinung von Vincent.

Felicia ist seiner Meinung aber hat Angst.

„Sie sind sehr intelligent und rücksichtslos. Sie haben schon drei Mal versucht Papa aus dem Weg zu räumen."

Vincent reagiert geschockt:

„Was? Schon drei Mal?"

Anika erklärt es ihm:

„Das erste Mal mit dem Tee, danach in Marokko und letzte Woche eine Tasse giftiger Kaffee. Papa erkannte die Methode, die Soraya ihm umschrieben hatte und konnte verhindern den Kaffee zu trinken."

„Das erzählst du uns erst jetzt. Das wusste ich nicht. Ich bin der Meinung das Papa schnellstens weg muss von hier."

Felicia ist ganz seiner Meinung. Sie beraten sich noch lange Zeit. Sie sind sich einig dass es ein guter Plan geben muss.

Dann sagt Anika schließlich:

„Ich kann auf seinen Leibeserklärungen eingehen und auf diese Weiße eine Falle stellen."

„Nein, Mama, das darfst du nicht machen. Du weißt wie gefährlich sie sind." reagiert Felicia schockiert.

Anika reagiert aber ganz anders:

„Papa ist in Gefahr, nicht ich, er braucht mich. Wir kennen ihre Arbeitsweise und sie sind nicht informiert über Papa sein Gedächtnis, das ist unser Vorteil. Wir müssen sie eine Falle aufstellen, wie weiß ich noch nicht."

Carlos ist ganz ihrer Meinung und schlägt vor, Rik mitzunehmen nach Madrid. Er kann Rik nochmals gründlich untersuchen und feststellen was sich alles geändert hat.

Er will genau wissen was letzte Nacht alles passiert ist. An Hand seinen Bericht kann er vielleicht eine Analyse machen was diese Änderung ausgelöst hat.

Anika und Rik schauen einander bedenklich an und sind nicht so begeistert darüber. Müssen sie alles erzählen?

„Nur unter der Schweigepflicht eines Arztes."

Carlos schaut sie etwas verwundert an, er versteht nicht was er davon halten soll, aber Rik sagt:

„Das besprechen wir später. Wann soll ich kommen?"

„Eigentlich gleich."

Dan mischt sich Vincent in der Diskussion:

„Vielleicht wäre es einen guten Gedanken um auch Soraya einzubeziehen und sie nach Madrid einzuladen! Sie hat vielleicht noch einige gute Vorschläge oder noch etwas Wissenswertes über Martin."

Carlos ist begeistert über seinen Vorschlag.

Vincent denkt natürlich vor allem an Paul. Er hofft, dass wenn Soraya in Madrid ist, er sie in Kontakt bringen kann mit Paul.

„Das ist ein guter Vorschlag, das werde ich Soraya vorstellen. Sie muss es auch wissen und untersuchen. Ich will sie ganz eng einbeziehen in dieser Untersuchung, aber sie ist ziemlich zurückhaltend."

Sie verabreden am Montag nach Madrid zu fahren. Rik fährt mit seinem Auto. Er freut sich schon darauf, es ist bestimmt eine schöne Fahrt. Anika ist einverstanden, dass Rik mit dem Auto fährt das passt gut in ihr Plan. Felicia guckt ihre Mutter an und sieht an ihrem Gesicht, das sie schon ein Plan am Ausbruten ist.

„Sei vorsichtig Mama, sie sind gefährlich. Soll ich in deiner Nähe bleiben um zu helfen?"

Anika reagiert abweisend:

„Es wird alles gut. Ich melde mich Montag und Dienstag Krank und werde am Mittwoch, total hoffnungslos und in Panik ins Büro stürmen. Dann fängt das Spiel an. Kommt ihr allen am nächsten Wochenende wieder hierher? Nimmt Soraya auch mit, sie kann bestimmt behilflich sein."

Sie schauen sich allen an und nicken zustimmend.

Anika erklärt in großen Zügen was ihr Plan ist. Die Anderen stimmen zu, es müsste eigentlich schon klappen.

„Vielleich könntet ihr Soraya fragen was die Schwachstelle von den beiden ist. Etwas was sie nicht ertragen oder womit sie bestimmt nicht rechnen."

Kapitel 14

Am Montagmorgen fahren allen nach Madrid.

In Madrid will Carlos schnell einige Tests mit Rik durchführen und einige Untersuchungen wiederhohlen um es zu vergleichen mit früheren Befunden, von kurz nach dem Gedächtnisschwund.

Er will außerdem genau wissen was an diesem Abend alles geschehen ist, was der Rückkehr seines Gedächtnisses so beeinflusst haben kann. Carlos will alles festlegen in einem Protokoll, was er dann nützen kann für sein Projekt.

Anika ist auch mitgereist und wird am Dienstagabend mit dem Schnellzug wieder nach Hause fahren. Sie hat sich am Montagmorgen früh schon krankgemeldet. Das hat sei bei Agnes gemacht. Anika hat Agnes um Hilfe gebeten. Ein wenig Unterstützung und Schutz kann sie bestimmt schon brauchen. Steve kann sehr unberechenbar sein.

Agnes verspricht Anika ihre Krankmeldung an Steve weiterzuleiten.

Am Montag hat Carlos ein langes Gespräch mit Anika und Rik. Carlos will alles wissen über den Abend und die Nacht, er will jedes einzelne Detail hören.

Anika und Rik sind hierüber nicht so begeistert. Carlos erklärt sie wie wichtig es ist für sein Projekt und fleht sie an alles zu erzählen.

Rik verlangt von Carlos absolute Geheimhaltung, er will nicht das jemanden etwas zu hören bekommt über was sie alles gemacht haben diese Nacht.

Carlos verspricht Geheimhaltung bei seinem ‚medizinischen Eid', die er noch gar nicht abgelegt hat.

„Auch nicht an Felicia."

„Nein, auch nicht an Felicia."

Carlos staunt sehr über das Verhalten von Anika und Rik, aber in Bezug auf seinem Projekt sagt er alles zu was sie von ihm verlangen.

Rik und Anika erzählen ihm, zusammen, alles was sie diesen Abend und Nacht so alles erlebt haben mit allen kleinen und großen Einzelheiten.

Carlos ist nach das anhören ganz still und starrt sie lange, schweigend an.

„Ich denke das die sehr starke emotionale Erlebnissen in Zusammenhang mit der emotionalen Entlastung und die totale Entspannung sehr wichtige Aspekten waren im Ganzen verfahren. Das könnte der Faktor gewesen sein um das letzte Teil der Lähmung im Gehirn aufzuheben. Ich werde es sehr sorgfältig aufbewahren.

Wow, wie eine Nacht, Glückwünsche. Gott sei Dank ist jetzt alles wieder normal.

Morgen machen wir noch einen Scan und die anderen Untersuchungen."

Vincent hat zusammen mit Ria organisiert das Soraya nach Madrid fliegen wird. Carlos rief Soraya am Montagvormittag schon an und erzählte ihr über die Neuigkeiten von Rik.

„Soraya, Rik hat sein Gedächtnis zurück. Er hatte sehr starke, emotionalen Erlebnisse und am nächsten Morgen hatte er sein Gedächtnis zurück. Morgen werde ich ihm untersuchen in der Uniklinik. Kannst du hierher kommen um mir zu helfen und zu untersuchen was geschehen ist? Es lohnt sich wirklich die Mühe. Ich werde Vincent fragen deinen Flug zu buchen. Ich rechne auf dich, bis Morgen."

Carlos verbricht die Leitung schon bevor Soraya reagieren kann.

Vincent steht neben Carlos und sagt:

„Perfekt, das hast du gut gemacht, nur auf dieser Weise haben wir eine Chance das sie kommen wird. Ich habe Ria schon gefragt einen Flug für sie zu buchen. Ria wird jetzt Soraya anrufen und ihr erzählen, dass sie morgen ganz früh sie zum Flughafen bringen wird."

Soraya starrt ganz erstaunt zum Telefon und sagt halblaut:

„Was war das? Was werde ich machen? Rik hat sein Gedächtnis zurück und ich fliege nach Madrid?"

Bevor sie weiter denken kann klingelt das Telefon schon wieder.

„Hallo Soraya, Ria am Telefon. Ich habe dein Flugticket hier in meinem Büro liegen. Ich habe auch schon deinen Boardingpass ausgedruckt. Ich komme morgen schon früh zu dir und bringe dich zum Flughafen. Geht das in Ordnung?"

Soraya weiß nicht was alles mit ihr passiert, es geht alles so schnell.

„Ja, aber wieso weißt du das schon? Ich weiß es selber erst einige Minuten. Was ist hier los?"

Ria rechnete schon mit ihrer Reaktion und antwortet ganz ruhig:

„Vincent und Carlos finden die Entwicklungen so wichtig, dass sie alles schon geplant haben. Es ist alles in Ordnung und ich mache es gerne. Also sehe ich dich Morgenfrüh. Nimm schöne und leichte Kleidung mit es ist warm in Madrid."

Soraya antwortet etwas überwältigt:

„Ja, das geht in Ordnung und ja das werde ich machen. Ich muss dann jetzt mein Köfferchen einpacken."

„Schön, mach das, tschüss."

Ria ist froh das es geklappt hat und ruft gleich Vincent an:

„Vincent, es hat geklappt, sie kommt. Sie war etwas überwältigt und überrascht, aber ich werde sie Morgenfrüh abholen und ich bringe sie persönlich zum Flughafen. Ich habe hier alle Dokumente fertig und ich werde sie bis zum ‚Gepäck-Drop-off' begleiten."

Vincent ist froh, dass es geklappt hat und dankt Ria ausführlich für ihre Mühe.

Er schaut Carlos an und sagt zu ihm:
„Soraya kommt."
„Super, das ist eine gute Nachricht."

Vincent steht auf und geht in ein anderes Zimmer, wo er ungestört telefonieren kann.
„Jetzt muss ich noch jemanden hierher bekommen."
Vincent ruft schnell Ria nochmals an, die schon auf seinem Anruf wartet.
„Ria, nun müssen wir das zweite Teil in den Wegen leiten."
„Ja, ich weiß. Ich habe schon etwas vorbereitet. Du bist im Moment doch auch schon in Madrid?"
„Ja, das stimmt, erzähl mir was du gedacht hast."
Ria erklärt ihm ausführlich was sie ausgedacht und schon organisiert hat. Vincent ist erstaunt und fast es zusammen um sicher zu sein, dass er es wirklich gut verstanden hat:
„Also ich bin hier in Madrid bei einer wichtigen Kunde und brauche ‚plötzlich und dringend' Unterstützung von Paul, da es um ein landesweites Projekt handelt statt ein Regionales?"
„Genau, weißt du einen anderen Grund, weshalb Paul sofort irgendwo hingeht?"
„Nein, du hast recht, so muss es funktionieren."
Dann sagt Ria zum Schluss:
„Paul trifft kurz nach zwölf Uhr in Madrid ein, kannst du ihn vom Flughafen abholen?"
Vincent reagiert erstaunt:
„Du meinst… alles ist schon in den Wegen geleitet?"
Ria antwortet ganz zufrieden:
„Na klar, was denkst du. Ich habe alles schon bestätigt und gebucht, jetzt musst du den Rest machen."
Ria verbricht die Leitung und schaut zufrieden vor sich hin und denkt:

‚Natürlich muss ich alles machen, ich kann doch nicht abwarten bis einer von den beiden eine Antwort gibt. Man muss es einfach festlegen und sie dahin schicken.'

Ria murmelt vor sich hin:

„Großartig, wenn alles so klappt. Das ist erst eine schöne Arbeit. Jetzt nur hoffen, dass es noch funkt zwischen den beiden."

Am nächsten Morgen trifft Soraya schon früh in Madrid ein. Carlos holt sie ab. Trotz ihrer vielen Skype-Kontakten weiß Carlos kaum wie sie aussieht. Sie hat immer die Kamera ausgeschaltet. Ria hat ihm ein Foto von Soraya zugemailt, so kann er sie schnell erkennen. Sie finden einander schon schnell und die Begrüßung ist sehr herzlich. Carlos und Soraya fahren zu der Wohnung seiner Eltern, wo Rik und Anika schon warten. Endlich kann Soraya Rik kennenlernen. Sie hat schon viel geholfen mit den Untersuchungen, aber Rik noch nie gesprochen oder gesehen. Sie ist der Meinung das Rik gut aussieht.

Sie sagt erleichtert:

„Gott sei Dank, endlich ein Opfer von Maarten, der noch gut aussieht. Du weißt nicht halb wie viel Glück du hast."

Nach gemütlich Kaffee trinken gehen sie zur Uni und machen einige Untersuchungen. Sie sehen sich die Scans an und sehen tatsächlich einen kleinen Unterschied.

Carlos sagt dazu:

„Ich meine, dass an dieser Stelle die Betäubung gewesen ist, die das Gedächtnis blockiert hat.

Soraya reagiert begeistert:

„Das ist wirklich einen Durchbruch, eine Wendung, das müssen wir wirklich gut studieren. Hierauf muss das Projekt aufgebaut werden."

Carlos ist ganz ihrer Meinung, aber guckt plötzlich düster.

Soraya fragt ihm was plötzlich los ist:

„Was ist los, wieso schaust du jetzt so düster?"

„Ich bin sehr begeistert von diesem Projekt, aber wie finanzieren wir es?"

Rik folgt das Gespräch zwischen Carlos und Soraya und schaut Anika fragend an. Anika versteht was er meint und nickt, dass sie damit einverstanden ist. Rik sagt dann:

„Ich glaube das wir dabei behilflich sein können. Ich weiß nicht was dazu notwendig ist und wie ihr es euch denkt aber wir möchten dieses Projekt gerne finanziell unterstützen. Ihr musst einen Plan aufstellen mit einem dazu gehörenden Kostenvorschlag, dann können wir bestimmt behilflich sein."

„Ich bin ganz Rik´s seiner Meinung, aber ihr beide musst es zusammen machen. Soraya muss mitmachen."

Soraya schaut was bedenklich und fragt sich ob sie das eigentlich will.

„Darüber muss ich nachdenken. Ich bin mir da noch nicht so sicher. Vielleicht schon, aber ich will darüber noch nachdenken."

„Das geht in Ordnung, stell die Pläne auf Papier, dann sprechen wir noch darüber. Ihr kennt unser Angebot."

Zum Mittagessen kommen allen in die Wohnung von Carlos seiner Eltern. Seine Mutter hat schon das Mittagessen vorbereitet. Soraya und Anika spazieren zusammen durch den Garten, es ist eigentlich schon sofort eine Freundschaft entstanden. Sie reden über vieles und Soraya fragt wie es jetzt weitergehen soll, was sie machen werden.

„Rik hat schon sein Gedächtnis zurück, aber damit sind die Probleme noch nicht gelöst. Wie geht ihr damit um? Geht ihr zur Polizei?"

Anika erzählt ihr was ihr Plan ist. Soraya schaut ihr überrascht und besorgt an:

„Aua, das ist ein riskanter Plan. Du musst wirklich gut aufpassen bei die zwei."

Soraya fragt Anika nach viele Einzelheiten und sagt schließlich:

„Es könnte klappen, es ist riskant, aber hier auf sind sie nicht bedacht. Deshalb könnte es klappen. Ich will schon noch unter vier Augen mit dir reden, um dir so viel wie möglich über Maarten auf zu klären, seine Schwachstellen und ähnliches."

Soraya fragt Carlos ob sie irgendwo, ungestört, mit Anika reden kann.

Carlos bringt sie zum Arbeitszimmer seines Vaters. Soraya und Anika gehen ins Zimmer hinein und schließen die Tür hinter sich. Es wird ein langes Gespräch. Die anderen sind im Garten und trinken kühle Getränke. Es ist warm und sonnig. Schließlich kommen Anika und Soraya wieder zurück in den Garten. Sie haben großen Spaß mit einander. Sie sind schon schnell beste Freundinnen geworden.

Sie gehen auf Rik zu und Soraya erzählt ihm:

„Anika hat einen sehr guten Plan aufgestellt, es ist riskant, aber nun ich ihr kenne gelernt habe, bin voller Vertrauen das es klappen müsste. Du musst genau machen was sie von dir verlangt, es ist wesentlich für den Erfolg ihres Plans."

Anika reagiert:

„Ja, aber du hast mir sehr wertvolle Informationen gegeben. Ich weiß jetzt worauf ich achten muss, was die Schwachstellen sind, vor allem bei Martin. Das war wichtig um zu hören, ich bin Soraya so dankbar für ihre Informationen."

„Sicher, aber sei vorsichtig, sie sind wirklich gefährlich."

Die Mutter von Carlos hat im Garten, unter einem großen Baum, einen großen Tisch aufgestellt und gedeckt. Es ist einen herrlicher kühleren Platz für das Mittagessen. Sie hat ein richtiges authentisches spanisches Essen zubereitet.

Soraya und Anika möchten zuerst ein Glas kühler Weißwein. Sie haben Durst bekommen vom Vielen reden. Sie toasten auf dem Erfolg des Planes.

Während allen gemütlich trinken und reden, kommen plötzlich Vincent und Paul im Garten rein spaziert.

Niemanden hat es bemerkt.

Paul ist erstaunt und fragt sich wieso sie hier sind, es ist nicht das erwartete Geschäftsbüro und fragt Vincent was es zu bedeuten hat.

„Was machen wir hier Vincent? Sind wir hier an der richtigen Stelle?"

Im Moment, dass er die Fragen an Vincent stellt, schaut er mal richtig rund, sieht Rik und Anika und er sieht neben Anika jemanden sitzen, die ihm seinen Atem anhalten lässt.

Sieht er das richtig?

„Du, Vincent, sehe ich das richtig? Ist das…?"

Vincent flüstert ihm zu:

„Ja, sie ist es wirklich!"

Paul schaut nochmals gut hin und fängt an zu strahlen. Er sagt ganz leise:

„Soraya, sie ist es tatsächlich, was sieht sie gut aus!"

Im gleichen Moment schaut Soraya in Richtung die gerade eingetroffenen Gäste und glaubt ihre Augen nicht. Sie schaut ganz erstaunt, wer sieht sie dort? Ist es wirklich wahr? Dann fangt sie an zu strahlen, die Tränen rinnen über ihre Wangen.

Sie murmelt verwundert:

„Paul? Bist du es? Wie ist das nur möglich?"

Sie springt auf. Ihr Stuhl stürzt nach hinten, sie rennt auf Paul zu und fliegt ihn um seinen Hals. Allen schauen überrascht zu den beiden. Was ist hier los, was passiert hier?

Paul und Soraya stellen sich vor einander auf, halten die Händen und schauen einander mal richtig an.

Soraya sagt endlich:

„Paul bist du es wirklich? Was machst du hier?"

Paul antwortet ganz erfreut:

„Ja, meine liebe Soraya, ich bin es wirklich. Endlich."

Dann umarmen sie sich wie alte Geliebten die einander lange nicht gesehen haben. Es ist deutlich, dass damals in Indonesien etwas mehr los war zwischen den beiden. Sie waren mehr als ,nur' Bekannten, das ist schon klar. Was niemanden wusste ist das sie damals schon Geliebten waren.

„Lieber Schatz, ich habe dich nie vergessen, ich habe immer auf dich gewartet."

Soraya antwortet:

„Ich auch, ich konnte dich nicht vergessen, ich wollte nur dich, sonst niemanden, ich habe immer die Hoffnung gehabt dich wieder zu sehen. Oh, mein lieber Paul, ich war so tief traurig, dass ich so plötzlich das Land verlassen musste. Meine Welt brach völlig zusammen. Die viele Gerichtsverhandlungen beschlagnahmten al meiner Zeit. Ich durfte mit niemanden Kontakt haben. Maarten gab mir den Schuld von allem was passiert ist, ich hätte ihn ‚gezwungen' zu alles was er und Steven verbrochen haben. Ich war der Schuldige und nicht er. Ich habe hart gekämpft, es waren sehr schwierige und erniedrigende Verhandlungen. Gott sei Dank bin ich freigesprochen worden. Nach al die Verhandlungen wollte ich mich scheiden lassen von Maarten. Es war eine schmutzige Trennung, und wieder beschuldigte Maarten mich von alles, ich war der Schuldige nicht er.

Es war eine elende und erniedrigende Zeit für mich. Was Maarten mich alles angetan hat...

Er zeigte mir seine schlechteste und gemeinste Seite.

Ich hasse diesen Mann so sehr...

Als dann endlich alles vorbei war musste ich mich verstecken, ich hatte Angst für seine Rache. Ich habe bis zu zweimal meinen Namen geändert. Ich war jahrelang schwer depressiv und habe ein zurückgezogenes Leben geführt, ich hatte Angst auf zu fallen, wodurch Maarten mich wiederfinden konnte. Schließlich habe ich mich wieder erholt, habe viel an dir gedacht, aber traute mich nicht dich zu suchen. Ich wollte die Periode in Indonesien für mich abschließen und nie wieder daran zurückdenken.

Jetzt, nun ich dich wieder festhalten kann, weiß ich, dass es einen Fehler war. Ich hätte dich wohl suchen müssen. Ich bin so froh dich wieder zu sehen. Ich lasse dich nicht wieder gehen. Ich liebe dich jetzt noch mehr als damals, meine Gefühle für dich sind mindestens so stark wie damals. Wirklich!"

Paul reagiert:

„Als ich das Foto von Steve und Martin sah, musste ich sofort an dir denken. Alle Erinnerungen kamen zurück. Ich sah dich wieder vor mir. Die schöne, aber sehr kurze Zeit die wir zusammen hatten. Ich realisierte mich, dass wenn Martin hier ist ohne dich, dass ihr beide sich getrennt haben könnte. Ich habe Ria sofort gebeten alles auszusuchen und dich auf zu spüren.

Ich war damals so sehr glücklich mit dir, damals in Indonesien, du hattest so eine gewaltige Auswirkung auf mich. So glücklich habe ich mich nie wieder gefühlt. Als du plötzlich weg warst, war mein Leben vorbei. Ich wusste nicht was zu tun und wie ich es verarbeiten musste.

Jetzt, nun du hier bist und ich dich wieder festhalte, habe ich das Glücksgefühl wieder zurück."

Sie umarmen sich, halten sich kräftig und liebevoll fest. So stehen sie eine Weile da und sagen schließlich zu einander:

„Ich lasse dich nie wieder gehen, wir bleiben ab jetzt für immer zusammen."

Dann sagt Soraya:

„Seit dem Kontakt mit Vincent, fing ich wieder an zu leben. Ich wurde schon konfrontiert mit der Vergangenheit, aber ich hatte plötzlich das Gefühl das ich gebraucht werde und nützlich sein kann. Es hilft mir mit dem Abschließen der Vergangenheit. Die Konfrontation hilft mir es endlich zu verarbeiten, ich habe sehr viel wertvolle Zeit verloren. Wir müssen viel verlorene Zeit gutmachen."

Paul nickt einstimmend:

„Du hast völlig recht, werden wir jetzt zusammen ein neues Leben aufbauen? Ich liebe dich noch so viel, oder sogar noch mehr, wie damals."

Soraya stimmt mit ihm ein und sie ist froh, dass sie ihre Gefühle für einander nicht mehr verbergen müssen.

Dann will Soraya wissen:

„Wo wohnst du eigentlich? Du bist jetzt hier in Madrid, aber das hat nichts zu bedeuten."

„Ich lebe seit einigen Jahren in Barcelona. Ich arbeite noch immer bei der gleichen Firma, aber ich bin jetzt zuständig für Spanien und Portugal. In Barcelona ist mein Büro. Vincent ist Regional Manager, zuständig für Süd Spanien. Ich war bei ihm in seinem Büro als das Drama anfing."

„So, ein schönes Gebiet dort, das gefällt mir. Hast du noch einen Platz für mich frei in deiner Wohnung?"

Paul reagiert total begeistert:

„Na klar, für dich habe ich immer Platz, du kannst heute schon einziehen."

Soraya antwortet ganz froh:

„Oh ja, ich gehe gerne mit dir mit. Wir haben viel nachzuholen. Wir können damit nicht schnell genug anfangen."

Paul und Soraya staunen, dass ihr Leben wieder so schlagartig ändert, wieder verursacht von Martin und Steve. Diesmal aber in positiver Sinn. Sie haben einander wiedergefunden.

Soraya realisiert sich plötzlich, dass sie gar keinen Rückflugticket bekommen hat. Soraya sagt es zu Paul.

Paul schaut Soraya an und sagt:

„Das hat Ria bestimmt absichtlich so gemacht. Es war gar nicht ihre Absicht, dass du nach Hause zurückfliegst."

Soraya und Paul wenden sich zu den anderen Gästen, die bis jetzt voller Erstaunen alles angeschaut haben. Niemanden traute sich etwas zu sagen, zu tun oder zu fragen. Paul und Soraya schauen zu ihren fragenden Gesichtern und dann sagt Paul:

„Wie ihr vielleicht schon bemerkt habt, kennen wir uns schon. Wir haben uns seit Indonesien nicht mehr gesehen. Wir sind aus einander geraten und haben nichts voneinander gehört oder gesehen. Wer dafür verantwortlich ist, dass wir uns heute hier wieder treffen, werde ich ewig dankbar sein. Allen hier, sind eingeladen zu unserer Hochzeit. Es wird bestimmt in sehr kurzer Zeit stattfinden."

Alle sind überrascht aber freuen sich für ihnen.

Die Mutter von Carlos ist ganz froh mit so einer Mitteilung und sucht schnell einige Flasche Champagner.

„Das muss gefeiert werden, das ist so schön."

Dann sagt Soraya zu Paul:

„Es gibt noch etwas Wichtiges zu erledigen und wir sind dazu absolut notwendig. Steve und Martin müssen aufgehalten werden. Sie sind eine Bedrohung für Anika und Rik. Die beide verkehren wirklich in Lebensgefahr!"

Paul ist ganz ihrer Meinung:

„Ja wir müssen sie helfen. Das ist das Wenigste was wir als, dank, machen können. Ich vermute, dass Vincent uns zusammengebracht hat. Das werde ich nie vergessen."

Soraya bestätigt:

„Das glaube ich auch. Wir müssen einen guten Plan haben, Anika hat schon einen Plan ausgearbeitet, welcher sie morgen ausführen will. Ich habe ein langes Gespräch mit ihr gehabt und viele nützliche Informationen gegeben."

Sie besprechen nochmals den Plan und überlegen was sie am besten machen können. Soraya und Paul werden mit Rik, später nach Málaga fahren um Anika zu unterstützen. Soraya hat einen so großen Hass gegen Martin, dass sie sehr gerne helfen will die beide zu stoppen. Martin hat einen großen Teil ihr Leben ruiniert.

Ihr Glück und ihre große Liebe hat sie wiedergefunden, aber das Glück wird nicht mehr perfekt sein können. Sie kann keine eigenen Kinder bekommen, dafür ist es zu spät und das war ihr größter Traum und Wunsch.

Kapitel 15

Anika ist nachts nach Hause gekommen. Sie ist mit dem AVE, der Hochgeschwindigkeitszug, von Madrid nach Málaga gereist. Der AVE ist wirklich schnell. Während der Reise hat sie ihre Gedanken wieder organisiert und ihren Plan nochmals in aller Ruhe durchgenommen. Sie ist froh mit all die Informationen, die sie von Soraya bekommen hat. Sie hat lange mit Soraya und Paul geredet und kann die Handelsweise und Reaktionen von Martin und Steve besser einschätzen. Jetzt muss sie den nächsten Schritt machen, da es unbedingt notwendig ist das die zwei aufgehalten werden.

Anika kommt, nach zwei Tagen Abwesenheit, wieder ins Büro. Sie sieht total verwirrt und vernachlässigt aus. Ihre Haare sind verwirrt und sie sieht unversorgt aus. Die Tränen rinnen ihr übers Gesicht und sie sieht wirklich total desolat aus.
Anika stürmt ins Büro hinein und werft die Tür von Steves Zimmer auf und sie rennt durchs Zimmer direkt auf Steve zu. Steve erschreckt heftig und steht auf um zu sehen was passiert. Er sieht Anika auf ihm zu rennen.
Anika fliegt ihn um seinen Hals und fängt an, heftig schluchzend, zu reden.
Rik ist weg! Er war total aufgeregt und ist nicht mehr zurückgekehrt. Ich weiß nicht wo er ist. Ich verstehe es nicht. Er war so verwirrt und enttäuscht über seine Lage, er sah keinen Ausweg mehr und hat die Wohnung verlassen. Er hat das Auto mitgenommen und ist jetzt schon zwei Tage weg. Ich habe überall nachgefragt, aber niemanden hat ihn gesehen. Er ist

ganz verschwunden. Ich weiß nicht mehr was ich tun soll. Steve erzähl mir was ich jetzt machen soll?

Ich bin total hoffnungslos und verzweifelt."

Steve reagiert, als will er sie trösten, aber gleichzeitig hat er ein großes Grinsen auf seinem Gesicht. So ist es genau wie er es sich vorgestellt hatte. Eine völlig verzweifelte Anika die er jetzt trösten muss.

„Komm liebe Anika, beruhige dich. Ich bin für dich da, jetzt wird alles gut."

Er schaut sie mal gut an.

„Du siehst scheußlich aus. Geh ins Badezimmer, wasche dein Gesicht und kämme deine Haare. Inzwischen hohle ich dir eine Tasse Kaffee und dann erzählst du mir ganz genau was alles passiert ist."

Während Anika ins Badezimmer geht, geht Steve in die Küche für den Kaffee. Schnell ruft er Martin an.

„Martin ich habe hier eine ganz verzweifelte Anika. Sie erzählt mir gerade das Rik weggelaufen ist. Kannst du das schnell kontrollieren? Er soll mit dem Auto weggefahren sein. Lass mich bitte schnell wissen ob es stimmt."

Steve nimmt zwei Tassen Kaffee und geht zurück in sein Zimmer um Anika zu trösten.

Agnes hat gesehen wie Anika ins Büro stürmte und schaut sich alles in alle ruhe an. So hat sie Anika noch nie gesehen. Sie sah das grinsen von Steve, sie hat auch das Telefongespräch von Steve mitgehört. Sie hat so ihre eigenen Gedanken über dieses Schauspiel, sie hat das Gefühl, das der Höhepunkt der ganze Sache sich ankündigt, sie muss es gut beobachten. Sie muss bereit stehen Anika zu helfen. Sie hat kein gutes Gefühl über die Reaktion von Steve.

Es ist interessant es so zu folgen.

Die Gesichtsausdrücke von Anika sind bestimmt sehr interessant. So bald Steve das Zimmer verlässt ist ihr Gesicht entspannt, aber wenn Steve wieder ins Zimmer kommt ist sie wieder hoffnungslos verzweifelt.

Agnes findet diese Gesichtsänderung der beide sehr schön und murmelt in sich:

„Das muss ich gut im Auge behalten. Anika spielt mit Feuer. Ich muss schnell eingreifen können, wenn es schiefgeht."

„Hier, eine Tasse Kaffee, trinke das mal in aller Ruhe aus und versuche wieder runter zu kommen. Dann erzählst du mir genau was alles geschehen ist."

„Danke Steve, das ist lieb von dir. Ich fühle mich schon viel besser."

„Du weißt es doch Anika, auf mir ist immer Verlass. Erzähl mir was alles passiert ist."

Anika erzählt ihm eine verwirrte Geschichte über die letzten Tage.

„Es hat am Montagmorgen früh angefangen. Rik hatte die ganze Nacht nicht geschlafen. Er stand plötzlich auf und fing an zu schreien und zu rufen, das alles falsch ist, dass er hoffnungslos ist und keine Lösung sieht. Er rief das es ein Ende haben muss, alles muss sich ändern. So könnte es nicht weitergehen. Er hat sich angezogen, die Autoschlüssel genommen und die Wohnung verlassen. Ich wollte noch hinterhergehen, aber als ich etwas angezogen hatte und nach draußen ging sah ich das Auto schon wegfahren. Er fuhr sehr schnell. Ich habe keine Ahnung wohin. Zuerst dachte ich das er nach Cádiz fahren würde zu Felicia, aber dort ist er nicht eingetroffen. Vincent hat auch nichts gehört oder gesehen. Er ist nun schon zwei Tage weg. Ich habe dauernd sein Handy angerufen, aber er beantwortet es nicht, es ist abgeschaltet.

Heute Morgen wurde ich so hoffnungslos, dass ich nicht wusste was zu tun und deshalb bin ich hierher zu dir gekommen.

Vielleicht weißt du was ich tun muss."

„Das war sehr weise von dir, ich helfe dich doch immer. Ich habe dir schon gesagt, dass dieser Rik nicht gut für dich ist, er ist ein Taugenichts."

Anika antwortet schluchzend:

„Ja, das hast du schon öfters gesagt, aber ich wollte an ihm glauben."

Steve steht auf und nimmt die Hände von Anika:

„Komm jetzt zu mir liebe Anika, ich helfe dir. Hast du die letzten Tage etwas gegessen? Nichts? Also gut dann essen wir zuerst etwas und dann reden wir weiter."

„Danke, Steve. Ich hoffte schon, dass du mich helfen würdest."

In dem Moment empfängt Steve einen Bericht von Martin auf seinem Handy.

‚Es sieht so aus das es stimmt, es ist niemanden zuhause und das Auto ist weg.'

Gut, denkt Steve, jetzt habe ich Anika genau auf dem Punkt wo ich sie haben wollte. Sie ist emotional am Boden zerstört und macht alles was ich von ihr verlange. Super!

Wird dann alles doch noch gut?

Steve nimmt Anika mit, zu einem kleinen Restaurant in der Nähe vom Büro und bestellt etwas Kräftiges zum Essen. Das mag Anika überhaupt nicht, da sie jetzt tun muss als ob sie zwei Tage nicht gegessen hat und das nach all die Festessen in Madrid!

„Komm Anika du musst essen, du musst an deine Gesundheit denken, isst jetzt. Du stichst nur ein wenig herum in deinem Essen."

„Ja, aber Steve, ich bin so aufgeregt, ich kann nichts essen."

„Keine Wiederrede du musst essen, sonst fällst du noch in Ohnmacht. Das geht nicht. Ich will eine gesunde Frau an meiner Seite. Verstehst du das?"

Anika denkt erschrocken:

„Was sagt er jetzt? So..., der lässt kein Gras darüber wachsen. Er schlägt jetzt zu. Ich muss wirklich aufpassen, es ist genau wie Soraya erzahlt hat. Plötzlich machen Steve und Martin ernst und werden mich unter Druck setzen."

Agnes hat kein gutes Gefühl über das Ganze und hat sie gefolgt. Sie hat sich an einem Tisch an der anderen Seite des Lokals gesetzt aus dem Blickfeld von Steve. Sie sieht das Anika mit ihrem Essen kämpft. Sie hatte gehört, dass sie schon zwei Tage nichts gegessen hat, aber das zeigt sie bestimmt nicht. Sie muss Anika irgendwie helfen bevor Steve Verdacht schöpft.

Agnes geht schnell auf sie zu und sagt zu Steve:

„Steve es gibt einen Notfall im Büro. Du musst sofort hin und musst es lösen. Geh jetzt schnell hin, ich werde auf Anika passen und wenn sie fertig ist, nehme ich sie mit ins Büro."

„Was ist denn los? Kannst du das nicht lösen? Ich kann Anika jetzt nicht alleine lassen, Anika ist auch einen Notfall, ich bleibe hier, bei ihr."

„OK, dann erzähle ich dem großen Bos, dass du nicht kommen willst. Mache ich."

Steve verkehrt jetzt in einem Dilemma, wofür muss er wählen? Für seine Arbeit oder für Anika, die sehr reich ist. Er ist sich aber noch immer nicht sicher, er hat an nichts gemerkt, dass sie wirklich so reich ist. Was muss er tun? Steve verkehrt in einem großen Dilemma.

Agnes sagt nochmals, dass nur er dieses Problem lösen kann. Schließlich geht er doch ins Büro.

Er steht auf und will gehen und sagt zu Agnes:

„Passt du auf Anika? Sie verkehrt in großen Problemen und wir müssen sie helfen. Rik ist abgehauen, wir müssen ihn suchen, bevor etwas passiert. Sonst finden wir ihn noch Tod in irgendeinem Aroyo, einem Flussbett, oder so. Also achte gut auf ihr auf, willst du?"

Agnes reagiert:

„Geht in Ordnung Steve, ich achte auf ihr auf, wir kommen bald nach zum Büro. Gehst du nur und löse deine Probleme."

Sobald Steve weg ist nimmt Agnes die Hände von Anika und fragt:

„Erzähl mir, was ist los? Ich habe euch im Büro abgehört und ich glaube deine Geschichte nicht. Wenn du zwei Tage nichts gegessen hast, dann machst du jetzt nicht so herum mit deinem Essen."

Anika will zuerst noch sagen, dass es die Aufregung ist, das hat sie auch zu Steve gesagt.

„Ja, das kannst du Steve schon weismachen, aber mich nicht. Du weißt doch das ich euch unterstütze? Ich helfe euch. Steve ist gefährlich, du brauchst Hilfe und ich kann dich helfen."

Anika seufzt tief:

„Du hast recht. Er ist gefährlich. Ich bin auch schon gewarnt worden von Martins Ex. Kann ich dir wirklich vertrauen?"

„Das weißt du doch, ich habe euch doch während des Fests von Steve schon geholfen."

„Ja, das stimmt, das hast du perfekt gemacht."

Agnes ist erleichtert, dass Anika ihr vertraut und will wissen was alles spielt und los ist. Anika erzählt ihr schnell was alles geschehen ist. Dass Rik sein Gedächtnis zurückhat und das Soraya auch da ist.

Agnes reagiert ganz erstaunt:

„Was erzählst du mir da alles? Steve und Martin haben eine gemeinsame Vergangenheit? Wie schön für Rik und er weiß alles wieder? Das sind gute Nachrichten. Was ist dein Plan? Wie kann ich dich behilflich sein?"

Anika bekommt plötzlich Angst um ihr Plan. Agnes hat schon sofort bemerkt, dass etwas nicht stimmt. Agnes sieht es natürlich ganz anders wie Steve. Er war abgelenkt und hatte seine Emotionen nicht unter Kontrolle, aber wenn er es in aller Ruhe überdenken wird, entdeckt auch er bestimmt schon schnell, dass die Geschichte nicht stimmt.

Sie muss ihr Plan ändern.

"Agnes, du wohnst doch bei uns in der Nähe? Hast du ein Gästezimmer?"

Agnes reagiert ganz erstaunt:

„Ja das stimmt, ich habe sogar zwei Gästezimmer zur Verfügung. Ich lebe in einer ziemlich großen Wohnung. Wieso?"

„Ich glaube, dass es besser wäre, dass Rik in der Nähe ist, für den Fall das ich ihn schnell brauche. Zuhause geht das nicht, das entdecken sie bestimmt schon schnell. Indem du sogar zwei Zimmer zur Verfügung hast, könnte Soraya dann auch bei dir übernachten?"

Agnes schaut ihr überrascht an:

„Ich weiß nicht was du dich ausdenkst aber, natürlich geht das. Ich finde es interessant Soraya kennen zu lernen."

Anika starrt versonnen vor sich aus, aber plötzlich kommt ein großes Lächeln auf ihrem Gesicht.

Agnes schaut ihr an und sieht sie grinsen und fragt:

„Was denkst du? Wieso musst du so lächeln?"

Anika schaut ihr an und sagt zu ihr:

„Wir müssen Rik und Soraya anrufen und sie bitten sofort hierher zu kommen. Wir gehen jetzt wieder ins Büro zurück um Steve weiter zu bearbeiten. Stimmte es mit dem Notfall?"

Agnes erzählt Anika, dass Steve schon längere Zeit Probleme hat, aber versucht sie zu ignorieren.

„Er wird dauernd angerufen von der Zentrale, aber er will nicht mit sie sprechen. Es war von mir eine Bemerkung die ich jeden Tag an jedem Zeitpunkt benützen kann, aber Heute hat es eigentlich noch keinen Anruf gegeben. Es ist schon interessant, wenn er endlich die Zentrale anruft. Ich glaube das er sehr große Problemen hat. Ich weiß es eigentlich ganz sicher, dass er die hat!"

Agnes und Anika gehen zurück ins Büro und sehen Steve verzweifelte Gesten machen. Er ist scheinbar in einer Telefonkonferenz. Es ist deutlich das er mit der Zentrale verbunden ist, und tief in Problemen steckt.

Agnes und Anika gehen in sein Arbeitszimmer hinein. Anika hält ein Taschentuch gegen ihre Nase und hat ein nasses Gesicht von ihren Tränen. Steve erschreckt hiervon, aber Agnes sagt schnell zu ihm:

„Ich bringe Anika nach Hause, dann kannst du ruhig weiter machen mit deinem Telefonat."

Steve zeigt mit Armgesten, dass er froh ist mit dieser Lösung und lässt sie schnell aus seinem Zimmer weggehen.

Agnes und Anika fahren nach Hause und rufen Rik an. Anika erzählt ihm, dass sie das Gefühl hat, das ihr Plan nicht so verläuft wie sie gedacht hatten, da Agnes sie sofort durchschaut hat. Sie bittet Rik, zusammen mit Soraya, schnell hierher zu kommen und nach Agnes zu gehen.

„Ich will euch in der Nähe haben, so dass ihr schnell helfen könnt."

Anika erklärt ihm ihren neuen Plan. Rik ist erschrocken, dass sie kein Vertrauen mehr hat in ihrem ersten Plan. Rik und Soraya versprechen schnellstens zu ihr zu kommen.

„Kein Problem Anika, wir werden heute Abend schon bei Agnes sein."

Soraya hat mitgehört und ist einverstanden. Sie ist sogar froh über die Änderungen.

Die Telefonkonferenz verläuft für Steve gar nicht gut. Steve bekommt viele Vorwürfen und sogar den Schuld der finanziellen Probleme. Das Unternehmen funktioniert gut, aber trotzdem wird keinen Gewinn gemacht. Irgendwie verschwindet viel Geld. Steve muss erklären wie das nur möglich ist. Er bekommt eine letzte Chance diese Probleme in sehr Kurzem zu erklären. Gelingt ihm das nicht dann wird er entlassen. Nach dieser Konferenz sitzt Steve erschlagen in seinem Zimmer.

„Das geht überhaupt nicht! Wie haben sie das nun wieder rausgefunden? Es war doch ein wasserdichtes System. Wie ist es nur möglich, dass sie es aufgedeckt haben? Ich kann das nie in nur einer Woche erklären und zurückdrehen. Ich bin geliefert, es wird mir meinen Job kosten. Wenn ich keine Arbeit habe, was dann? Wer kann es rausgefunden haben und hat mich verraten?"

Steve sitzt lange in seinem Arbeitszimmer und überdenkt was so alles im Moment geschieht. Wieso es alles jetzt passiert? Er hatte doch so ein schönes bequemes Leben aufgebaut. Plötzlich zerfällt seine ganze Welt.

All seine Pläne scheitern, sogar der perfekte Plan mit Rik ging schief.

Steve sitzt, voller Selbstmitleid, da und murmelt:

"Eigentlich ist seitdem alles schiefgegangen. Da ich bald meine Arbeit verliere, muss der Plan mit Rik und Anika schnellstens ausgeführt werden. Wir müssen diesen Rik nun endlich erledigen."

Endlich steht Steve von seinem Sessel auf und geht nach Hause. Er muss die neue Situation mit Martin besprechen. Vielleicht hat Martin noch einige Kräuter. Rik muss schnellstens aufgespürt und erledigt werden.

Er braucht das Geld von Anika, dann tut das ganze Büro ihm nichts mehr, dann ist er frei!

Zuhause erzählt Steve Martin alles was geschehen ist.

Das Anika in seinem Zimmer gestürmt kam, er sie trösten wollte aber das dann die Zentrale angerufen hatte. Dass die Geschäftsleitung seinen Betrug entdeckt hat und das er in Kurzem bestimmt entlassen wird.

„Martin, ich bin geliefert, ich bin in großen Problemen. Ich habe sehr hohe Wettschulden und jetzt hat die Firma meinen Betrug aufgedeckt. Ich brauche schnellstens viel Geld um meine Schulden zu begleichen und ein neues Leben auf zu bauen. Wir müssen unseren Plan beschleunigen und schnellstens ausführen. Ich muss das Geld von Anika haben, dann erst sind wir frei."

Martin erschreckt von seinem Geständnis, aber er ist eigentlich nicht verwundert das Steve schon wieder große Wettschulden hat. Das erklärt sein Fanatismus um Rik los zu werden.

„Oh Steve, du hast mich so versprochen nie wieder zu spielen."

„Ja, ich weiß es Martin, aber ich dachte wirklich einen perfekten Plan ausgedacht zu haben, Es ging so lange gut. Ich verstehe nicht was passiert ist, wieso es jetzt plötzlich so verläuft."

Martin schüttelt mitleidig seinen Kopf und fragt:

„Wo ist Anika jetzt?"

Steve schaut ihm erstaunt an: „Wieso?"

Martin antwortet ruhig:

„Du hast sie zurück gelassen in einem Restaurant, weil du schnellstens ins Büro zurückkehren musste. Was ist danach aus Anika geworden?"

„Agnes hat sie aufgefangen und hat sie nach Hause gebracht."

„Bist du dir sicher?"

Steve erklärt Martin:

„Während der Telefonkonferenz, kam sie vorbei und erzählte mir das sie Anika nach Hause bringen würde."

„Gut, aber du vertraust Agnes?"

Steve schaut Martin erstaunt an und antwortet:

„Ja, du weißt doch das ich etwas mit ihr hatte? Agnes ist ein dummer Gans, so unschuldig. Da brauchen wir keine Angst zu haben."

„Wenn du dich darüber so sicher bist, in Ordnung, aber musst du jetzt nicht schnellstens zu Anika gehen um ihr weiter zu ‚trösten'?"

Steve schaut plötzlich ängstlich.

„Du hast recht, wir müssen Anika schnell bearbeiten, so dass sie dieser Rik abschießen will. Wir dürfen sie nicht alleine lassen"

Martin fragt Steve.

„Ist es möglich, Rik über sein Handy auf zu spüren? Er hat bestimmt ein Trackingsignal, ein Verfolgungssignal, oder so etwas."

„Du hast recht, ich fahre gleich zur Anika und werde sie ‚trösten'. Wenn ich dann in ihrer Wohnung bin werde ich versuchen einiges über sein Handy raus zu bekommen und vor allem über ihr Bankkonto. Ich will endlich Gewissheit bekommen über diesen Jackpot."

Martin freut sich, dass Steve wieder seinen Kampfgeist zurückhat.

„Kennst du jemanden bei der Polizei, der dir behilflich sein kann mit dem Telefon? Du hast letzlich etwas erwähnt über einen Freund, der darüber erzählt hat."

Steve schaut nachdenkend nach Martin und sagt schließlich:

„Ja, das stimmt, ich kenne jemanden der mir helfen könnte. Zuerst brauche ich die Telefonnummer von Rik, dann kann ich ihm fragen es zu orten."

Plötzlich steht Steve bei Anika, unten vor dem Tor. Agnes und Anika erschrecken hiervon, Agnes nimmt schnell ihre Sachen und verlässt die Wohnung.

„Wir bleiben in Kontakt, sei sehr vorsichtig."

Sie versteckt sich um die Ecke und wartet bis Steve nach oben gekommen ist. Er ist über die Treppe hochgegangen und hat gar nicht mal auf dem Aufzug gewartet.

Dann verlässt sie schnell das Gebäude und geht zu ihrer eigenen Wohnung in kurzer Entfernung im gleichen Wohnviertel.

Sie hat vieles gehört von Anika und denkt darüber nach. Steve ist viel schneller zu Anka gekommen als erwartet. Sie fürchtet, dass die Probleme im Büro, Steve noch fanatischer gemacht haben.

Agnes weiß, wie kein anderer, welche Probleme Steve hat, sie ist sich sehr wohl bewusst das Steve finanziell am Boden ist. Agnes fragt sich nur wieso er Rik tot wünscht. Sie vermutet, dass es eine große Lebensversicherungs-Prämie geben wird, welche Steve haben möchte.

Agnes weiß nichts von dem gewonnenen Jackpot.

„Es muss eine Lebensversicherung sein oder so etwas, wieso jagt er sonst so auf Rik?

Zuhause richtet sie sofort die Schlafzimmer für Rik und Soraya. Sie ist gespannt auf Soraya. Wie wird sie sein?

Agnes staunt darüber, dass es eine gemeinschaftliche Indonesischen Vergangenheit gibt von Steve und Martin. Dass die zwei einander schon so lange kennen und sogar vorbestraft sind. Noch ein Grund um sehr vorsichtig zu sein.

Als Steve in die Wohnung von Anika geht bemerkt er wieder was für eine schöne Wohnung sie hat, hier will er bestimmt einziehen.

Nur noch ein kleines ‚Problemchen' erledigen.

Steve nimmt Anika in seinen Armen und will sie trösten, aber Anika schubst ihn weg und geht nach draußen, auf die Terrasse und sagt:

„Ich habe schon was zum Trinken fertiggemacht."

Steve reagiert überrascht auf ihre ablehnende Haltung, aber sagt:

„Das ist schön. Jetzt müssen wir uns überlegen, wie wir Rik finden und wie wir ihn dann wieder loswerden können.

Er wird doch ein wirkliches Problem. Ich will jetzt mit dir zusammen, weiterleben, und passt Rik passt nicht dazu."

Trotz allem erschreckt Anika von seiner einschlägigeren Haltung. Steve hat es wirklich sehr eilig.

„Wie willst du ihn aufspüren? Ich habe alles schon versucht."

„Ja, aber ich habe andere Möglichkeiten zur Verfügung. Wenn wir schnell in euerem Bankkonto schauen, können wir feststellen ob er und wo er seine Bank- und Kreditkarten benutzt hat. Er muss doch irgendwo getankt und gegessen haben. Dann haben wir einen Anhaltspunkt in welcher Richtung wir suchen müssen."

Anika denkt:

‚Da ist er wieder, er will in unserem Bankkonto schauen. weiß er von dem gewonnenen Preis?'

Steve schaut ihr fragend an.

„Werden wir dann schnell mal reinschauen? Wo steht euer Computer?"

„Ja, aber ich habe es dir schon gesagt, dass ich nicht in der Bank einloggen kann. Ich kenne die Codes nicht und außerdem hat Rik keine Bankkarten dabei, er weiß die PIN-Codes doch nicht. Das hat also keinen Zweck."

Steve ist deutlich enttäuscht.

Er dachte endlich die Gelegenheit zu bekommen in ihr Bankkonto zu schauen.

„Zeig mir wo er seine Banksachen aufbewahrt, vielleicht kann ich die Codes finden. Er hat bestimmt irgendwo eine Liste wo alles drauf steht. Es muss doch was geben, das muss so sein. Vielleicht weißt du es nur nicht."

„Nein Steve, das hat keinen Zweck, was denkst du, dass wir nicht schon verzweifelt gesucht haben?"

Steve fühlt das er so nicht weiter kommt und will sie nicht weiter ärgern.

„Dann müssen wir ihn auf einer anderen Weiße suchen. Ich kenne jemanden bei der Polizei und er kann das Handy von Rik orten. Dazu brauche ich seine Handynummer. Kannst du die mir geben? Ich werde ihn morgenfrüh anrufen und fragen ob er das machen will."

Anika schaut ihn erstaunt an, damit hat sie nicht gerechnet.

Das ändert die Pläne wieder total. Steve hat es wirklich eilig. Was kann sie tun um das zu verhindern?

Nichts, gar nichts denkt sie verzweifelt. Um mit zu spielen muss sie die Telefonnummer schon geben.

Steve wartet ungeduldig.

„Nun, gibst du mir die Nummer?"

„Hast du die Nummer dann nicht?"

„Nein, wieso sollte ich?"

„Jeder kennt die Nummer doch?"

Steve schaut sie jetzt verärgert an und sagt:

„Nun, ich bin nun mal nicht ‚jeder'."

Anika nimmt zuerst einen Schluck von ihrem Getränk.

„Mal kurz nachdenken, ich bin so verwirrt."

Sie nennt ihm die Nummer, aber verwechselt zwei Ziffer.

Steve gibt die Nummer in seinem Handy ein, um es zu speichern, aber versucht zuerst Verbindung zu bekommen. Er bekommt die Meldung das diese Nummer nicht vergeben ist.

„Sag mal Anika, dieser Nummer existiert nicht."

„Ich sagte doch schon, ich bin viel zu verwirrt um etwas zu erinnern."

Dann sieht Steve ihr Handy auf dem Tisch liegen. Er nimmt es schnell und sucht die Nummer von Rik. Er sieht sofort das sie zwei Ziffer verwechselt hat.

„Hier habe ich die Nummer von Rik, du hast, in deiner Aufregung, zwei Ziffer verwechselt. Das kann ja passieren. Macht nichts meine Liebe."

Steve speichert schnell die Nummer in seinem Handy, schaut dann nach Anika und stellt fest:

„Du bist wirklich sehr verwirrt, so kann ich dich nicht alleine zuhause lassen. Ich bleibe heute Nacht hier bei dir schlafen.

Morgenfrüh suchen wir weiter nach Rik. Ich werde dann meinem Freund fragen wo das Handy von Rik sich befindet, dann werden wir dort weitersuchen. Bist du einverstanden?"

Dieser Plan gefällt Anika gar nicht. Jetzt gerät sie wirklich in Panik. Sie will Steve nicht alleine bei ihr in der Wohnung haben.

Wer weiß was er ihr antun will oder wird er die Wohnung durchsuchen? Er sucht verzweifelt nach ihrem Bankkonto und das muss sie verhindern.

„Ich kann schon alleine zuhause bleiben, dann komme ich morgenfrüh zu dir."

„Nein, nein, auf keinem Fall. Ich bleibe hier."

Anika bemerkt das ihre Proteste nichts bewirken, was jetzt?

„Ich fühle mich schon viel ruhiger, ich bin eine erwachsene Frau, ich kann schon alleine zuhause bleiben, also mach keinen Blödsinn."

Steve duldet keinen Widerspruch, er hat sie endlich wieder im Griff und einen guten Grund um ihr festzuhalten und zu kontrollieren.

Was muss er tun? Er kann es sich nicht leisten sie alleine zu lassen, vielleicht verschwindet sie dann und hat er sie wieder verloren. Die Lage wird sehr bedrohlich für ihn. Er muss jetzt durchgreifen.

„Nein Anika, ich lasse dich nicht alleine. Du bist im Moment sehr verletzlich."

Anika erwägt was zu tun.

‚Sie fühlt sich zuhause, zusammen mit Steve, nicht sicher. Indem sie zu seiner Wohnung gehen, ist Martin auch dabei, ist das sicherer? Scheinbar ist sie sehr wichtig für seinem Plan, er braucht sie lebend, sonst kommt er nicht an ihrem Geld ran. Wenn sie in seiner Wohnung sind kann er nicht ihre Wohnung durchsuchen. Vielleicht wäre es besser zu seiner Wohnung zu gehen.'

Schließlich schlägt sie Steve vor:

„Wäre es nicht besser zu deiner Wohnung zu gehen? Das ist auch viel bequemer für dich. Du hast hier gar keine Sachen. Ich kann schnell einiges einpacken und wir können schon gehen.

Steve reagiert sehr enttäuscht:

„In Ordnung, machen wir es so. Packe deine Sachen ein, dann rufe ich Martin schnell an und sage ihm das wir zu ihm kommen werden."

Anika geht nach oben um ihre Sachen einzupacken, sie nimmt noch schnell ihr Handy mit. Oben schickt sie schnell einen kurzen SMS an Agnes und schildert ihr die hiesige Lage. Sie kann nicht viel schreiben, da sie schon hört das Steve nach oben kommt. Sie nimmt aus dem Badezimmer schnell ihre Sachen mit, ein Nachthemd und lauft Steve schon entgegen. Ihr Handy hat sie schnell in ihre Hosentasche gesteckt, sie will nicht das Steve es nochmals in seinen Händen bekommt.

Kapitel 16

Als sie in die Wohnung von Steve eintreffen, wartet Martin schon auf sie. Er empfängt und umarmt Anika herzlichst:

"Oh, Anika, was ist alles los? Ist dein Rik weggelaufen? Steve hat mich schon alles erzählt. Schrecklich! Kommt schnell rein Mädel, du kannst jetzt nicht alleine in deiner Wohnung bleiben. Wer weiß was alles passieren kann, vielleicht kommt Rik plötzlich zurück und tut dir etwas Schreckliches an. Hier können wir dir beschützen. Kommt mit, ich habe einen schönen Glas Wein für dich."

Anika staunt über die Freundlichkeit und Herzlichkeit von Martin. Sie weiß einfach nicht wie zu reagieren oder was zu sagen und folgt Martin widerspruchslos zur Terrasse wo schon ein Glas Wein für sie bereitsteht.

„Komm setz dich hier, dies ist einen bequemen Sessel. Hast du wirklich keine Ahnung wo dein Rik ist?"

Anika antwortet gelassen:

„Nein, keine Ahnung, ich weiß einfach nicht was zu tun."

Dann kommt auch Steve dazu und setzt sich am Tisch:

„Es ist jetzt zu spät um noch etwas zu unternehmen. Morgen werden wir Rik suchen und versuchen ihn zu finden."

Es ist schon spät und Anika will ins Bett, sie hat keine Lust um zu reden, sie hat Angst Fehler zu machen, falsche Antworten zu geben.

„Es ist schon spät, ich bin erschöpft, ich glaube ich gehe ins Bett. Geht das in Ordnung?"

Martin reagiert gleich:

„Natürlich geht das in Ordnung, dein Bett steht schon fertig. Ich mache dich noch schnell eine Tasse Tee, dann schläfst du viel besser. Der Tee ist gut gegen all die Spannungen die du heute alles erlebt hast."

Anika bekommt eine leichte Panik.

Sie erwägt: ‚Er will mich Tee geben! Wenn ich das verweigere, bekommt er vielleicht einen Verdacht, aber sie brauchen mich für ihren Plan, sie werden mich bestimmt nicht vergiften'.

Es ist als antwortet sie in aller Ruhe:

„Das würde sehr schön sein, aber bitte keinen Zucker, ich mag keinen süßen Tee."

Sie dachte in dem Moment an der Bemerkung von Rik über den viel zu süßen Tee, der er von Martin bekam.

„Das geht in Ordnung, bleibe hier ruhig sitzen, der Tee kommt gleich."

Martin geht in die Küche und Anika schaut ihn nach. Leider kann sie nicht mit ihm mitgehen um ihn zu kontrolliere. Er kommt schon schnell zurück. Sie nippt an ihrem Tee, und es schmeckt wie einen ganz normalen Tee, als ob nichts verkehrt ist damit. Sie trinkt schnell ihren Tee aus und will ins Bett gehen.

„Wo ist mein Zimmer?"

„Kommt mit, ich zeige dir alles was du brauchst."

Martin zeigt Anika ihr Zimmer und das Badezimmer und lässt sie dann alleine.

„Gute Nacht", sagt Martin noch.

‚Das wird schon klappen', denkt er und geht zu Steve.

„So, die ist in Bett und wird die nächsten Stunden in einem tiefen Schlaf sein."

Steve schaut verwundert zu ihm und flüstert:

„Wieso, was hast du gemacht? Doch keine krummen Sachen, wir brauchen sie noch."

„Das ist mir bewusst, keine Angst. Ich habe ihr nur ein Schlafmittel gegeben. Wir müssen in alle Ruhe reden können und Plänen machen. Ich war nicht so erfreut darüber, dass du sie mitnehmen wollte. Sie hindert uns nur, wenn sie da ist.

Deshalb habe ich ihr ein Schlafmittel in ihrem Tee gegeben. Sei nicht so ängstlich."

Steve atmet erleichtert auf:

„Gut, das war sehr gut von dir. Ich wollte sie auch nicht mitnehmen, aber sie wollte unbedingt nicht, dass ich bei Ihr schlafen würde. Ich hatte den Plan in der kommenden Nacht ihre Wohnung zu durchsuchen und in Ihr Bank zu schauen. Sie beharrt darin, dass sie die Kodes nicht kennt. Ich glaube ihr nicht. Das müssen wir morgen noch rausfinden. Hast du nicht irgendein Mittel wodurch sie die Wahrheit sagt?"

„Nein, das habe ich nicht dabei. Ich kann es mir schon besorgen, aber das dauert einige Tage."

Steve erwägt und sagt:

„Ich denke, du sollst das Mittel doch bestellen, ich traue sie gar nicht. Ich befürchte das sie sehr schlau ist und trickst uns immer wieder aus. Sie wollte mich unbedingt nicht in ihrer Wohnung haben, also hat sie etwas zu verbergen. Vielleicht brauchen wir es doch."

Martin bemerkt dann:

„Sie wird bald sehr tief schlafen, dann könnten wir ihre Wohnung durchsuchen. Sie muss doch ihre Schlüssel dabeihaben?"

„Das stimmt, die müssen wir dann zu uns nehmen. Wie lange dauert es bevor sie schläft?"

„Das dauert nicht lange. Wir können gleich nachschauen."

Wenn sie später an ihrem Bett stehen, sehen sie das sie in einem unruhigeren Schlaf ist, nicht in einem tiefen Schlaf wie Martin erwartet hatte. Sie finden ihre Sachen nicht. Ihr Handy und ihre Schlüssel liegen nicht, wie sie erwartet hatten, auf dem Nachttisch. In dem Moment dreht Anika sich auf ihrem Bauch und sie sehen das Anika ihr Handy und Schlüssel in einer kleinen Tasche um Ihr Hals gesteckt hat. Jetzt liegt sie auf ihrem Bauch, auf den Sachen um ihr Hals."

„Das können wir so nicht wegnehmen, dann wacht sie bestimmt auf. Sie schläft viel leichter als ich erwartet hatte, komisch! Das können wir vergessen. Schade."

Enttäuscht verlassen sie das Zimmer und gehen in ihr eigenes Zimmer. Als sie das Zimmer verlassen haben schlägt Anika ihre Augen auf und schaut in die Richtung der geschlossenen Tür.

‚So, das habe ich gehört, es war einen guten Gedanken, diese Tasche, um meinen Hals. Vielen Dank Soraya, du hattest Recht mit diesem Schlafmittel. Gott sei Dank habe ich noch rechtzeitig das Gegengift von Soraya eingenommen.'

Sie schreibt schnell ein SMS an Rik und erzählt was so alles passiert ist.

Steve und Martin gehen in ihr eigenes Zimmer, aber haben ein unzufriedenes Gefühl.

„Es stört mich das wir ihre Wohnung nicht durchsuchen können. Könnte es sein das sie später schon in einem tiefen Schlaf ist? Martin denkt in ernst darüber nach und sagt:

„Könnte möglich sein, sie sollte eigentlich jetzt schon in einem seht tiefen Schlaf sein müssen, aber ob es reicht um sie umzudrehen ohne, dass sie aufwacht? Ich habe ein neues Mittel benutzt, ich habe noch keine Erfahrung damit und kenne die genaue Wirkung nicht. Es könnte sein das sie plötzlich aufwacht, dann haben wir noch viel größere Probleme. Vielleicht hat sie noch einen Ersatz-Schlüssel in ihrer Kleidung, oder sogar ein Zettel mit den Kodes?!"

Steve schaut ihm einstimmend an:

„Du hast recht, wir warten noch eine Stunde und versuchen es aufs Neue, vielleicht dreht sie sich sogar auf ihrem Rücken, dann können wir ihr die Schlüssel wegnehmen."

Als sie eine Stunde später in ihr Zimmer kommen, finden sie ihr tatsächlich in einem tiefen Schlaf, aber sie hat sich in ihrem Bettlaken eingerollt und liegt außerdem noch immer auf ihrem Bauch.

„Da kommen wir nie ran, so wie sie jetzt daliegt, unmöglich. Suchen wir es in ihrer Handtasche und in ihre Kleider."
Leider finden sie nichts. Sie lassen Anika ungestört liegen und versuchen es nicht einmal um ihre Schlüssel zu erreichen.
„Leider", Seufzen sie und verlassen das Zimmer.

Am nächsten Morgen ist Steve schon früh aufgestanden und versucht seinem Bekannter bei der Polizei zu erreichen. Manolo ist belastet mit dem Aufspüren von Personen und verloren Sachen. Mit Hilfe von einem Tracking-Signal versucht die Polizei verlorene Sachen zu orten. Vermisste Personen werden auf dieser Weise oft lokalisiert.
Steve hat damals, während einem Arbeitsbesuch an Manolo, von dieser Arbeitsweise gehört.
Er erzählt Manolo, dass ein guter Bekannter, plötzlich verschwunden ist und dass seine Frau ihn dringend und verzweifelt sucht. Sie kann ihren Ehemann nirgendwo finden und hat sich schließlich an Steve gewendet und um Hilfe gebeten. Steve dachte sofort an seinem guten Freund Manolo.
Jetzt bittet Steve ihm ob er dieser Person über sein Telefonsignal orten kann. Steve realisiert sich schon das es auf dieser Weise nicht erlaubt sein wird, aber die Situation ist so dringend, dass Steve sich doch an ihm wendet um es ausnahmsweise doch zu ermöglichen.
Steve zeigt wieder mal seine beste Seite, wie immer, wenn es auf schmeicheln ankommt.
Manolo versteht die Situation und tut überhaupt nicht schwierig und fragt Steve um die Telefonnummer von Rik.
Er verspricht die Nummer zu orten. Es kann schon eine Weile dauern, es muss von ihm persönlich angefragt werden, da es keine offiziellere Anfrage gibt. Manolo verspricht Steve einen Bericht zu senden sobald er etwas weiß.

Inzwischen ist Anika aufgewacht, sie fühlt sich als ob sie aus einem sehr tiefen Schlaf aufwacht. Sie fühlt als erste nach ihrer Tasche um ihrer Hals.

„Gott sei Dank, es ist noch da. Es fühlt als hätte ich ein starkes Schlafmittel bekommen. War das Gegengift doch nicht das Richtige? Sie schaut um sich herum und sieht sofort das sie all ihre Sachen durchsucht haben.

„Ich muss noch besser aufpassen, ich will nicht noch eine Nacht hier sein. Ich glaube, dass sie letzte Nacht nochmals versucht haben meine Schlüssel zu finden. Glücklicherweise hatte ich sie um meinen Hals. Sie hatten bestimmt die Absicht meine Wohnung zu durchsuchen. Das ist ihnen sehr wichtig. Ich hoffe, dass es ihnen nicht gelungen ist. Ich tue als ob ich nichts Weis und dass ich nichts bemerkt habe."

Sie steht auf, duscht sich, kleidet sich an und geht ins Wohnzimmer. Dort sitzen Steve und Martin schon und trinken Kaffee.

„So, du hast tief geschlafen. Du warst auch so erschöpft. Fühlst du dich jetzt besser?"

„Auch guten Morgen, danke, ich habe tatsächlich sehr tief geschlafen. Ich verstehe nicht wieso. Es werden bestimmt all die Spannungen die letzten Tage gewesen sein.

Hey, Steve musst du nicht ins Büro? Du bist noch immer zuhause, hast du die ganze Zeit auf mich gewartet? Das brauchte wirklich nicht."

„Ach, du liebe Anika, du bist doch viel wichtiger. Wir müssen Rik finden und einige Sachen in die Wege leiten. Wir müssen zu deiner Bank gehen um neue Internet Codes an zu fragen. Das geht so wirklich nicht länger. Wir gehen später, zusammen zur Bank, um sie anzufragen. Hast du Rik noch einmal versucht an zu rufen?"

Anika schaut Steve fest an:

„Die Bank ist schon sehr wichtig für dich, nicht? Aber...es ist ein guter Vorschlag von dir, das werden wir morgen oder übermorgen mal machen. Sehr aufmerksam von dir."

Anika denkt das Gegenteil von was sie gerade sagte.

„Martin hast du ein Frühstück für mich?

Oder, nein…, lass es sein. Ich gehe jetzt nach Hause und hole mir unterwegs, beim Bäcker, ein Croissant mit einer Tasse Kaffee."

„Nein, meine Liebe, nichts davon. Natürlich habe ich eine Tasse Kaffee für dich, sogar ein Croissant. Einen kleinen Moment, du musst noch nicht alleine nach Hause gehen."

Im Moment das Martin in die Küche geht um das Essen für Anika zu holen, empfängt Steve einen Bericht auf seinem Handy.

Steve sieht das es von seinem Freund Manolo ist. Das ist schnell. Im Bericht steht die Adresse wo das Handy von Rik sich befindet.

Steve wird kreidebleich, wenn er die Adresse liest und denkt:

‚Das kann nicht stimmen. Ich kenne diese Adresse, sehr gut sogar. Es ist hier ganz in der Nähe. Es ist die Adresse von Agnes! Ist Rik bei Agnes???'

Steve überdenkt alles nochmals sehr sorgfältig und realisiert sich plötzlich das es immer wieder Agnes ist, die mit wichtigen Ereignissen dabei ist und irgendwie eingreift.

Steve geht zu Martin und fängt an leise zu ihm zu sprechen, so dass Anika es nicht verstehen kann.

Laut Manolo ist Rik hier ganz in der Nähe und die Adresse ist die Wohnung von Agnes. Hilft Agnes ihnen? Sitzt sie hinter all diese komischen Wendungen und Ereignissen? Hat sie die Zentrale informiert? Das könnte sie doch nicht gemacht haben? Ich liebte sie doch so sehr. Ich war immer so gut zu ihr!"

Martin sieht ihm verwundert an:

„Was denkst du, du hast sie bis zum tiefsten erniedrigt und verletzt. Dachtest du wirklich, dass sie das einfach so hinnehmen würde? Das ist wohl sehr naiv. Ich fürchte du hast einen gefährlichen Gegner geschaffen."

„Ja, aber doch… Agnes! Sie ist immer so mitgehend und so ein Dummchen. Ich verstehe die Welt nicht mehr! Das hatte ich nie erwartet. Ist sie es, die all diese Anschuldigungen gegen mich gemacht hat? Das kann doch nicht wahr sein."

„Du ziehst viel zu schnell deine Schlussfolgerung. Du weißt noch nicht was wirklich los ist. Vielleicht ist sie Unschuldig, steht er nur vor ihrer Tür. Er kann doch andere Leuten kennen die zu Beispiel an der anderen Seite der Straße wohnen, oder hat das Tracking-System einer großen Toleranz."

„Nein, darin glaube ich nicht. Manolo hat gesagt das die Systeme sehr präzise sind. Diese Adresse stimmt schon. Rik ist bei Agnes! Was jetzt? Wird ein Spielchen mit uns gespielt oder was? Weis Anika Bescheid?"

Steve und Martin gehen auf Anika zu, die sich auf der Terrasse gesetzt hat.

„So Anika, erzähl uns, wo ist Rik?"

Anika tut verwundert und antwortet mit einer hoffnungslosen Stimme:

„Aber Steve, das weiß ich doch nicht! Du weißt doch, dass ich das nicht weiß, deshalb bin ich doch zu dir gekommen, um mich zu helfen."

Steve sieht Anika lange an und erwägt was er jetzt denken soll. Es könnte natürlich sein, dass sie wirklich von nichts weiß und das Rik sie betrügt.

„Nun liebe Anika, dann fürchte ich das Rik dich betrügt mit einer anderen Frau."

Anika reagiert total verzweifelt und schreit:

„Was??? Rik mich betrügen? Niemals! Das stimmt überhaupt nicht".

Steve nimmt sie fest und versucht sie zu beruhigen:

„Ich fürchte das wir einen gemeinen Verräter und Betrügerin in unserer Mitte haben. Rik ist im Moment bei ihr und sie ist bestimmt diejenige die mich bei der Zentrale verraten hat."

Anika sieht Steve fragend an:

„Worüber redest du jetzt wieder? Was erzählst du da? Was meinst du?"

Steve sieht ihr an

„Verstehst du es wirklich nicht? Rik ist in diesem Moment bei Agnes!"

„Was??? Bei Agnes? Wie weißt du das?"

„Nun, ich habe Rik´s Handy aufspüren lassen und die Polizei berichtete mir, dass das Signal aus der Wohnung von Agnes kommt."

Anika sieht Steve erschüttert an,

„Was hast du gemacht? Das geht gar nicht, das geht nur wenn es ein offizieller Notfall ist."

Steve sieht Anika jetzt untersuchend an, diese Antwort hatte er nicht erwartet, es stimmt nicht mit der früheren Haltung von ihr überein. Ist sie eine gute Schauspielerin oder sind es ihre Emotionen?

Werde ich von allen betrogen?

Anika realisiert sich, dass ihre Antwort nicht die richtige ist und versucht sich zu retten.

„Wo wohnt Agnes, diese Betrügerin, ich gehe gleich zu ihr. Ich werde Rik bei ihr wegholen, jetzt gleich, das kann nicht wahr sein."

Steve weiß nicht was er glauben muss.

„Nein, nein Anika, du bleibst hier. Ich habe einen guten Freund bei der Polizei und er hat mir einen Gefallen getan und für mich das Handy geortet. Es war doch einen Notfall für dich?"

Anika hatte überhaupt nicht mit sowas gerechnet. Dass er zu so etwas im Stande ist. Sie bemerkt nun das Steve an ihr zweifelt.

„Sicher das stimmt, es ist sehr aufmerksam von dir, aber jetzt will ich zu Rik."

„Noch immer? Jetzt das du weißt das er dich betrügt mit einer anderen Frau? Nein, du bleibst hier und wir rufen Rik an und bitten ihm hierher zu kommen."

„Ja, aber wir wissen gar nicht ob er mich betrügt, das kann ich mir nicht vorstellen und er kennt Agnes überhaupt nicht, nein, ich glaube es nicht. Es muss einen anderen Grund geben."

Steve sieht sie mitleidig an.

„Nun, das werden wir jetzt rausfinden."

Er nimmt sein Handy und ruft Rik an. Steve hat keine Nummer Erkennung, so Rik weiß nicht wer ihn anruft und beantwortet, nichts vermutend, den Anruf.

Er erschreckt sich fast zum Tode.

Das hatte er nicht erwartet!

Kapitel 17

„Hallo Rik! Ich dachte du bist abgehauen?"

Rik hat keine Ahnung was los ist und antwortet vorsichtig: „Ja, das bin ich. Wieso? Was willst du?"

„Du Rik, ich weiß wo du dich im Moment befindest. Du bist in der Wohnung von Agnes! Erzähl. Hast du ein Verhältnis mit ihr?"

Rik stürzt fast von seinem Stuhl.

„Was sagst du? Blödsinn, ich bin da gar nicht, wer hat dir diesen Nonsens erzählt"

„Die Polizei hat dein Handysignal geortet und die haben mir gerade erzählt, dass du dich in der Wohnung von Agnes befindest. Ich habe gerade im Büro nachgefragt und sie erzählten mir das Agnes im Büro ist, also du bist ganz alleine in ihrer Wohnung."

Rik verkehrt in einem Schock und reagiert nicht. Mit so etwas hatten sie nicht gerechnet. Er überlegt ganz verzweifelt was er tun soll. Er braucht nicht lange nach zu denken, weil Steve ihm befiehlt:

„Rik, du kommst sofort hierher. Anika ist schon hier und ist ganz in Tränen nun sie gehört hat das du fremdgehst mit Agnes. Kommt sofort her, du hast fünf Minuten."

Rik und Soraya schauen einander verwundert an.

„Wie hat Steve das so schnell geschafft? Ich dachte, dass wir hier sicher sein würde und nicht schnell auf zu spuren. Ich wusste nicht, dass es so einfach ist."

„Ich habe doch immer gesagt das Steve gefährlich ist und viele Kontakten hat bei allen möglichen Instanzen. Er sichert sich immer sehr gut ab mit Personen an wichtigen Stellen, deshalb war es damals auch so schwierig ihn zu verhaften. Er war schon längst weg, bevor wir es nur ahnen konnten. Er macht es heute noch immer so."

„Was müssen wir jetzt tun? Er will das ich jetzt zu ihm komme. Hast du gehört was er sagte? Er denkt das ich ein Verhältnis habe mit Agnes. Er weiß also nicht wie es genau in einander steckt."

„Vorsicht Rik! Es kann auch gespielt sein, mit ihm weiß man es nie. Geh zu ihm, ich stehe draußen und stehe bereit um ein zugreifen."

„Wie willst du das machen?"

„Keine Ahnung, ich sehe schon was passiert."

Sobald Rik weg ist ruft Soraya Paul an.

„Paul, wo bist du?"

Paul antwortet ein wenig verwundert:

„Ich bin unterwegs und schon ganz in der Nähe. Ich hatte keine Ruhe, bin im Auto gestiegen und Richtung euch gefahren. Wieso?"

„Es geht nicht gut, eigentlich wie erwartet. Steve hat auch hier so seine wichtigen Freunde gemacht und damit hatten wir gar nicht gerechnet. Wir müssen bereitstehen um zu helfen."

„Oh, oh, genau wie damals?"

„Ja!"

„In Ordnung, ich bin gleich da."

Kurze Zeit später ist Paul schon da und sieht Soraya stehen, die ungeduldig auf ihm wartet.

„Komm schnell mit, Rik ist schon hingegangen."

„Was? Ist er zu Steve gegangen? Das ist gar nicht gut!"

Während der Spaziergang zu der Wohnung von Steve erzählt Soraya was geschehen ist. Auch Paul wird jetzt unruhig.

„Das gefällt mir überhaupt nicht, Soraya. Was können wir machen? Ich fühle das es ganz schief geht. Steve vermutet das Rik ein Verhältnis mit Agnes hat? *Das* wird dann seinen Plan um Rik aus dem Weg zu räumen. Er kann Anika beschuldigen von Mord aus Liebeskummer. Der ganze Plan von Anika wendet sich jetzt gegen ihr. So, wie es aussieht, wird es sich wie folgt abspielen:

Anika kommt in Panik nach Steve gerannt, Steve hilft ihr auf zu spüren, findet Rik bei einer anderen Frau und sie ermordet ihn. ,Crime Passionelle' und Steve behält, wie immer, saubere Hände."

Soraya hält entgeistert an und sagt leise:

„Oh, Paul, du hast recht, so ist es genau wie Steve und Martin es jedes Mal spielen. Wir müssen uns beeilen und die Polizei rufen."

Rik geht zur Wohnung von Steve und klingelt an.

Steve lässt ihn rein und bringt ihn zu Anika, die einander liebesvoll umarmen und küssen.

Steve ist verwundert:

„Hey, das stimmt nicht, du bist weggelaufen von Anika und betrügst sie mit Agnes. Du kannst jetzt nicht tun als ob sie dir gefehlt hat. Ich glaube, die ganze Geschichte vom ,Weglaufen', gar nicht, aber es passt mir sehr gut.

Ihr habt etwas aufgebaut, was perfekt passt in meinem Plan.

Das Anika gestern so in voller ,Panik und tränen' in meinem Arbeitszimmer rein gestürmt kam, war ein toller Idee und das haben allen gesehen. Super, bessere Zeugen kann man sich nicht wünschen."

Anika schaut ihn verwundert an:

„Was meinst du damit?"

„Nun, schau mal Anika. Du hast allen denken lassen, dass Rik dich verlassen hat. Dein Schauspieltalent ist so gut, dass allen es dir glaubten. Mit Hilfe der Polizei haben wir ihn aufgespürt und was stellte sich heraus? Die Polizei findet Rik in den Armen einer anderen Frau! Wir erzählen Anika diese Entdeckung, Anika ist außer sich von Wut und ermordet Rik.

Martin und Ich sind Zeugen. Wir werden aussagen, dass Anika ihn getötet hat, aus Liebeskummer und verletzte Ehre.

Mit Hilfe von eurem Geld und natürlich unsere Aussage, wirst du bestimmt schnell freigelassen. Anika muss mich wohl heiraten, sonst erzählen wir die ‚wirkliche' Wahrheit, das Anika ihn vorsätzlich ermordet hat."

Anika schaut Steve an:

„Ah, da kommt der wahre Grund ans Licht. Du weißt von unserem gewonnenen Jackpot und du wirst alles tun um das Geld zu bekommen!"

„Genau, ich glaube ich wusste es schon bevor ihr es wusstet. Ich wusste es schon nach einigen Tagen, wann habt ihr es erfahren?"

Rik antwortet dieses Mal:

Ich entdeckte es erst als ich ein neues Los kaufen wollte. Ich sah meinen Guthaben. Ich hatte nie die Möglichkeit es Anika zu erzählen, sie war einfach zu beschäftigt mit ihrer Arbeit. Als sie endlich nach Hause kam, war ich nicht da. Am nächsten Morgen wusste ich nichts mehr und konnte es Anika nicht erzählen."

Dieser letzte Satz sprach er ganz leise und Steve hörte es gar nicht. Steve ist so aufgeregt über seinen Plan wie er das Geld bekommen kann, dass ihm einige wichtige Einzelheiten entgehen. Er bemerkt gar nicht das Rik sein Gedächtnis zurück hat. Er ist nur dabei aus zu denken wie Anika Rik töten soll.

„Es ist so eine perfekte Wende im Ganzen, wie können wir es so gestalten, dass es deutlich ist das du Rik getötet hast. Was werden wir machen? Gift ist natürlich die geeignete Frauenmethode, aber das sieht nicht aus wie einen ‚Crime Passionelle' aber eher als einen kaltblütigen Mord. Das geht nicht."

Martin ist inzwischen in der Küche sehr beschäftigt um etwas vorzubereiten und hat deshalb nichts von dem Gespräch mitbekommen. Er hat Kaffee gekocht und bringt das zur Terrasse.

Paul und Soraya sind ängstlich über den weiteren Verlauf von Anikas Plan. Es sind so viele unvorhergesehene Änderungen aufgetreten. Sie versuchen raus zu finden wo sich die Wohnung von Steve befindet und ob sie Rik und Anika sehen.

Soraya will das Paul die Polizei ruft. Sie befürchtet das nach den ganzen Entwicklungen, Steve und Martin jetzt zuschlagen und ihr Plan ausführen werden. Paul ist ihrer Meinung, aber weiß auch nicht wie sie helfen können.

Paul ruft die Polizei an, erklärt das Ganze und das großer Gefahr droht. Kurze Zeit später kommen zwei Polizeibeamten zu ihnen, einer in Zivil und einer in Unform.

Paul erklärt ihnen die Situation und hofft das sie ernst genommen werden. Die Männer sind skeptisch aber gönnen sie den Vorteil des Zweifels. Sie sind dahin geschickt worden, weil es gestern, auf dieser Adresse, schon eine vermisste Meldung gegeben hat. Es sollte eine Person geortet werden mit Hilfe seines Handysignals. Diese neuere Meldung machte die Polizei neugierig und haben deshalb aus vorsorge zwei Beamten hingeschickt. Der Jüngere der beide spricht außerdem Niederländisch, was sich jetzt als sehr hilfreich rausstellt.

Wenn Martin auf der Terrasse kommt, benutzt Rik diese Unterbrechung, steht auf und geht zur Balkonrand. Er sieht Soraya und Paul stehen, außerdem zwei unbekannte Männer. Einer in zivil und der andere in Polizeiuniform.

Paul sieht Rik und gebärt zu Rik das er mit seinem Handy eine offene Verbindung mit Paul machen muss, dass sie da unten mithören können was alles besprochen und gesagt wird. Rik findet es eine gute Idee von Paul. Seinen Rücken zu den anderen gewendet versucht er, ganz diskret, die Verbindung herzustellen. Dann steckt er sein Handy in seiner Hemdtasche und setzt sich wieder zu den anderen. Hoffentlich ist die Verbindung gut und können sie da unten mithören. Er kann nicht einfach sein Handy auf dem Tisch legen, das wäre bestimmt zu auffallend.

Martin fragt Steve wieso er so zufrieden lächelt.
„Was ist mit dir los? Du strahlst ja vor Glück."

„Martin ich habe gerade ausgedacht wie wir unseren Plan zu einem guten Ende bringen werden. Anika wird die ‚schmutzige‘ Arbeit für uns machen.“

Steve erklärt ihm ausführlich was er sich so ausgedacht hat.

Martin hört Steve ernsthaft zu und gibt Steve sein Kommentar zu den Plänen.

„Das könnte funktionieren, wir müssen uns gut überlegen wie wir es machen werden. Aber… weißt du nun endlich ob sie den Jackpot gewonnen haben? Das ist ein sehr wichtiger Aspekt für mich.“

Steve schaut ihm ganz froh an,

„Ja, den haben sie tatsächlich gewonnen, ich wusste es sogar früher als sie selber.“

Martin guckt ihm verwundert an:

„Wie weißt du das jetzt so plötzlich? Wuste Anika es doch?“

„Nein, nein, das hat Rik mir gerade erzählt.“

Anika und Rik schauen nach Steve und fragen sich, wenn endlich die Münze fällt.

Martin starrt jetzt auch nach Steve.

Steve sieht all die fragenden Gesichter und fragt was los ist.

„Was schaut ihr allen, was ist los?“

Martin sagt dann ganz leise und sehr beherrscht:

„Was sagtest du soeben? Rik hat dir erzählt von dem gewonnenen Preis?“

„Ja, Rik.“

„Das wundert dich nicht? Rik?“

„Ja, was ist denn los?“

Martin erklärt ihm nochmals ganz ruhig:

„Rik hat doch einen Gedächtnisschwund, wie kann er es dir dann erzählen!“

Steves Mund fällt offen und erschaut verwirrt die anderen an.

„Meinst du, dass Rik sein Gedächtnis zurückhaben müsste?"

„Ja, das meine ich. Erzähl Rik, hast du dein Gedächtnis zurück?

Rik und Anika schauen einander lange an und schließlich sagt Rik:

„Ja, ich habe mein Gedächtnis zurück und ich weiß alles was passiert ist. Ich weiß das ich mein Gedächtnis verloren habe nachdem ich, bei Martin, diesen seltsamen Indonesischen Tee getrunken habe. Ich wachte, sozusagen, auf als Anika mich im Auto anrief. Ich wusste gar nicht wer oder wo ich war. Der Rest weist ihr ja schon."

Martin starrt Rik, ganz bleich geworden, an.

„Was sagst du? Der seltsame Indonesische Tee? Wie weißt du das?"

„Das haben wir untersucht und entdeckt."

„Das könnt ihr gar nicht untersucht und entdeckt haben. Das ist überhaupt nicht möglich. Wie habt ihr es entdeckt, ihr musst Hilfe bekommen haben von einer die diesen Tee kennt."

Martin ist komplett in Panik geraten und schreit zu Steve, dass alles verloren ist.

„Steve sie wissen alles, wir sind erledigt, was müssen wir tun?"

„Ruhig bleiben und schauen was noch zu retten ist. Niemanden außer uns hier, weiß etwas. Solange die beide hier sind ist noch nichts verloren."

Martin kommt ein wenig zur Ruhe und setzt sich wieder. Steve ist jetzt neugierig geworden und versucht zu erfahren wie sie diesen Tee entdeckt haben.

„Du weißt also, dass du einen seltsamen speziellen Tee von Martin bekommen hast um dich zu vergiften. Aber wieso hast du es überlebt? Du weißt das diesen Tee tödlich ist."

„Ja, das stimmt, normalerweise hätte ich Tod sein müssen, wäre es nicht das es ein unvorhersehbarer ‚Chaosfaktor' gab.

Das hättet ihr nicht wissen können. Ich wusste es auch nicht."

„Was ist dieser ‚Chaosfaktor' dann? Wieso wirkte das Gift nicht bei dir?

Rik erzählt ihm ganz ruhig:

„Nun Maarten, meine Großmutter war eine Indonesische Prinzessin und ihre Familie nahm Generationen lang, Gegenmittel gegen diese Art von Gift. Deswegen ist mein Blut mutiert und ist resistent gegen diesen Tee. Wer kann das einkalkulieren, das ist eine unmöglichere Chance das so etwas geschieht. Es ist wie der Jackpot gewinnen, die Chance ist gleich null, aber trotzdem wird es gewonnen."

„Das ist schon extrem. Aber... wie hast du mich genannt? Wie nennst du mich?"

„Maarten! Ich nannte dich Maarten."

„Wieso weißt du das denn!"

Dann sagt Anika:

„Du leugnest es also nicht? Hast du mir gestern Abend ein Schlafmittel gegeben?"

„Ja, ich habe dir ein Schlafmittel verabreicht, aber das wirkte nicht so gut wie ich erhofft hatte."

Anika reagiert hierauf:

„Ich hatte ein Gegengift eingenommen, aber das wirkte nicht so als *wir* gedacht hatten. Hast du ein anderes Mittel verwendet?"

Martin verwirrt immer mehr:

„Was erzählst du mir? Ein Gegengift eingenommen? Von wem? Ja, ich habe ein anderes Mittel verwendet wie sonst, aber wie weißt du das alles? Wer hat es dir erzählt? Erzähl mir, wer!"

Anika sagt dann endlich:

„Carlos ist ein guter Bekannter unserer Tochter, studiert Medizin und ist mit seinem Abschlussprojekt beschäftigt.

Er hat als Spezialisierung Asiatische Heilkunde. Als er Rik untersuchte, wurde er schon schnell verdächtig und entdeckte diesen seltsamen Tee."

„Das geht überhaupt nicht, das kann er nicht rausgefunden haben, er muss Hilfe bekommen haben. Außerdem hatte ich doch Rik schon untersucht?"

„Ja, das stimmt schon, aber wir hatten kein Vertrauen in dir und Carlos hat schnellstens, in Madrid, alle mögliche Untersuchungen durchgeführt und so den Tee entdeckt."

Martin glaubt ihr nicht und wird immer unruhiger.

„Du nennst mich Maarten, wie ist *das* nur möglich? Das kann dieser Carlos nicht im Blut von Rik entdeckt haben."

Steve fängt an sich zu realisieren das es gar nicht gut und in die falsche Richtung geht. Zuerst war er sehr euphorisch und überzeugt, dass alles gut kommen würde, aber das kehrt sich im Moment. Er war scheinbar betäubt vom nahender Erfolg.

„Ihr weißt plötzlich sehr viel, wer hat euch das alles erzählt? Wie kommt ihr auf den Namen ‚Maarten'?"

Martin sieht erschrocken Anika an:

„Die Einzige, die dieser Namen kennt ist Steve und er hat es dir bestimmt nicht erzählt. Du bist gewarnt worden und du weißt von dem Tee, es kann doch nicht sein das du, das du…"

„Doch, Maarten, ich habe Soraya gesprochen und sie hat uns vieles erzählt über euch und Indonesien."

Martin wird kreidebleich:

„Hast du Soraya getroffen? Wie hast du sie gefunden? Wo war sie?"

Anika schaut ihm in alle Ruhe an und sagt mit fester Stimme:

„Soraya ist sogar hier, zusammen mit Paul. Erinnerst du dich Paul noch? Er war zur gleicher Zeit, wie ihr, in Indonesien."

Steve schaut jetzt auch verwundert.

„Ja, dieser Paul erinnere ich mich noch gut. Er hatte damals sehr viel Interesse in Soraya. Weiß du noch Martin? Das war sehr bequem, deshalb hatten wir alle Gelegenheit um unsere Plänen zum Ausfuhr zu bringen. Aber ihr könnt uns nichts machen, nichts beweisen. Es ist eure Aussage gegen unsere Aussage."

Rik schaut Steve an und sagt ihm das es anders ist:

„Das ist nicht ganz wahr, schau dort unten, die Polizei hat mitgehört. Mein Handy hatte dauernd eine Verbindung mit den Leuten da unten."

Steve schaut ihm erstaunt und erschlagen an.

Dann sieht Rik die Tassen mit Kaffee stehen.

„Hey Anika, siehst du das? Martin hat auf die eine Tasse ein Markenzeichen gemacht. Genau wie Soraya gesagt hat. Er wollte mich wieder vergiften."

Jetzt wird es Martin alles zu viel und er sieht aus dieser Situation keinen Ausweg mehr. Er steht auf und geht schnell auf den bereitstehenden Kaffeetassen zu. Steve sieht was los ist, er kennt das Verhalten von Martin, wenn er in Panik gerät, und ruft ihm noch laut zu:

„Nein, Maarten, mach das nicht!"

Er springt aus seinem Sessel hoch und versucht Maarten auf zu halten, aber ist nicht rechtzeitig, da die anderen im Wege stehen.

Rik und Anika schauen erschrocken nach Maarten und sehen jetzt auch was passiert.

Maarten nimmt die Tasse mit dem Gift und trinkt es schnell aus.

Steve greift Maarten fest:

„Nein Maarten, wieso machst du das nun? Wir haben doch immer alle Probleme zusammen, gelöst? Es gelang uns doch immer wieder frei zu kommen? Wir fanden doch immer einen Ausweg. Ich kann nicht ohne dich. Maarten du weißt doch das du meine große Liebe bist, das weißt du doch!"

Maarten hört die Worte von Steve und macht ein großes Lächeln auf seinem Gesicht und murmelt:

„Du bist auch meine große Liebe."

Dann gleitet Maarten weg und stirbt in den Armen von Steve.

Soraya und Paul hören was alles passiert und rennen zur Haustür der Wohnung. Der Polizist bricht mit seiner Schulter der Tür auf und sie gehen die Wohnung hinein auf der Gesellschaft auf der Terrasse. Er versucht noch Maarten zu reanimieren, aber sieht schon schnell das es hoffnungslos ist.

Steve sitzt zerschlagen neben Maarten und lässt sich widerstandslos verhaften.

Steve sieht Soraya und Paul und sagt:

„Ihr beide schon wieder? Wie ist das nur möglich? Wo kommt ihr her?"

Paul erzählt ihm:

„Ich war zu Besuch bei Vincent als Rik sein Gedächtnis verlor. Er zeigte mir ein Foto mit allen Mitarbeitern von deinem Büro und ich erkannte dich sofort. Ich bekam einen kalten Schauer über meinen Rücken und hatte einen ‚deja vu'. Meine erste Frage war ob Maarten auch in der Nähe war. Es stellte sich heraus das es wohl einen Martin gab und erkannte ihn gleich auf einem Foto. Für mich war es klar das ihr beide wieder aktiv warst. Ich habe sofort Soraya aufspüren lassen, die wir Gott sei Dank gefunden haben. Sie war eine sehr große Hilfe für uns."

Steve nickt verständnisvoll und fragt dann noch:

„Ich habe so eben nicht mitbekommen wieso Rik das Gift überlebt hat."

„Sein Blut ist resistent gegen dieses Gift."

Steve schaut verwundert:

„Wie ist das möglich?"

Der Polizist nimmt Steve mit und bricht das Gespräch ab.

Paul ruft ihm noch nach:

„Das erklären wir dir später."

Anika steht bei der Tür und hält Steve noch einmal auf um noch eine Frage zu stellen:

„Du nannte Maarten deine große Liebe, wart ihr dann ein Paar?"

„Ach, Anika, Maarten und ich waren das schon immer. Sobald wir euren Geld bekommen hätten, wollten wir heiraten. Das wurde nun zerstört."

Im Moment das der Polizist Steve endlich abführt, dreht er sich noch einmal um:

„Ich komme zurück, pass nur auf."

Der Kommissar schaut auf den Beweisen, die vor ihm auf dem Tisch liegen und die Aufnahmen mit dem Geständnis von Steve und sagt:

„Ich fürchte das es schon eine Weile dauern wird bevor er freikommt."

Soraya läuft auf Anika zu und umarmt sie.

„Das ist noch gerade gut gegangen. Maarten hatte schon einen vergifteten Kaffee gemacht?"

„Ja, sie wollten heute Rik beseitigen und alles mit der Bank regeln. Sie bekamen plötzlich viel Eile. Steve bekam immer mehr Druck wegen seinen Spielschulden. Außerdem hatte die Zentrale seinen Betrug aufgedeckt. Steve brauchte plötzlich sehr schnell sehr viel Geld. Mein Plan kam ihnen gerade rechtzeitig und es wurde gegen mir verwendet. Das hatte ich völlig falsch eingeschätzt."

„Hast du das Gegenmittel noch eingenommen, bevor du schlafen gegangen bist?"

„Ja sicher, aber Maarten hat ein neues Schlafmittel verwendet. Das Gegenmittel hatte nur eine verzögernde Wirkung, ich viel später in einem sehr tiefen Schlaf. Da ich lange wach war haben sie nicht meine Schlüssel genommen um das Haus zu durchsuchen. Wer weiß was dann alles passieren konnte."

Die Polizei durchsucht die Wohnung von Steve auf weitere Spuren und beweisen. Sie finden noch viel belastende Dokumente und außerdem die ‚Medikamenten‘ von Maarten. Die beweisen gegen Steve häufen sich auf. Nach einem langen Verhör werden Anika und Rik nach Hause geschickt.

Sie gehen zu viert nach der Wohnung von Rik und Anika und trinken als erstes eine Tasse Kaffee. Auf der Terrasse reden sie noch über alles. Anika fragt Soraya:
„Was denkst du jetzt, nun Martin, oder besser gesagt Maarten, Tod ist?“
„Es hört sich vielleicht komisch an, aber ich fühle mich jetzt erst wirklich frei. Das letzte Mal als ich ihn sah bedrohte er mich. Er drohte mich auf zu spüren und mit mir abzurechnen. Ich hatte immer die Angst das er irgendwo auftauchen würde. Deshalb hatte ich meinen Namen geändert und lebte so zurückgezogen. Jetzt fühle ich mich wirklich frei und kann eine Zukunft zusammen mit Paul aufbauen.
Sie reden noch lange über alles und realisieren sich das Soraya eine wirklich schwierige Zeit hinter sich hat.
Am Nachmittag kommen Felicia, Vincent und Carlos auch noch zu Besuch die sehr gespannt sind nach der plötzlichen und schnellen Lösung.
Dann kommt auch noch Agnes zu besuch. Sie hatte von der Polizei gehört, das Steve verhaftet wurde und das Martin Tod ist. Sie will jetzt auch noch genau hören was geschehen ist. Sie erfahrt alles über Steve und Martin. Die ganze Geschichte von Indonesien bis heute. Agnes wird ganz still als sie das alles anhört.
„So, das ist eine interessante Geschichte. Die Zentrale ist auch von der Polizei informiert worden über Steve. Sie haben noch eine Klage hinzugefügt und Steve angezeigt wegen Betrug. Der Betrag von diesen Betrüge ist ganz schön hoch geworden.“
Anika will endlich wissen was die Rolle von Agnes im Ganze war.

„Hast du Steve verraten, weil er dich so verletzt hat?"

„Aber nein, es spielte schon viel länger. Steve war schon jahrelang dabei mit seinem Betrug. Ich bin zu eurem Büro geschickt worden um es auszusuchen. Meine Aufgabe ist es um Büros zu prüfen und Betrug auf zu spüren. Ich hatte schon ziemlich schnell herausgefunden, dass er der Betrüger sein musste, aber es war so schlau aufgebaut, dass es schwierig war es nachzuweisen. Am Anfang dachten wir das Anika die Hauptschuldige war. Alle Spuren liefen in ihrer Richtung. Ich konnte es mir nicht vorstellen und habe weitergesucht. Deshalb auch das ‚Verhältnis' mit Steve. Ich musste sein Vertrauen gewinnen. Deshalb spielte ich die eifersüchtige, betrogene Freundin. Alles um Steve zu täuschen. Dadurch fand ich heraus, dass du gar nichts mit diesem Betrug zu tun hattest. Schließlich fand ich die Beweise gegen ihm."

Anika reagiert ganz empört:

„Er wollte mir den Schuld geben, der Drecksack. So eine Gemeinheit. Was geschieht jetzt mit dem Büro?"

„Das muss ich entscheiden, willst du die Stelle von Steve übernehmen?"

„Ich? Nein danke. Ich schätze dein Angebot sehr, aber ich kündige, ich habe jetzt andere Verpflichtungen. Das verwalten unseres Vermögens wird bestimmt einen Vollzeitjob. Was denkst du, Rik?"

Agnes staunt überhaupt nicht über ihre Ablehnung.

„Das dachte ich mir schon. Ich denke, dass ich es selber übernehmen werde. Ich mag die Umgebung hier sehr und hier wohnen einige nette Freunden, also bleibe ich hier. Es reicht mir, diese Infiltration-Arbeit, die ich bis jetzt gemacht habe. Es macht keinen Spaß mehr."

Ihre Entscheidung gefällt allen sehr.

„Du weißt wo wir wohnen, du bist immer willkommen."

Rik hat inzwischen mit Carlos geredet. Carlos hat einen Vorschlag ausgearbeitet für seinen ‚Spezialklinik'.

„Das ist ein guter Vorschlag, das gefällt mir. Ich habe nur eine Bedingung."

„Und die wäre?"

„Soraya muss mitmachen mit diesem Projekt."

„Ja, das möchte ich auch, aber sie will nicht!"

Soraya hört das ihren Namen genannt wird und fragt was los ist.

Carlos erklärt ihr:

„Es handelt um unseren Klinik. Rik besteht darauf das du mitmachst. Das bedeutet das du in Spanien bleiben musst. Ich erklärte Rik, dass du nicht willst."

„Kein Problem, überhaupt kein Problem. Ich mache mit."

Paul ist froh über ihre Entscheidung und küsst sie.

Carlos schaut ihr verwundert an und fragt:

„Was ist das jetzt?"

„Ach, die Umstände haben sich geändert. Jetzt will ich schon in Spanien bleiben."

Es wird noch lange geredet und gefeiert.

Schließlich, wenn allen weg sind, stehen Rik und Anika auf der Terrasse und genießen noch nach von einem schönen Abend. Sie genießen den herrlichen Ausblick über das Meer, wo der Mond auf das Wasser glänzt.

„Ich bin so froh das alles vorbei ist, dass du dein Gedächtnis wiederhast und das Steve verhaftet worden ist.

Was machen wir jetzt? Du hast mich gefragt zu heiraten, aber du hast dein Gedächtnis wieder. Also...?"

„Findest du es nicht ein perfektes Moment, es doch zu tun? Es ist doch einen neuen Start in einem neuen Leben?"

Anika schaut ihm verliebt an und antwortet:

„Ja, das finde ich auch."

Ende!

Der Autor

Jan Willem Schiff ist wohnhaft in Bregenz, Vorarlberg. Er war lange Zeit selbständiger Unternehmer. 2007 zog er mit seiner Familie nach Pinzgau, Salzburg, wo er einige Jahre ein eigenes Hotel betrieb. Als er Probleme mit seiner Gesundheit bekam, verkaufte er es wieder. Dabei erlebte er so viel, dass er sagte:
„Darüber sollte man ein Buch schreiben."
So hat er mit dem Schreiben angefangen. Er veröffentlichte mittlerweile zwei andere Bücher:
„Shit happens … aber das Leben geht weiter" und
„Auf Familienbesuch … ein Albtraum".

Shit happens … aber das Leben geht weiter
Aus gesundheitlichen Gründen soll ein Hotel verkauft werden. Doch damit beginnt für die Familie ein wahrer Albtraum: krumme Geschäfte, finanzielle Verluste und ein nervenzerfetzendes Chaos. Wird es die Familie mit großer Ausdauer gelingen diese schwierigen Zeiten zu überstehen? Eine wahre Geschichte.

Auf Familienbesuch … ein Albtraum!
Ester will für einige Tage von Spanien in die Niederlande reisen, um ihre Mutter zu besuchen. Doch der Familienbesuch wird zum Albtraum. Ihre Brüder machen sie mit Medikamenten zu einem willenlosen Zombie, sie muss ihre Mutter pflegen und hat keine Möglichkeit Kontakt mit ihrer Familie in Spanien aufzunehmen – jahrelang.
Ihr Mann und die beiden Töchter tun alles in ihrer Macht stehende, doch vergeblich. Ester ist unerreichbar und unauffindbar. Werden sie jemals wieder vereint werden …?